中科经典和当代文学作品互译出版项目

مشروع الترجمة والنشر للأعمال الأدبية الكلاسيكية والحديثة للكويت والصين

探寻更广阔的空间

当代科威特短篇小说选

〔科威特〕穆拉塞勒·法利赫·阿基米 编
陈杰 周放 刘磊 张雪峰 译　　蔡伟良 审校

五洲传播出版社

图书在版编目（CIP）数据

探寻更广阔的空间 ： 当代科威特短篇小说选 ： 馆配版 / （科威特） 穆拉塞勒·法利赫·阿基米著 ； 陈杰等译. -- 北京 ： 五洲传播出版社， 2024. 8. -- ISBN 978-7-5085-5265-1

Ⅰ. I383.45

中国国家版本馆CIP数据核字第2024377T4Y号

出 版 人：关　宏
责任编辑：杨　雪
助理编辑：周晓彤
装帧设计：红方众文　朱丽娜
内文设计：林夕苑　张国平

探寻更广阔的空间——当代科威特短篇小说选

作　　者：[科威特] 穆拉塞勒 · 法利赫 · 阿基米
译　　者：陈杰　周放　刘磊　张雪峰
出版发行：五洲传播出版社
地　　址：北京市海淀区北三环中路31号生产力大楼B座6层
邮　　编：100088
网　　址：www.cicc.org.cn，www.thatsbooks.com
电　　话：010-82005927，010-82007837
印　　刷：北京市房山腾龙印刷厂
开　　本：889mm × 1194mm　1/32
印　　张：11.75
字　　数：250千字
版　　次：2024年8月第1版
印　　次：2024年8月第1次印刷
书　　号：ISBN 978-7-5085-5265-1
定　　价：88.00元

再版序言

原书名为《穆妮拉》的科威特短篇小说选以《探寻更广阔的空间——当代科威特短篇小说选》的新书名由五洲传播出版社再版，并入选国家级的“中科经典和当代文学作品互译出版项目”，在此，谨对承担该项目的五洲传播出版社表示由衷的感谢。

该小说选阿拉伯语母本的书名为《探寻更广阔的空间——当代科威特短篇小说选》，是由阿拉伯世界最著名的杂志之一《阿拉伯人》主编穆拉塞勒·法利赫·阿基米博士选编并推出的。

这部小说选集中文版的出版确实为国人了解科威特打开了一扇窗口。科威特虽然国土面积不大，在阿拉伯世界也只能算是一个小国，但是，她在我们中国却是出了名的“石油富国”，令人羡慕。中国的阿语人，尤其是像我这一年龄段的，几乎无一不知《阿拉伯人》。记得44年前我刚进大学不久，在系资料室看到的唯一一本定期送达的阿拉伯语原版杂志就是《阿拉伯人》，那时，能在书包里珍藏一本哪怕是过期的《阿拉伯人》，并不时拿出来浏览翻阅，简直就是一种极大的满足。《阿拉伯人》为中国阿语人学习阿拉伯语，为中国百姓了解阿拉伯国家社会、文化所作出的贡献是功不可没的。从这点上来讲，《阿拉伯人》杂志可被认为是上世纪中后期中科、中阿文化交流的先行者。

《探寻更广阔的空间——当代科威特短篇小说选》中译本的二度出版，不仅仅是对这部小说集的肯定，而且更可视其为"一带一路"战略指引下新时期中科文化交流的新起点。真心期待有更多中国、科威特文学力作能实现中阿文的互译，使之成为"民心沟通"的桥梁和坚实载体。

蔡伟良

2017 年国庆

科威特短篇小说发展简述（代序）

短篇小说作为一种文学形式在科威特并无太长的历史。阿拉伯文史学家们均认为，科威特作家哈立德·穆罕默德·法勒基创作的《穆妮拉》是该国的第一部短篇小说。《穆妮拉》问世于1929年底，当时是被发表在一本名为《科威特》的杂志上的，分两期连载。哈立德·穆罕默德·法勒基因这部短篇小说而成为科威特乃至整个海湾地区短篇小说的创始人。

从20世纪20年代开始至今，经过科威特几代文学家的努力，科威特短篇小说无论其情节设计，还是叙述的艺术性，或是其对社会进步而言所拥有的现实意义，都一点儿也不逊色于其他阿拉伯国家的短篇小说。

科威特短篇小说的几代人，以其文学创作生涯和作品的内容、创作手法等清楚地勾勒出了科威特短篇小说80年的发展轨迹。

一、创始的一代

科威特短篇小说创始的一代主要指20世纪20年代初至30年代中以哈立德·穆罕默德·法勒基为代表的作家群。他们的出现，以及短篇小说在科威特的首次亮相，应该说是社会发展的必然，是呼吁社会改革、呼吁文化复兴的改革派力量战胜拒绝接受新事物、恪守传统的保守派势力的结果。

20世纪20年代初，现代化已经叩响了科威特的大门，文化层面上的新生事物接踵而至，如：现代概念的学校被建成——莫拜利基耶学校（1911年）和艾哈迈迪耶学校（1921年）；国家图书馆的落成（1922年）；文学俱乐部的成立（1924年）。与此同时，报纸杂志，尤其是埃及报刊的引入，为科威特了解外部世界打开了窗口。这些"新生事物"的出现，为同属于"新生事物"的短篇小说在科威特的登陆做了有益的铺垫，1928年《科威特》杂志的问世，直接为短篇小说构建了亮相的平台，就在该杂志创办的第二年，它刊登了由科威特诗人哈立德·穆罕默德·法勒基创作的短篇小说《穆妮拉》。

《穆妮拉》叙述的是一个科威特妇女的悲惨遭遇，作为科威特的第一部短篇小说，它所叙述的故事题材、内容其意义之重要性是不言而喻的。穆妮拉——小说主人公的悲剧并非个案，而是极度无知和愚昧所致，而无知、愚昧的根源则是闭锁、保守和落后的社会。作家对穆妮拉悲剧的描述，其目的就是通过揭露落后社会导致的家庭悲剧，呼吁社会改革。虽然《穆妮拉》是科威特的第一部短篇小说，但是无论小说故事情节处理，还是作家的创作手法都似非常老道，它的问世为科威特短篇小说日后的发展开了一个好头。

二、复兴的一代

科威特短篇小说复兴的一代主要指20世纪40年代中期至50年代末活跃在文学舞台上的一批作家。复兴的一代的命名，不仅仅是因为这一代作家肩负着振兴科威特文化的重任，另一个更为直接的原因是，这批作家的早期作品大多发表在一本名为《复兴》的杂志上。

就当时而言，《复兴》杂志的言论是比较进步的，科威特的许多早期改革家如阿卜杜·阿齐兹·侯赛因、艾哈迈德·阿德瓦尼、哈姆迪·拉吉布、阿卜杜拉·宰克里耶·恩萨利等都曾在这本杂志上发表过文章。如果说《科威特》杂志为科威特引入了短篇小说的概念的话，那么，《复兴》杂志就是科威特短篇小说发展的重要支柱。以法迪勒·赫莱夫、法赫德·杜威利为代表的"复兴的一代"作家在《复兴》杂志上发表的短篇小说达64篇之多，从而迎来了科威特短篇小说问世后的第一个高峰。这些短篇小说均以科威特民众的生活为创作题材，通过小说情节的艺术化渲染、小说人物栩栩如生的刻画与描绘，形象地展示了那一时期科威特的社会风情，同时也无情地揭露了因社会封闭、文化落后、经济衰败而导致的种种社会弊端。

至50年代初，科威特已有好几本杂志如《拉伊德》《凯齐米》《人民》《信仰》《指导》《先驱》等热衷于发表短篇小说，从而进一步刺激了它的发展，应该说科威特短篇小说之所以能在20世纪40年代末至50年代末这一时间段内迎来一定规模的快速发展，这些杂志是功不可没的。更让人感到欣慰的是，正是在这一时期，以海伊法·哈希姆为代表的女性作家的作品在科威特文坛展露风采。她们的作品在揭露男权社会统治下的“悲惨女性”方面更为深刻，笔触更加犀利，充分展示了那一时期科威特的“女性自觉”与强烈的反抗意识，其代表作品首推海伊法·哈希姆的《可怕的报复》。

三、60年代作家群

60年代作家群主要指20世纪60年代初至70年代中期发表作品的作家。

1961年科威特独立、1962年科威特宪法颁布、1963年科威特第一届议会选举……60年代初在科威特发生的一系列重大事件无一不向世人宣告，科威特作为一个政治上独立的国家存在，已经不同于以往任何历史时期。随着政治的独立，触及社会方方面面的改革接踵而至，科威特凭借其丰富的石油资源从贫困落后向富裕繁荣迈出第一步。60年代作家群亲身经历了这一史无前例的社会变革，对社会进步、文化开放充满了希望。正是在这一大环境下，科威特短篇小说迎来了又一个发展的春天。以苏莱曼·夏忒、苏莱曼·哈里菲、伊斯玛仪·法赫德、阿卜杜·阿齐兹为代表的这一代作家通过他们的作品将科威特短篇小说的创作艺术进一步推向成熟。正是在这一代作家的努力下，短篇小说作为一种文学的艺术载体，不仅被大家所接受，更重要的是，这一代作家在进行短篇小说创作的过程中，更加注意展现短篇小说的艺术性，如语言修辞的提炼、创作手法的多样化、故事叙述的艺术化等，如苏莱曼·哈里菲、苏莱曼·夏忒的作品就十分注重小说人物的刻画，作者往往成为隐身人，故事情节的推进完全靠小说人物的言行和心理活动的描写来完成，这种“复调式”叙述故事，使情节渲染更富立体效果，更能引人入胜，更能使读者融入小说情节之中，从而在情感上与小说人物产生互动。

四、第四代作家群

科威特第四代作家群主要指自 20 世纪 70 年代中期至 90 年代末发表作品的作家。在这约四分之一个世纪的时间段内，科威特成功地完成了她的第一次复兴。正是在这个时期，科威特在丰富的石油资源的支撑下，经济迅速崛起，一跃成为世界富裕国家之一。显然，人们的物质生活在高速发展的经济作用下可以得到改变、得到提升，然而，精神、文化生活是不可能像物质生活那样在短时期内得以改变的，这种文化发展相对经济发展的滞后也体现在科威特的文学生活中。70 年代之后，尤其是整个 80 年代科威特在经济上的腾飞促成了社会的对外开放，但是，令人遗憾的是，宽松的社会氛围并没有促成文学的快速发展，此时，不仅成名作家不多，而且，小说创作在艺术上也没有较大突破。从作品表现的主题来看，一些作家在某种程度上讲号准了社会变革的脉搏，如相对较有成就的作家穆罕默德·麦斯欧迪·阿吉米、塔利布·拉法伊、纳塞尔·佐菲利、贾希姆·穆罕默德·夏姆里、瓦利德·拉吉布等。他们的作品或描绘新时期的心理叛逆，或对沙漠、城市生活双重感受的经验加以叙述，或将触点延伸至中产阶级，着力刻画他们面对社会剧变的困惑，等等。然而，这些作品的思想显然不够深刻，较有影响的作品很少。尽管如此，值得一提的是，这一时期的女性作家颇为活跃，其中最受欢迎的就有莱伊拉·奥斯曼、法蒂玛·优素福·阿里、莱伊拉·穆罕默德·萨利赫等，她们的作品大多涉及女性问题。

如果说将20世纪90年代末以后发表作品的科威特作家视为该国第五代作家的话，那么现在活跃在科威特文坛上的正是这一批新人。他们大多在21世纪初发表自己的短篇小说集，如易斯塔卜里格·艾哈迈德、米斯·哈立德·奥斯曼、梅·希拉德、柏茜梅突·翁齐等。尤其值得欣慰的是柏茜梅突·翁齐还获得了2007年科威特短篇小说国家鼓励奖。这批新世纪年轻作家在文坛的闪亮登场，使人们对科威特日后短篇小说在艺术上的进一步成熟充满了希望。

《探寻更广阔的空间——当代科威特短篇小说选》(阿文版)是由科威特著名杂志《阿拉伯人》为纪念该杂志创刊50周年于2008年1月编辑出版的，主编是穆拉赛勒·法利赫·阿基米博士。《小说选》共收录了包括科威特第一部短篇小说《穆妮拉》在内的各时期较有影响的短篇小说46篇，从中不仅可以了解到科威特短篇小说发展的轨迹，更可以领略到这一不同寻常国家短篇小说的艺术风采。

此部小说选的翻译是由上海外国语大学东方语学院阿拉伯语系的陈杰副教授及周放、刘磊博士、张雪峰老师合作完成的，我作为这一学科的带头人，审稿和改稿是我的职责。使我感到欣慰的是，这四位青年教师的阿拉伯语功底是深厚的，两种语言的转化能力也是较强的，衷心希望他们能通过更多的翻译、科研实践，多出成果，为繁荣中国的阿拉伯文学研究、阿拉伯伊斯兰文化研究做出更大贡献。

蔡伟良

2010 年 6 月 28 日

探寻更广阔的空间
（中文版代序）

翻译是一座高贵的人类交流之桥，它为不同文明之间人文知识的传递做出了贡献。如果没有翻译，很多民族就只能囿于自己的文化圈子，了解不到其他民族和文化中的精华。

因此，当我得知有一群阿拉伯语的专家学者在朱威烈教授的带领下，将这本书译成汉语的时候，我为之欢欣鼓舞。一个让我很高兴为此书中译本作序的原因就是，据我所知，这是第一次将科威特小说译成汉语。而从学术层面讲，翻译的过程也是对科威特小说艺术的一个接近于全面的研究。今日之科威特小说艺术是阿拉伯小说艺术的一部分，但它也有自身的地域特色，这种特色就是海湾特色，当然其中也不乏科威特当地文化的特色。即便科威特小说艺术与发端于埃及、沙姆、伊拉克等地的小说艺术相比，年代不是很久远，但是它已取得长足的进步。

也许穆拉塞勒·法利赫·阿基米在书中所作的详尽、全面的研究能勾勒出科威特小说艺术发展的具体轮廓：他列举了科威特小说先驱们曾经面临的困难，划分了科威特小说历经的发展阶段，概括了从科威特小说先驱到新生代小说家们的文学特点。他在研究中还对科威特小说的发端作了考证，认为科威特小说始于1929年，作家哈立德·穆罕默德·法勒基发表的小说《穆妮拉》，可被视作科威特第一部短篇小说。

这本小说集为我们了解阿拉伯世界叙事艺术打开了一扇窗，同时，它在科威特文化工程中也占有重要地位。这一文化工程绝非是无本之木，而是源自科威特文学家和学者们深刻认识到科威特国属于更广阔的阿拉伯世界，源自科威特文化人和作家们向往融入更广袤的阿拉伯文化之河。

让我高兴和自豪的是，《阿拉伯人》杂志作为一本全面介绍阿拉伯文化的杂志，在两年前，也就是在庆祝办刊50年这样一个特殊的时刻，率先将这些小说结集出版。《阿拉伯人》杂志为促进阿拉伯东西方交流方面扮演了而且还将一直扮演重要的角色，它不但传递阿拉伯国家最优秀的作家们的思想，而且还通过覆盖阿拉伯东西方地域的彩图让每个阿拉伯人都能了解到自己更大的祖国。在电视和卫星通信技术还不发达的年代，杂志就已把整个阿拉伯世界的视线引向那些偏远的村落、无名的沙漠以及那些只有当地人才会知道的胡同、小道。

今天，《阿拉伯人》杂志很乐意扮演一个崭新的角色，即为阿拉伯文化和中国文化之间的交流开辟一片空间。今日之中国作为大国，吸引了全世界的目光；作为新兴力量，其名字更为闪耀。

中国在工业、科技、销售等领域的发展速度令人诧异，它为那些致力于振兴的阿拉伯国家重新点燃了希望。

《阿拉伯人》杂志曾率先访问中国，而且不止一次地派遣记者团实地探寻中国崛起的经验，跟踪中国在科学、建筑、艺术等领域的发展之路，并向阿拉伯读者详细介绍中国的全方位崛起。当然，杂志还介绍了中国的传统风俗、信仰和独特文化。

这次翻译实践证明了很多共识，其中包括中国文化和阿拉伯伊斯兰文化并不像部分别有用心的人宣称的那样，是对立、碰撞、冲突的两种文化，而是两个悠久的、植根于古代的文明体，将地球的最东面和最西面连在一起，并成为衔接世界南北的中间环节。

从另一个角度来看，这次翻译也是中科关系、中阿关系发展历程中的一步，它表明文化可以巩固国与国、文明与文明之间的战略关系，而不只是经贸利益，当然后者也很重要。

这里我还想再次感谢朱威烈教授关于翻译这本小说集的良好建议，感谢这个由阿拉伯语语言文学专家们组成的翻译团队，感谢上海外国语大学，感谢小说集中译本的出版方。

我希望中国读者们读到的中译本能成为阿中文化之间互识互动的一环，希望它能在将来得到更多的回应。我期待双方更多的文化交流项目和举措紧随其后。

《阿拉伯人》总编辑

苏莱曼·易卜拉欣·阿斯卡里

2010年5月

目　录

穆妮拉[1]

哈立德·穆罕默德·法勒基

1

那仿佛是磁石间蕴藏着的神秘而不可思议的力量，能将形形色色的金属吸附于一身，只有鲜嫩欲滴的青春和无瑕的美丽才可媲美她那摄人心魄、夺人眼球的身躯。这迷人的一切化成了一个女子的形象，家人为她取名，叫穆妮拉。

穆妮拉是光彩照人的！即便诗人卖力吟唱，画家刻意描画，雕塑家竭力雕琢，也无法表现她的美。是万能的造物主将这种美在一个鲜活的身躯上展示出来，这个身躯的名字就叫穆妮拉。她的美如生命之泉喷涌，流露在有生命力的脸上；又如青春的韶光，

---

① 首次发表于《科威特》杂志第6、7期，1929年11、12月，后由哈立德·苏欧德·栽德收录于《科威特杂志优秀故事选》一书。

青草的嫩芽；是美目的迷惑，从眼中射出稍纵即逝的微笑光芒。她的身姿无论站、或行、或卧，都是那样的曼妙。

人类的所有表达都无法形容她的娇美。天啊，除非在天使中也有诗人和艺术家的存在，但那些我们又怎能知道呢？

穆妮拉就是美的标志，美的化身。然而聪敏的造物主总是在一方面给予完满，又在另一方面制造缺憾以求保持平衡。

一个人当他的某一特征过于突出，在他身上必然存在另一致命弱点。在那美丽无瑕的身躯里藏着一颗纯真质朴的心，脑袋里装满了各种各样的传奇故事和形形色色的无聊幻想，对老太婆们和女仆们的言谈总是深信不疑，极易盲从。和其他同龄人一样，穆妮拉懒惰、蠢笨，喜爱打扮炫耀。与那绝世美艳共同成长起来的，还有她从小就从同族女孩们那里听来的鬼怪传闻、好人坏人的奇闻逸事和奇怪现象。她送给每个女孩一件珠宝，外加一个辟邪符，也许在某个手镯中就藏着一个辟邪符。她胸中有许多各式各样的代表不同含义的护身符，有戴在头上的，有佩戴在小臂上的，还有系在脚踝上的，等等，不一而足。这个护身符象征着光明，那个又代表着护佑。辟邪符是精灵或是爱的化身……她总是把自己的衣服交给裁缝缝制，自己则空出时间来为这位幸运的长官缝制服，又为那位可爱的长老的墓地刺绣旗帜。她为墓地上贡品和筹办晚会所花费的钱财，是她为自己添置必需品、首饰和化妆所费的好几倍。她就是那个纯洁的，善良的，以善待长者贤人、同情苦难人而闻名的姑娘。她是每个心灵的期盼，每双眼睛的诱惑。然而在东方，相信宿命论的人们总有不少的说法，例如，说穆妮拉一开始就注定是大她两岁的堂哥的命中姻缘。她与堂哥成亲是毫无疑义的，还需要什么商量呢，她不是从小就听父母说她就是阿卜杜·嘎迪尔的妻子吗？没有选择，只能顺从。她既不喜欢他，也不讨厌他；不管怎样，他都是她的丈夫。

不管这位叫穆妮拉的姑娘情愿与否，反正她那绝色的美貌已深深攫住了她丈夫的心。他像奴隶般地顺从妻子，服从她的诸多命令。妻子终于开始与他亲近，进而又渐渐转变为喜爱，喜爱最后化为真正的爱情——爱的哲学家们倾尽全力想要获得的宝石。

2

婚后六年，夫妻两人一直沉浸在采摘鲜美爱情果实的幸福中。穆妮拉仿佛在爱的幻想中，在白日梦中度过了这些时光。然而，有一个希望曾使她笑容满面，但最终完全变了样。每当这个念头掠过脑海，她就嫌恶不已。倒霉的念头搅乱了她平静的幸福生活，一想到它就不得安宁。整整六个年头！希望最终变成了绝望，就如有些有益的营养一旦发酵就变成致命的毒药一般。每当独自一人时，她就问自己：“眼看着巨大的财产没有继承人，阿卜杜·嘎迪尔他还能坚守自己的诺言吗？”答案往往使她害怕！幸而，丈夫痴恋她的美貌，丈夫对自己的爱意是她亲眼所见的，这一切可以稍稍消除她的恐惧。但那令人不安的想法，又会立刻回到她的幻想中，不断令她生疑。

那边，屋里充斥着女人们的欢叫声，这边女仆的木屐声又在通向穆妮拉房间的楼梯上响起。这会儿，她正在阳台边的靠椅上，俯瞰那一片点缀着椰枣林的绿色原野。阿卜杜·嘎迪尔就在她身边，温柔地用指尖抚弄着她那乌黑柔软的秀发。当她看到在他头发分际处露出的白发时，大声笑起来："今后，我得叫你阿卜杜·嘎迪尔谢赫了！"她说着转向正气喘吁吁爬上楼来的女仆，后者仿佛怕别人抢在她前面似的，用充满兴奋喜悦的声音说："好消息……好消息！女主人，您的妹妹阿齐扎生了个男孩儿！多么令人高兴的消息啊！你最小的妹妹，可爱的阿齐扎，她还不到十七岁呢，已经和她年轻的堂兄马哈茂德生了个男孩儿啦！"

对于穆妮拉而言，这喜讯如同一声晴天霹雳，她的声音哽咽了，悲伤的脸孔变得苍白，她多么希望这会儿阿卜杜·嘎迪尔不在这里，好让她独自一人用泪水冲淡渴望，使饱受煎熬的痛苦得到些许的缓和。阿卜杜·嘎迪尔似乎对妻子胸中泛起的悲伤和苦恼一目了然，也知道为何喜讯变成了噩耗。没有比这更糟糕的消息了，阿齐扎的喜讯使穆妮拉的疑虑和恐惧在她丈夫面前暴露无遗。他试图想要减轻她的痛苦，然而却陷入了沉思。他想起了婚礼晚上的情形，旋即看到自己所有的希望即将灰飞烟灭。于是，他发疯似的狂笑起来，把穆妮拉从彷徨、失神中惊醒。但她却什么也没说，因为她从他的眼神中读到的满是绝望与悲伤。

"……"

"我想起了我为我幻想中的孩子准备的小箱子，在里面，我集满了他的衣服和玩具！你看，如果我们结婚那年就有孩子，那么现在他就应该带着我们最大的希望，在读小学了呢，我们会快乐地与他交谈、玩耍。”

“安拉是宽厚仁慈的……”

“安拉是宽厚仁慈的。但是……但是……”

“我想，这事儿的原因是在你可以得到你想要的东西之前，你过早地做了准备，譬如你准备了那个箱子，你的想法产生在安拉的意愿之前了，安拉就仁慈地惩罚了你。”

“这是愚蠢，是迷信，现代医学证实孕育的秘密在于女子，女人就像长着生命种子的椰枣树，而男人的任务是播撒花粉，使椰枣树受粉。”他的话使她再一次如遭霹雳，说话也变得结巴起来：

“我告诉你真相吧，我问过乌姆·萨利赫大娘，她是邻居当中最熟悉各种奇闻逸事的人，尤其是关于婚配、生育问题的吉凶。她说我们的原因在于，我的丈夫太现代，而且不信神灵，不尊敬长老，也不给墓地捐钱。”

“哪个大娘……简直令人作呕！是那个疯子一样的白痴？那个长着肿瘤的老太婆？你难道竟无知到这种地步了？”

“你适可而止吧！”穆妮拉愤怒地说。她是那样信赖那位老太太，更不容许别人侮辱她。她早已习惯了丈夫对她的宽容，无论是她发脾气还是撒娇，总是顺着她，请求她的原谅，给她热烈的亲吻。但是这次，阿卜杜·嘎迪尔很快绷起脸，说道：

“你总是指责我！我已经受够你了，我忍受你的无知、莽撞，我一生中的美好岁月已经逝去，但至今我还未看到我身后的继承人，也没有找到我老了以后可以协助我的人。安拉说过：‘你们可以择娶你们爱悦的女人，各娶两妻、三妻、四妻。’[①]”

多么令人沮丧的“好消息”！它剥下了所有秘密的暧昧外衣，把潜藏于心灵深处的隐私一一暴露于外。阿卜杜·嘎迪尔从她身边不屑一顾地站起身，走进书房，一屁股坐在长椅上自言自语：够了，我盲目地追随着这虚妄的美艳，它美得就像镶满黄金的沥青！那又怎么样呢？无知，真丢脸！丑陋的习性！过分的撒娇！满脑子全是迷信故事和胡思乱想！稚嫩的心竟不懂何为夫妻关系！除此以外还不会生孩子！她的妹妹和堂兄去年刚结婚就生了孩子……哎……我从她的美貌中除了得到稍纵即逝的快活外，又得到了什么呢？我在她那里只有变得头脑禁锢，盲从迷信。一个任凭感性超越理性的人，下场会怎样？一定是悲惨的结局！怎么办呢？假如我继续忍耐和守候，不断培养希望的幻影，结果会怎样？假如她的那伙骗子最后成功地施展了诡计，使她怀孕，而让孩子在这样一个充满无知的环境中成长又有什么好呢，让他在老太婆和奴仆的子女堆中长大，混迹在穷人和苦行僧的队伍中吗？够了，够了，后悔是没有用的，你应该弥补缺憾。啊，赫利勒先生的女儿美貌动人，知书达理。我有足够的家产向她求婚。对了！我想起来了，她曾夸赞我，对我表示爱慕！啊，是的，是的，阿齐扎婚礼那天晚上，我分明从她眼中读出了她对我的钦佩，甚至是对我的爱情的渴望。但是，真可惜啊！对穆妮拉的爱占据了我的心，使我视而不见，对那些暗示就像古人对着象形文字一样不解。

① 《古兰经》妇女章：3节。

不过，没关系，商博良[1]揭开了符号之谜，而她——真幸运——还是个未婚的姑娘，还没有答应过任何人对她的求婚。我想，她还在为爱我而神魂颠倒呢！至于穆妮拉，她还是应该待在我身边，让我好欣赏她的美丽，嘲笑她的纯真吧。

一个多么可怕的计划！它一直使穆妮拉惴惴不安，几次三番被噩梦惊醒，令她彻夜不眠。她的恐惧终于变成了现实，没有比一颗纯洁的心灵所感受到的更可信的事了，仿佛这就是来自神明的启示。

阿卜杜·嘎迪尔离开长椅，用力地打开书房门，冷漠地坐到卧室门口，说："够了，穆妮拉，够了！你嘲笑我的理智，笑话我。从今天起，我不想再看到你把那些迷信、说谎的家伙，还有把那狡猾的老太婆请到家里来，别让来来往往的到访者再踏进家门。你，奴仆萨尔玛，小心看着，别让除了亲戚以外的任何人靠近你的女主人。不然，我连你们俩一起惩罚。听到了没有？"阿卜杜·嘎迪尔走出房间，只剩下穆妮拉痛哭不止。她的胸中燃烧着悲伤和忧愁的火焰，她从未受到过这样的打击，于是变得脆弱不堪，一下发起了高烧，整夜叫唤着，说着胡话，直到第二天天亮。

早晨，她一开口就询问阿卜杜·嘎迪尔是否来过。答案是否定的。她怎么办呢？只好哭泣。她要借眼泪浇灭心头的渴望，平息胸中的烦恼，可是有时泪水却像燃烧的汽油，使忧伤的火炭愈烧愈旺。

---

① 让·弗朗索瓦·商伯良（1790—1832），法国历史学家、语言学家，是第一位识破古埃及象形文字结构并破译罗塞塔石碑的学者，被誉为"埃及学之父"。

3

一周过去了，生活又渐渐步入了正轨，但阿卜杜·嘎迪尔已不再是往日那个为妻子神魂颠倒的爱人了。他的话语中总是充满粗鲁的挖苦，即使有赞美和讨好，也只是为了稍微缓和一下他的这位堂妹的不悦。

一天，穆妮拉坐在镜子前，为自己青春韶华的凋零而惊恐不已，曾经姣好的容貌如今已失去光彩，每况愈下。啊，主啊！你的仁爱为我带来了什么呢？我的主啊，为了接近你，我为那些善男信女、虔诚的教徒做尽善事。我祈求安拉，若能使阿卜杜·嘎迪尔的心变得和过去一样忠诚，我可以为圣墓宰杀二十只羔羊和一百只双冠公鸡。哎，但愿乌姆·萨利赫大娘能在这里，希望她从寺庙回来后，能把我从这样的尴尬困境中拯救出去，她还可以为我写护身符，到长老那里为我测测运气。求安拉让她快些回来吧，只有她能让我平静下来。过了三天，乌姆·萨利赫来了，她拄着拐杖，歪着脑袋，把风衣撩到双肘上面，一步步走来，看上去就像摇篮车的篷盖。她还不知道穆妮拉家新发布的严令，趁女仆萨尔玛一个不注意，就来到了穆妮拉这里。对穆妮拉来说，她简直就像从天空中降下来拯救自己的天使，自己把所有的希望都寄托在她身上了。穆妮拉像拜物教徒迎接偶像般恭敬、顺从地欢迎乌姆·萨利赫大娘，亲吻她的头，她的双手，她的双脚，然后放声大哭，向她诉述近来发生的事情。于是，乌姆·萨利赫一边安慰她，一边许下迷人的承诺，约她下次在穆妮拉父母家中与她见面，阿卜杜·嘎迪尔在那儿就不可能那么凶狠了，萨利赫大娘也怕自己因为阿卜杜·嘎迪尔的凶狠而丢尽脸面。

约定的日子到了。这位领路人来到那里对穆妮拉说：我去了住在西海岸树林里的哑巴长老那里，他说他了解你的情况，你一定是怠慢了某个教徒或疏忽了某个圣地的供奉。我看到长老对你很愤怒。但是我不停地央求他，他才说："我可以宽恕她，但她必须在下一个礼拜三的深夜，当月亮进入巨蟹宫的时候，带着卑微的心到我这里来，她必须留在我这里，直到马鲁夫教长祝福她，使阿卜杜·嘎迪尔的心能由她掌控为止。"

"我怎么去呢，大娘？森林那么远，夜晚又那样黑，我不敢去。"

"不用怕，你和我一起去，我会雇两头驴把我们送到森林那边的。"

"那阿卜杜·嘎迪尔呢？如果他找不到我，我又不能在天亮前回来，他一定等不到半夜的。我该怎么办？"

"阿卜杜·嘎迪尔！"她轻蔑地说，"除非他的心回到你这里任由你摆布，否则你不会从尊敬的长老那里回来。你等着瞧吧，明天他就会像一只温顺、听话的小羊羔，你怎么讲他就怎么听。要编一个谎言很容易。"

"谁来代替我呢？我怎么能把他丢下呢？我担心那些仆人发现我不在了，就会耍弄他。"

"你把珠宝首饰中最贵重的放在随身的包里，我会像保护你一样保护它的。”

“好吧，我们什么时候出发？”

“我们在女清真寺里跟着宰赫拉女谢赫做了宵礼之后，就出发去‘百尔角’，驴子会在那里等我们。教长也会一直等到我们到达为止。”

4

计划就这样被实施了。宝珠离开了它的贝壳。黑暗中只见两个女人从清真寺里出来，往“百尔角”方向赶去，其中一个人就是穆妮拉。到达驴子等候的地方时，她已经精疲力竭了。若不是老大娘用尽各种办法支撑着她歪斜的身子，架着她的两只胳膊，她一定坚持不到那里。可是，假若不是穆妮拉过于单纯无知，她一定能发现大娘的勉强做作，一定会怀疑。可是即使她发现了，她也把它看作是大娘给足了她面子，是她的运气。穆妮拉越来越疲惫，她不得不把手上的提包交给乌姆·萨利赫，以减轻自己的负担。乌姆·萨利赫让她骑上一头驴子，自己上了另一头，一直来到森林边。两人下了驴，穿过几片小林子，又经过泥泞的沼泽地。黑暗仿佛是来自地狱的艺术家，吞噬了树林的影子，用他的凿子将树林雕琢成可怜的穆妮拉想象中的各种巨人、魔鬼的样子。恐惧使穆妮拉不停地颤抖。时不时传来的野兽猛禽的嚎叫声，更加剧了这种恐惧，还有蛇类发出的嘶嘶声、虫子的鸣叫声，越来越使人惊恐、慌张。劳累和恐惧终于将穆妮拉折磨得软弱不堪，若非那个萤火虫般微弱的光芒出现在她眼前，若非她听见西海那汹涌的海浪击碎在岸边的岩石上，又奋力撤回投入到原先的怒吼咆哮中去的话，她一定已经丧失毅力了。旋即，她发现自己已经站在一座木屋门前了。木屋是用这片树林中的木材盖的，和其他渔民的木屋一样，屋顶上覆盖着干草和黏土。屋子里微弱的火苗中燃着乳香香料，一位老人坐在火边，他留着长长的白须，两条眉毛弯弯地垂在眼睑上，脸上的皱纹像被狂风吹过的沙浪。他手里拿着一串长长的念珠，正在生气地嘟囔着什么。

这就是安拉！这就是安拉！这就是安拉！他就是被赞颂的人类与天使之主。乌姆·萨利赫向他行礼，老人正忙于思考，并不回礼。于是她们二人在小屋边上坐下，突然长老颤抖了一下，像子弹出膛似的迅速冲出了木屋。一阵恐怖的寂静，漆黑的夜色里只剩下那火苗发出的嘶嘶声响，更增添了可怖的感觉。穆妮拉感到天地虽大，却没有她的容身之所。她开始后悔来到这里，她想早知现在还不如任凭事态随意发展下去。然而她对乌姆·萨利赫的信任使她陷入迷误。乌姆·萨利赫似乎看出了她的想法，恐吓她说长老能知道她脑子里所有的念头。于是，穆妮拉越发信任她了。这时来了一个长老的教徒，他向客人们问好，穆妮拉亲吻了他的双手、双脚。他先向穆妮拉念了他早就准备好的话，接着便向穆妮拉道喜，说她的愿望已经达成了，长老正在另一间屋子里发着谵语，说他已经成功地将他的意愿委托于大卫王之子所罗门的巨人之一——塔什塔拉伊尔。她不久将怀孕生下一对双胞胎，并给长子取名为马鲁夫，小儿子取名为杰尼德。穆妮拉的脸上立刻浮现出快乐的神情。这位教徒走后不久，另一位教徒进来说："你跟我来，我要用芫荽香为你熏香，好让你清净、纯洁地觐见长老，向他行礼。"于是教徒将她引进另一座黑暗的木屋中，在她面前放了瓷香炉，香炉上面搁了一点儿乳香，又拿来一罐水，嘱咐她自行更衣，小净，并用香料熏身，直到他回来带她去见长老。穆妮拉做完小净，熏了香，便开始等候。然而，等候的时间越来越长。她每次听到胡狼的嚎叫在森林中回响，就越发害怕；每当树叶的沙沙声传入她的耳际，她都以为是教徒的脚步。直到曙光初露，天色破晓，太阳露脸，她再也等不下去了，就跑出木屋大声呼喊："乌姆·萨利赫！乌姆·萨利赫！"然而，只有回声在应答她！她发现自己孤单一人。她突然明白了一切，那装着珠宝首饰的提包正在乌姆·萨利赫手上呐！包没有了！她若回去，怎么对阿卜杜·嘎迪尔说呀？女仆报喜时的那一场景又展现在脑海中，她听见耳边阿卜杜·嘎迪尔的话语隆隆作响……哪位大娘？那个疯子一样的白痴？那个长着肿瘤的老太婆？难道你竟无知到这种地步了吗？……所有的思绪从各个方向向她袭来，绝望慢慢渗入她的心灵，彻夜未眠的疲倦如火上浇油，加倍地将她摧残。她像个疯子般开始掴自己的脸，离开木屋直奔海边，摊开双掌说道："安拉呀！请求您的宽恕！"说完便纵身投入大海。倘若你就站在那悲伤的场景面前，你会看到鲛鲨双双飞速游来。这就是结局。

女孩的心愿[①]

伊卜帖萨姆·阿卜杜拉·阿卜杜·拉提夫

我们总是担心重量不重质的念头会渗入脑海，又害怕自己只看表面而不求内涵。我们有着各种各样的称呼，仿佛这些称呼能解决所有重大的社会问题。然而，一个人——正如人们所说的——一旦品尝了自由的滋味，便会要求自由；一朝目睹了变革就渴求变革。如若失却了这些特性，那么你将会看到他对任何事都无动于衷，袖手旁观，只因他从未品尝过自由和变革的滋味。

一天，我经过一所新建的医院，那是一座依海而建的具有安达卢西亚风格的欧式建筑，外形绮丽独特，引人注目。院前是一片直通黄金海滩的开阔空地。看得出来，这所漂亮医院的经营者是花了不少心思将它装备完善，要它成为一家海湾地区独一无二

① 发表于《复兴》杂志，第8期，1948年9月。

的医院的。

那天，父亲正巧和我在一起，我便向他打听这家豪华医院的情况。父亲答道：“它是这样一所医院，它开张之后，我们这儿原有的老医院里人满为患的问题就会得到解决。这家医院将采用最先进的医疗手段，使治病成为一件易事。它的健康管理将替代一些人们脑中根深蒂固的老思想，以为事物金玉其外，则往往败絮其中。

“这家医院将要开设一个产科分院，那么从今往后，除非安拉刻意安排，否则将不再会有孩子离开母亲而成为孤儿，也不再会有母亲因失去孩子而悲伤。我们这儿唯一的产婆则无须再东奔西走，忙于接生。你未来的弟弟妹妹们将会比你幸运得多。因为你的出生曾是那样艰难，你差点儿窒息，也几乎要葬送了你母亲的性命。我们为了请来这里唯一的产婆抢救你，完成了几乎不可能完成的任务。当时产婆正忙着为几个在你降生前数十分钟出生的婴儿接生，接生总要一个一个挨着顺序的。当我们迫于无奈之时，乌姆·阿巴斯来了，她在这方面还是很有经验的，她不断发出指令。蒙安拉意愿，你最终降生了。产婆乌姆·阿巴斯割断了你的脐带，只好用黄油来喂饱你，也顾不得你会消化困难或感觉不适了。”

听完父亲的话，我终于确信，我们迫切需要一个产科医院，医院中还得配备两名经验丰富的医生，并至少应有八名接生员听候指令。最后，让那些尚在母亲腹中的婴孩们为自己庆贺吧！

老人与小鸟①

法赫德·杜威利

老人一瘸一拐地朝市集中心他经营的杂货铺走去，拐杖触地发出的声响和着平缓的脚步声，脸上显出善良和蔼的神情。在茫茫人海中，有些人即使你素未谋面，但只要见过一次，就会立刻喜欢上他，那是以前从未有过的一种向慕抑或是敬重的情感，尽管你未必清楚其中的奥妙。

老人停在自己的店铺前，左臂撑着拐杖，弯腰打开门底部连着链条的锁，然后抬起头，右手伸到门上边的门框上把它卷了起来，左半扇门被打开了，接着他又把手伸进店内扭了一下里边的木栓，两扇门都打开了。老人拿下肩上的风衣，将拐杖夹在腋下，

① 首次发表于《先驱》杂志，1953年第2期，曾被哈立德·苏欧德·栽德收录于《科威特小说家领袖》一书。

不慌不忙地叠好风衣，提起拐杖进了店铺。他掸了掸小长凳上的灰尘，把风衣放在平常的位置，就在长凳上坐下，两条腿垂在长凳下平直的凹槽里。然后，像每天早晨的此刻那样，开始对着玫瑰花束中的一朵小花仔细端详起来。干完一切该干的事之后，老头自言自语道："今天，我的铺子还缺点什么呢？"

他环顾店铺里所有的食品后，没见缺什么东西，便开始观察起行人来。接着，他想起老太婆今天曾让他买条鱼晚上吃，就开始在行人中搜寻买了鱼的人，突然看见有人提着一个盛器，里面有两条鱼，便高兴地冲他喊：

"喂，大伯，今天的鱼多少钱？"

那个路人头也不回地继续赶路，好像这个问题他已被问了无数遍，他答道：

"一欧基亚[①]十镑。"

老头偷偷地咕哝道：

"我活这么大年纪，看得多了，还有比这更贵的吗？老婆子啊，今天你就别吃鱼了吧，安拉会为此奖励你的。"

过一会儿，有一个朋友来了，他常到这里小坐片刻，和老头一起天南地北地聊天。不一会儿，又来了个朋友。当第三个朋友到来时，第一个朋友就会起身给他让座。

日头渐渐升高。正午的骄阳向路人头顶、向他们的脚上喷吐火舌。为了保持市场里的湿度，一辆市政洒水车正在这儿洒水作业。路人纷纷散开，为洒水车让道，以免被从车上两条象鼻般的

① 欧基亚，重量单位，十二分之一埃及磅，相当于 37.4 克。

水管中喷洒出来的水珠溅到。一些行人躲进各个店铺的门廊和天井中。一个十岁左右的小孩为避开喷洒而出的水珠，径直冲进了老人的店铺。

老人望着小心翼翼地猫在院子的少年，见他左手提着新衣服的边，从右手中垂下一根细线，线的另一端拴在一只小鸟的腿上。老人注意到那只小鸟在尝试了各种逃跑的努力后，已经绝望地屈服于男孩的折磨之下了，它耷拉着脑袋，低垂着翅膀。每次汽车疾驰过男孩身旁，小鸟就像淋了一场毛毛雨，拍打着翅膀，重新尝试着逃生的努力，直到精疲力竭。接着，它便抬起头，转动脑袋，似乎对这场淋湿它全身的“雨水”很感诧异。它的羽毛湿湿地黏在一起，颤抖时，从羽毛的分际处显出红红的肉色。

老人开始仔细地打量这只可怜的小鸟，他感到仿佛有一只有力的手紧捏着他的心。小男孩儿显然不知痛苦为何物，他逗弄小鸟的场面却使老人倍感悲伤苦楚。老人不忍心再任由男孩儿继续折磨他的俘虏，他把男孩儿唤到身边，说：

“小朋友，你能把这只小鸟卖给我吗？”

小孩儿似乎没听懂他在说什么，诧异地望着他。大人们要买小鸟？这令他颇感惊奇。他答道：

“啊？好的。”

老人拿了些零钱给男孩儿，男孩儿接过钱，睁大眼睛看着老人，又望了望小鸟，突然一阵风似的撒开两条腿就跑了，手上拖着的小鸟只能在短短绳线的长度范围内飞舞。

老人咒骂着狡猾的孩子，他飞快地抓起自己的拐杖，一边又跑又跳地追着男孩儿，一边大声地呼唤周围店铺的老板们去捉孩子。就这样，一场老板追小孩的可笑追逐开始了。最后，一个店铺老板终于擒住了男孩儿的脖子。老人赶上去，向聚拢在周围的人诉述小男孩如何欺骗他，装着卖小鸟给他，却抢了他的钱，又带着小鸟逃走。于是，人们留下男孩儿和他的“债主”离开了。老人从男孩儿手中拿回小鸟，举手要打他的脸，但当手快要打到那小小的脸颊时，男孩儿却立刻弯下了身子。老人一掌落空，脸朝下栽倒在洒水车经过后满是泥污的地上。

然而，老人自始至终没有忘却两样事物：他的拐杖和小鸟。他身体靠在墙上，一手拿起拐杖和小鸟，一手抹去脸上的污泥，并整了整自己的衣服。

人群中爆发出一阵狂笑。有人对老头儿说：

“如果你要打那小孩的脸，你应该把目标定在他身体的中部，这样他弯下腰去的时候你就可以打中他头啦。老伯，打高了一点啊！”

老人爱怜地捧着小鸟回到自己的铺子，用布为它擦去羽毛上的水和污泥，擦拭干净后，小鸟用力地抖了抖自己的羽毛，有些褪色的羽毛重新变得柔软、垂顺起来。这时，老人悲伤地发现小鸟的一只翅膀折断了，他便找来一根火柴棍绑在它受伤的翅膀上，试图为它接骨。他冲着小鸟说道：

“你飞不起来了。至少现在如此，所以今晚得把你关在我店里，可这不是我的错。至于明天，但愿你的断翅能痊愈，我会把你放归你喜爱的自由天空，任你啁啾欢唱……哎……把你关起来是安拉的命令，可不是我的意愿。现在，你就站在这块木盖上，看看有什么适合你吃的。”

老人松开手把小鸟放在木盖上，可它却朝着那些装着货物的坛坛罐罐猛力地一跳。那里有美味诱人的稻米、大麦、小扁豆、印度豆和麦渣。小鸟开始从一个罐子跳到另一个罐子。老人朝它吼了起来：

“唉！你这个魔鬼，你想搞破坏吗？当心那些装稻米的罐子，眼下稻米可比小鸟贵啊！蠢东西，你把米撒得到处都是啦！”老人攥紧了拳头，然后又伸出食指指着仍在东跳西跳的小鸟，说道：

“你要再不停止这莽撞的行为，我就把你交给小男孩儿们。他们可知道怎么让你恢复正常。”

当老人看到小鸟卑微、顺从地停在一个罐子的木盖儿上时，很感诧异：“看啊，难道它能听懂我说话？”老人不觉笑了起来，抓了一些小麦种子递给他的“小客人”。老人想着，不断重复这个动作可以教小鸟儿习惯待在新的地方吃食。小鸟走近他，安心地从他手中啄食种子。然而，老人惊奇地发现，小鸟吃饱后又躲回了原处，睁大眼睛环视着店铺，又看看行人和老头儿。老人准备了一个空洋铁罐头盒，装满水放在小鸟边上，之后起身穿上风衣，拿起拐杖，锁上店门，朝家里走去。

一做完晡礼，老人就从市场附近的清真寺赶回店里。他的眼光最先落在被他囚禁的小鸟身上，小鸟仍然站在他离开时的地方，折断的翅膀耷拉下来，火柴棍在羽毛中若隐若现。老人用两只手捧起小鸟，抚摸着翅膀上的伤口，接着从坎肩儿口袋里掏出一瓶稀释过的碘酒，打开玻璃瓶，拿指尖封住瓶口用力地晃动了一下，然后用指尖上沾着的碘酒涂抹小鸟的伤口。老人松开手掌，小鸟使劲地扑扇翅膀想要飞起来，却显得力不从心。望着痛苦挣扎的小鸟，老人仿佛也感同身受，不禁愁上眉头。

第二天早晨，老人去探望他那受伤的“囚犯”，却发现小鸟失踪了。他找遍了所有盛货物的罐子、提篮，又在货架上左右搜寻，也没发现一点踪迹。

“你这个疯子，如果你逃走去寻找你的自由，那么这就是你的不对了，可怜的鸟啊，逃向自由并不意味着总是正确的，在你的翅膀变得更有力之前，你应该心甘情愿地服从于我。现在你已自动走向毁灭。”

老人无法停止找寻，他感到失去小鸟就像少了什么似的——你不认为老人喜爱那小鸟已经到这样的程度了吗？老人不停地寻找，正在用力地拍打一个大洋铁罐，突然小鸟从铁罐中跳了出来，落在老人专门为它支起来当作树枝的长棍上。老人胸中充满了无与伦比的快乐，好似一个长期离家远行的亲人回到了身边。

就这样几天过去了，老人一直精心照料着小鸟的翅膀。但有两个截然不同的念头却时时困扰着他。打从心底里，他希望可怜的小鸟能快快好起来，能够重新飞翔。但另一方面，他的这位既可爱又可怜的“朋友”要是离开了自己，又会使他难受不已。他已经习惯每天见到它，同它说活，将无法与他人诉说的一切都向它倾诉。老人温顺、友好的天性与小鸟的灵魂水乳交融，在他们之间产生出一种奇怪的友谊，这种友谊与时俱增，终于成为一种超越恋人之间的亲密与理解的情感。这种祥和友好的情感在这两个朋友之间越来越浓厚。小鸟也开始喜欢并适应了新生活，它不再用它的小爪把小扁豆拨弄到埃及豆里，它优雅、乖巧地从老人为它专门准备的容器中取食，也不再发疯似的从一个罐子跳到另一个罐子，或从一个货架蹦到另一个货架，惹老人生气。每个早晨和傍晚，每当老人打开店铺，小鸟儿就用美妙动听的叫声迎接老人，使老人心情舒畅，如饮甘露。老人在长凳上坐下后，小鸟儿就会垂着折断的翅膀跳到老人身边，然后蹦上他的肩头，伸长它那灰色的小嘴朝着老人端详起来，仿佛要从老人的脸上看出老人心情的好坏。

两周后，小鸟的伤口愈合了。老人为它拆开翅膀上的细线，取下火柴棍，用手托起小鸟的翅梢，对它说：

“你现在自由了，我的朋友。我会把你放飞到最高的天空，那里有宽广的空间，你会记得我们在一起的日子吗？刚开始时，你确实惹恼了我，但是后来的日子里，你又变得那么乖巧。啊……，快飞吧！”

小鸟从老人手里跳出来，却落在大葱罐的木塞上。它张开翅膀，又在老人面前垂落下来。老人很诧异，盯着它说道：

“难道你还飞不起来？过来让我瞧瞧哪里有毛病。”老人两只手捧着小鸟，检查了一下它的翅膀，发现骨头没有接回原位，是他在接骨时搞错位了。他再次把小鸟抛了出去，结果它又一次摔倒在地上。可怜的小鸟用力地扯回翅膀，仿佛极不情愿地拉扯着一个沉重的负担。

因自己的过失而让小鸟受罪，老人感到如鲠在喉，又强忍住了泪水。

一次，老人的一个擅于吟唱通俗诗歌的朋友路过这儿，老人便向他讲述了这个小鸟的故事。它的悲惨经历在诗人心中久久萦绕，触发了诗人的灵感。他望着小鸟好一会儿后，对老人说：

“那么你最好还是把它一直留在身边，直到终老吧。”

老人答道：

“你以为我要抛弃它吗？我向你请教，是想知道我怎么做才能让它重新飞起来，好弥补我的过失。”

诗人双手捧起小鸟，对着它的羽毛吹了口气，并在它的伤口处观察了一阵，又把它放回了原处，说道：

“朋友啊，已经没有办法挽回你的过失了，它翅膀上的骨头被接到了胸骨上。”

老人送走了朋友，悲伤地摇着头回到小鸟身旁。

“可怜的小鸟呀，这是造物主的判决，你只有把一切交给安拉了。你就放开心胸，接受这个灾难，宽心地和我一起生活吧。”

日子过得很快，转眼又过了一年。这只折断翅膀的小鸟一直生活在瘸腿老人的铺子里，他们已经习惯了彼此陪伴的生活，但有时两者之间又会剑拔弩张。往往是老人被小鸟的顽皮、嬉闹气得咬牙切齿。不时袭来的悲伤的情绪，使小鸟变得不再是主人喜爱的温顺、安静的模样，它已经受够了这种老人强迫它过的生活。但与老人共处的情感总能打动它温顺的心灵，于是它就消了火气，平静下来。

那天，老人的诗人朋友带来一只灰色掺杂着几根暗红羽毛的小鸟，小鸟的腿上支着一根火柴棍。诗人把它放进老人的杂货铺，说道：

“我从街上一个小男孩儿那里买了这只小鸟，你看它的腿断了，翅膀上的羽毛也被揪掉了，你就让它与你的小鸟一道过活吧，说不定它们能互相减轻对方所受的痛苦。”

两只小鸟面对面站着，愤怒地对望了一眼，旋即短兵相接地厮杀起来，一时间，鸟嘴、翅膀、爪子都成了武器。最终，两只小鸟被老人分开，各站一边，离各自的主人远远的。老人说道：

“你以为你的小鸟会喜欢我们吗？对于我们来说它是外来户，如果它再不友好，再想给我的铺子找麻烦的话，也许我不得不用石子扔它或者把它其余的毛都拔光。”

他的朋友回答道：

“如果你知道如何平等对待它们，细心照看它们，不用几天它们就会成为好朋友的。要使两只雄鸟在短时间里友好相处确实不是件容易的事儿。”

老人说：“如果你的小鸟是雌的，我就没有烦恼了。”

开头几天，整个店铺笼罩在剑拔弩张的气氛中。老人感觉到原来的那只小鸟怀着深深的沮丧，因为它不再婉转地鸣叫，也不再从一个提篮跳到另一个提篮，而是整天都待在一个地方。

一个星期过去了，老人觉得两只小鸟间似乎开始出现了友好的氛围。他发现原来的那只小鸟不在自己的水盆里喝水，而开始到同伴的水盆里喝水了；两只小鸟有时一起在店铺里到处跳来跳去，仿佛在进行比赛。新的友谊开始滋生。于是，每当老人打开店铺的门，它们就齐声欢唱迎接他，然后一起落到老人肩头，有时老人不得不烦躁地把它们赶走，好开始自己的工作。

“两个小跛子，从我肩上下来！”

于是，两只小鸟就从他肩头落下，立在他面前的提篮沿儿上。等老人静下来或干完手头的活儿，它们就又回到老人肩头叽叽喳喳起来。

“新客人”来了一个月以后，老人有一天发现它翅膀上的羽毛已经长全了，于是对两只小鸟说：

“朋友啊，我们又有新的难题了，这位瘸腿的朋友现在已经能够在空中飞翔了。我们交了这么些天的朋友，你想要离开我们了吗？我想你不会的，你是我们的朋友，你说呢？”

接着老人开怀大笑起来：

“我敢发誓，如果我向你们说的这些话被我的老太婆听到，她肯定会数落我年老昏庸，爱说胡话呢。现在，亲爱的小鸟，如果我把你放了，也许你明天就飞走了，留下我们在店里为你的离去忧伤、哀哭。你看，那么我只好把你长好的羽毛全部拔光。哎……我听到你在说‘难道你不兑现你的承诺了？’但是，小跛子，只有这样我才能心安。”

然而老人又说：

“但是这又不是你的错！我的小鸟命中注定要和我永远生活在一起，而你，若非安拉意愿，要剥夺你享受美好自由的权利，你完全可以回到广阔的天空中去。我究竟有什么权利硬要将你留下，让你和我们在一起呢？这是纯粹的一己之私。”

第二天早晨老人打开店铺，看到两只小鸟躲在长凳上，紧紧地依偎在一起，一看到老人就像往常一样欢叫着，热烈欢迎他。老人也如同每天早晨那般喂它们吃小麦和米粒，又把水盆添满，但是它们却不吃也不喝。老人开始观察起两只小鸟来，发现原来那只小鸟一步不离地紧紧跟随着他的伙伴，然后它们又一次依偎在一起。突然，瘸腿的小鸟张开翅膀在店铺里飞了一阵，像是最后一次向朋友告别似的，接着迅速穿过大门飞到了空中。

苦恼和愤怒同时向老人袭来，而那只小鸟则缩在罐子中间的角落里，它也张开了两只翅膀，任凭它们垂落在地上。老人依稀看到了小鸟眼角的泪水！他走过去，把它捧在手中，一边抚摸着它的羽毛，一边对它说：

“朋友啊，我们要忍耐，这就是生活，我们的朋友已经厌倦了和我们在一起，我们应该把它忘掉，就像它把我们忘了那样。它不忠，我们不义……哎，快过来吃吧。”

老人把装着食物的盆子递过去，小鸟别转头望着天空。老人又把水盆递过去，它动也不动，开始发出一种老人从未听到过的奇怪叫声。

“蠢货，别把我惹火了，难道你想让一只双翅健全的小鸟和你一起生活在这可恶的围墙之中吗？如果你也能飞的话，你肯定毫不犹豫地马上将我抛弃。”

老人似乎感到他理应用温柔的态度而不是如此粗暴地来对待这只小鸟，理应安慰它而不是责备它，于是他沉默下来。

一天过去了。第二天，小鸟仍然忧伤不已，不吃不喝。第三天，当老人打开店铺时，发现小鸟已然离开尘世，身子躺在米篮当中，一动不动。

老人再也忍不住，留下痛苦的眼泪。诗人朋友来到他这里后，老人将这个噩耗告诉了他，并把他珍视的尸体交给他，让他扔到附近的垃圾堆里去。诗人一手提着小鸟的腿，又伸出另一只手去紧紧地握住老人的手，安慰这个失去了“亲密朋友”的老人，好像安慰着一个失去了自己孩子的老人一般。他答应老人一定为这个已故的小鸟作一首哀悼诗，因为他为这个真实的悲剧深受触动。当他告别老人的时候，老人背过脸，擦去了脸颊上的热泪。

可怕的复仇[1]

海伊法·哈希姆

露露拿上披风和绣花手绢，穿过外门，像箭一般冲了出去。她的两个兄弟阿卜杜·阿齐兹和萨利赫天一亮就上班去了，母亲正忙着家务，全然没注意到她离开了家。露露感到自己的心跳声几乎震耳欲聋，觉得四面八方都是紧盯着她的眼睛，注视着她的一举一动。她不敢四下张望，只顾加紧脚步，好像有个恐怖的身影正在追赶着她。

她走在与海岸线平行的赛义夫大街上。这条大街是露露一生中唯一踩踏过的土地。她还记得童年时，从家到东方小学，她来来回回地走过这条大街，并从中获得难以形容的享受；她依旧

① 首次发表于《先驱》杂志第2期，1953年5月。曾被哈立德·苏欧德·栽德收录于《科威特杂志优秀故事选》。

记得，她的双足第一次触碰路面沙土的那一天，她凝望着那海水，仿佛要把大海的美丽珍藏，让它成为永久的回忆；她记得有一天，她因困苦、走投无路和失败，而满怀悲伤和绝望地与海岸的沙滩告别；她记得有一天，她的两个兄弟肆意妄为地扬起惩罚的鞭子，将她从学校拉回，而她还未完成小学二年级的课业。他们对她又打又骂，要她明白从学校学到的知识已超过需要，对她来说绰绰有余，更何况，她也已经到了不能独自一人去遥远学校的年龄。

从那时开始的四年以来，她所遭到的虐待和钳制就像套在脖颈上的环，掐得她喘不过气来。不正是她的两个兄弟永无止境地提出要求，使她筋疲力尽？她难道没有时时刻刻在清扫的尘土中、烹饪的烟熏中、洗衣的酷热中煎熬吗？他们难道不是对她的一丁点疏忽就报以破口大骂，用鞋子扔她，用鞭子打她吗？可怜她那饱受煎熬的心灵啊！她被侮辱折磨得卑微不堪，早已化作一堆脆弱的碎片！

突然，她发现自己已经站在东方小学的门前。她的双脚在不知不觉中已将她领到了神圣的童年殿堂。她望着它，心潮澎湃却如鲠在喉，她站在一扇窗下，倾听着女同学们的声音和老师的讲解，感到无比向往，禁不住热泪盈眶。

露露艰难地拖着双腿，离开学校向巴拉克（地区）走去。她不清楚自己在做什么。安拉啊！有谁能相信她对自己的国家一无所知呢？谁能想象，她虽生活在祖国的怀抱，却对祖国无比陌生。她无知于祖国的存在，祖国也未曾感知她的存在……她想要了解这个国家，又谈何容易。说她被囚禁于四面墙内，并非无稽之谈。

她的两个兄弟就像两个巨人般的狱卒看守着她，禁止她外出活动，每年只允许她在母亲陪同下探访她的祖母一次。那位祖母的家离她居住的地方非常近。

这一天终于到来了。她足足忍受了四年，现在终于爆发了、愤怒了。她要证明自己不是被呼来喝去毫无价值的废物，她的命运不再受兄弟的意志所摆布。他们剥夺了她最卑微的享受，无视她的存在，勒住她的呼吸，直到她变成一只折断翅膀的小鸟，变得无能为力。但是，今天，这只小鸟感知了压迫，感受到愤怒，用信仰和坚强的心灵代替了受伤的翅膀。现在，她要开始实施自己的计划，她要走遍科威特的每一个角落，熟悉这个国家的所有街道、建筑和各种设施。

露露拦下一辆出租车，坐到了三个浑身散发着刺鼻味道的女贩子当中，她们每人都拿着一篮子鸡蛋。然而，露露并没注意到她们，而是放眼望向玻璃窗外。车子缓缓地行驶在戴斯曼大街上，很快就开到了大街尽头。四个女人按讲定的价格付了车费，露露便走下车来。

她看看这里，又望望那里。川流不息的车辆和此起彼伏的车鸣声把她吓坏了，鳞次栉比的豪华商厦令她眼花缭乱。她来到萨法广场，犹豫着不知该往哪里去。最终，她决定朝右走。她在“嘉欣莫”和“巴赫巴哈尼”大商场的橱窗外停下张望了一会儿，这些名字她曾经听说过，却从不知道究竟是什么。她摇摇头，为自己白白度过的岁月而悲伤。接着，她穿过萨法广场朝左边走去。她信心倍增地迈着步子，眼前出现了一幢绿色的巨大建筑物。她加快了脚步想走上去看个究竟，忽然发现四个士兵站在通往建筑前门的台阶上。她抬眼望向高处，只见几个闪亮的大字写着：“警察局”。

突然，脑海中出现一个可怕的念头。她一直都没有计算时间，她本能地意识到那时已经接近黄昏了，她的失踪无疑会引起母亲的注意。两个兄弟毫无疑问已经下班，肯定把家里翻了个底朝天，这会儿可能早已到警察局报案了。

此时，她仿佛感到近在咫尺的士兵正仔细地打量着她，于是她转过背去，以疯狂的速度跑起来。她漫无目的地使劲跑着，跑过了无数条街道，直到双脚乏力，气喘吁吁。于是她一屁股坐在一户人家的门槛上。不安、害怕和疲倦使她显得楚楚可怜。

她叫住了一个路过的男孩，问他道：

“小孩儿，你能给我指一下去赛义夫大街的路吗？”

小男孩嘲笑她说：

“你要去赛义夫大街？它远得很呢！你现在正在马尔嘎布区呢。”她哀求地望着他，从口袋里掏出一枚卢比银币，说：

“我迷了路，如果你能把我送到想去的地方，我就把这枚银币送给你。”小男孩同意了，他们并肩穿过了一条新的大街。这时候，露露又开始谋划，思考着自己的下场，开始自言自语道：

“不用说，他们两个一定会杀了我的！哎，我在他们手中是多么不幸啊！不过，过去几年，我即使不犯错误也已死过千百回了，皮鞭在我身上刻下千沟百壑，我早已对它无知无觉，毫无疼痛之感了。在这痛苦的现实中，即便再多死几回又如何？”

死亡，我欢迎你！我已实现了长久以来令我魂牵梦绕的愿望。如今，我已经了解了我的祖国，心中充满了对她的热爱，祖国的尊严和荣耀像炭火般充实着我那静默的灵魂。我将坚强地站在我的兄弟面前，任由他们处置！

清新的海风吹在她的脸颊上，她又一次回到了赛义夫大街。谢过小男孩后，她伸手从地上捧起一把沙土放进手绢，又温柔地压了压手绢，仿佛要它同她一道分享所有的感触和情绪。她希望这一捧土可以作为她这次冒险的纪念：纪念驱散了她心中黑暗的光明；纪念信仰——对祖国、对民族、对自身的信仰——又重新回了到她饱受折磨的心灵。

屋门紧闭，她坚定地叩响了大门，然后等待着自己的命运，就像一个被宣判死刑的人等待执行的命令；抑或像船上的一位乘客，船顶着风浪前行，等待着他的是将自己打入海底的大浪；又像是一个在燃烧着的飞机上的旅客，悬于天地之间，期待着末日的来临。忽然，门打开了，她的哥哥阿卜杜·阿齐兹出现在门槛边。

露露只感到自己被两只手用力地拽了过去，接着她觉得自己的双手几乎要从肩膀上飞脱出去……极度疲劳之后，她的目光开始歪斜，思考使她的头脑混乱不堪。她像在睡梦中看见年迈的母亲，面色如死人般发黄，唇色泛紫，消瘦的双手哆嗦不停。就在露露即将陷入深度昏迷之前，阿卜杜·阿齐兹的粗棍子毫不留情地落在她的身上，她的头破了，深深的伤口中涌出血来，浸湿了她的衣衫。

年迈的母亲大叫着央求儿子：

“不要打死她，饶了她吧！安拉让我欠了你的。打死她之前先把我打死吧。同情同情我吧，不要让我受折磨，同情同情你的老母亲吧！”

阿卜杜·阿齐兹斜眼看着泣不成声的老母亲，说：

“你想要我同情这个败家子？这个不要脸的家伙只会给我们带来耻辱和毁灭。我不是禁止她出门吗，她是怎么忤逆我的命令的?!”

这时，萨利赫从外边走进来，撞见这流血的场面，以为大难降临到他们所有人身上。他的目光旋即落到他姐妹那沾满鲜血的身体上，便叫道：

“你在哪儿找到她的？我已经通知警察局了。现在警察正在拼命找她呢！这个疯子跑哪里去了？”

“我不知道。她已经受到惩罚了，但愿她死掉，她已经让我们受够了。”

半夜十二点，昏迷已久的露露终于醒来，从胸中吐出一声模糊不清的呻吟，然而这声音很快淹没在屋外怒吼的狂风中。她艰难地睁开疲惫的双眼，四周一片漆黑，直到眼睛慢慢适应了黑暗。接着，她伸出手去摸摸自己的头和身体，前一天发生的事情重新回到她疲惫的脑袋里，于是她发出撕心裂肺的痛苦呻吟，耳中不断传来的只有大风咆哮的声音。她感到严酷的大自然仿佛正穿着丧服，似乎有一个声音正呼唤着她去响应大自然的召唤。突然间闪电划过，她在光亮中看见母亲的脸在自己的身边，悲伤和绝望在她脸上显露无遗。这一刹那，软弱和怜悯蔓延到她的每一根神经，但很快致命的绝望又笼罩了她。她想到自己是个无家可归的流浪者，被剥夺了所有爱和渴望，饱受折磨，可怜可哀。然而她从绝望中收获了决心。她勉强地悄悄溜下床，踮着脚尖离开房间。她穿过露天的小院子，来到木头搭建的厨房，毫不在意刮在脸上的凛冽寒风。只有一个念头攫住了她——她要报复，即使在祭台上牺牲自己也在所不惜！报仇是她于绝望、无助、卑微中的唯一归宿。

半夜一点半整，响起恼人的声音，接着是噼噼啪啪的巨响，家里人都被惊醒过来。他们立刻闻到了着火的味道，而露露却不见踪影。他们三人从卧室里冲了出来，惊诧地看到火舌从木头厨房里窜出来，那里已经倒塌了半边。他们试图扑灭大火，但却白费力气。狂风怒吼，火势越烧越旺。未及第二天黎明，大火已经吞噬了房屋和里边所有的一切。邻里们好不容易止住了熊熊火焰，家里的人最终得救。但是……他们已手无分文，一贫如洗。在一片断瓦残垣中，他们发现了露露的躯体，大火已将她化为一具面目全非的黑色躯壳。

母亲的爱①

法迪勒·赫莱夫

拉蒂法扔开手中的扫帚，坐下休息。这繁重的劳动夜以继日，灰尘沾满她破烂的衣衫和蓬松的头发，甚至黏上带着泪珠的睫毛。家里只剩下她一人，丈夫上班去了，婆婆去走访一个朋友，小姑子们则上街买东西去了。

拉蒂法坐在院子的角落里，已被熬夜和哭泣折磨得疲惫不堪的双眼，又淌下泪来。她开始沉思自己所经历过的那些磨难，还想起待在父母身边的那些快乐时光，工作的时间工作，休息的时候休息，她曾经过着那么舒适的生活。父亲虽然过得很拮据，但从不吝啬为她买衣服和礼物。他总是克扣自己来满足她和她的兄

① 首次发表于作者的短篇小说集《青春的梦》，出版于1957年。哈立德·苏欧德·栽德为法迪勒写传记时，将该小说集全部收录于自己的作品《两个世纪中的科威特文学家》（第三册）。

弟阿卜杜·穆赫辛。她可以随时出门拜访伙伴们或看望邻居，有时候由母亲陪同，有时候独自一人。现在，在夫家，她饱尝劳累和疲倦，婆婆不可怜她，丈夫也不保护她。她曾向往舒适的婚姻生活，但是希望落空，她不得不屈服于绝望之中。看到朋友们一个个嫁为人妇，过着养尊处优的生活，她恨不得昏死过去。然而，最令她感到不幸和痛心的是，他们竟不让她回娘家。她完全可以离开家门，打破那愚昧的传统，命运的不公如同套在她脖子上的枷锁，但羞耻心却阻止她离开一起生活了九年的丈夫。她认为，即便自己的丈夫毫不了解婚姻的神圣，但若婚姻之链因她而断裂则是一种耻辱。丈夫仅仅把她看作是毫无用处的渣滓，他从石油公司下班回家，还不等他从疲惫中缓过神来，婆婆就向他抱怨和控诉她的不是，这些抱怨往往是不公平的。于是，丈夫便会发火，咒骂起他和她一起生活的日子，有时还会对她拳打脚踢。她总是忍受着所有的一切，丈夫用完午餐就气势汹汹地离开家，直到半夜才回来。而她，则心神不宁地等着他，眼皮都不敢眨一下。他回来以后愤怒地瞟一眼她，就爬上床一觉睡到天明。除了新婚第一年的头几个月，她再也记不得丈夫对她有任何怜悯与尊重。每次她恳求丈夫怜悯，恳求他不要再令她更痛苦和悲伤，得到的总是丈夫讽刺的回答："你就是为了做家务而生的，不要这么顽固不化。"

拉蒂法面色苍白，默不作声地想着这些事，而思考只会更增添她的悲愁。

正在这时，可亲的邻居乌姆·阿里走了进来。她一直很同情拉蒂法的处境，总是为她排忧解难。拉蒂法赶紧站起来迎接她，亲吻她的手。乌姆·阿里发现她眼上的泪痕，便问她：

“亲爱的，你怎么了呀？我看到你在哭呢！发生了什么让你心烦的事情？”拉蒂法哽咽着说：

“大婶，你难道看不见我是处处受禁，悲惨不幸吗？我所经历的艰难困苦，你都不知道吗？

我已断绝了生活的盼头，每时每刻都在期待着死亡。

在他们手中，我已然是一个又聋又哑的机器，从早到晚不停干活儿，有时还要干到午夜。而他们欣赏着我的惨剧，嘲笑着我的不幸。如果有一天背运，我就会没有吃的！他们剥夺我的口粮，你知道吗，一直以来，他们阻止我回娘家，昨天我去了一次，回来就面临责难和不幸。残忍的婆婆夺过我的披风撕个粉碎，还把它扔进火里烧了。而我的儿子，他们按照他们自己的想法和意愿培养他，让他在对我的仇恨和敌视中长大，我竟然成为这个世界上他唯一憎恨的人！大婶啊，这难道就是造物主喜欢看到的吗？我得到了什么呢？难道这世上所有的人都像我这样遭罪吗？……”

她平静了一会儿，努力把心中燃烧的怒火一倾而尽。得知她的痛苦后，乌姆·阿里心疼不已，眼中滚下怜悯的泪水，她说：

“我该说什么呢，我的孩子……难道我除了说些毫无意义、毫无帮助的话以外，什么都做不了……你丈夫的这件事已经使我精疲力竭了，我不止一次和他谈起这事，每次他都向我保证会改变对你的态度。我还责备他母亲，警告她这种行为的后果，但是她从不听劝，也不检查自己的错误。可是，现在我一定要等她回来，你看看我是怎么跟她交涉的。”拉蒂法打断她：

“不，不，夫人，您千万不要当着我的面向她提及这件事，您走后她会跟我算账，让我吃苦的。我已经受够屈辱和轻贱了，我再也不能承受更多了，我觉得我快要离开人世了……啊，她回来了，我听到她的声音了。”于是拉蒂法匆匆拿起扫帚，开始打扫院子。

婆婆一见到乌姆·阿里便立刻迎上去拥抱她，亲吻她，说道：

“亲爱的，欢迎你来……你给我们家带来福气啊。这些日子你在哪儿啊？欢迎！欢迎！”

“拉蒂法！拉蒂法！放下你手中的活儿，去准备些茶水，该死的，别磨磨蹭蹭了。你是缺乏教养呢，还是没眼色？乌姆·阿里来看望我们了，你也不留意招待！”乌姆·阿里回应她道：

“易卜拉欣他妈，我不要喝茶。我只想——你知道吗——你能让这个可怜的姑娘过得好些。你们为什么要对她这么严厉？难道她和你我不同，不是与我们同感受、同悲戚吗？她这样虚弱，你们应该帮助她，令她愉快。她可以离开你们回到父母的身边，然而她的尊严和羞耻心使她没那样做。如果她是个嘴巴刻薄的媳妇，你们肯定不会这样对她，她也不可能一直承受着过去这些年所忍受的痛苦。对她仁慈些吧，这样，她会喜欢你们，安拉也会对你们满意的。”

乌姆·阿里说到这儿时，婆婆恨得咬牙切齿，瞪起眼睛，但她一句话也不能说，因为她不想触怒这位颇受邻里妇女喜爱的尊贵客人。乌姆·阿里站起来走到门边，说：

“易卜拉欣他娘，我这就要走了。安拉啊……安拉啊……看这可怜的姑娘啊。如果你们再折磨她，从今以后，我将和你们断绝关系。”说完便离开了。

拉蒂法仍在痛苦的梦魇中过着精疲力竭的日子，乌姆·阿里的话早就被扔到九霄云外了。那一天来临了，不幸的日子到头了。那是拉蒂法的亲兄弟阿卜杜·穆赫辛结婚的日子。婆婆和她的女儿们准备去参加婚礼，于是对拉蒂法说：

“听着。你要洗完这些碗碟和锅子，然后准备晚饭。别忘了打扫院子，还要洒水。”

泪珠在拉蒂法眼眶中打转，她说道：

“但是，夫人，他是我的兄弟啊，你们不准我去参加他的婚礼，这合乎情理吗？不，不，请你今天让我去吧，就今天一天，我求求你，请不要让我希望落空。”

婆婆勃然大怒，说：

“你这庸俗的家伙，竟然敢和我顶嘴了？快滚开，照我说的去做。安拉难道会命令你吗？你每一分钟都得听我指挥，受我摆布。你不可以反驳我的要求，也不可以违抗我的命令。”

拉蒂法再也无法忍受这一而再、再而三的欺压，她像一座被压抑许久的火山一样爆发了：

“你为什么要虐待我、欺负我？难道你不害怕安拉吗？我已经忍受了九年。九年时间，我没有尝到过一次舒适、安逸的滋味，只有像苦瓜一般的苦涩。我的青春都已埋葬在这暗无天日的牢狱中。现在，你还阻止我去参加我兄弟的婚礼！

你的心是多么残酷，你的罪行又是多么深重啊！我要离开了，把这个家留给你和你的女儿们，再也不回来了。”

她冲进自己的房间，抓起旧风衣，自己把它扔到了门外，把积压了一辈子的狠话都向婆婆“泼”去。她回到了父母家，才过了两天，整个事情就解决了，他们离了婚。

在父母家，拉蒂法再一次沐浴在清新、自由的空气中，感谢安拉结束了她的悲剧。几个月之后，一个品性优秀的小伙子向她求婚，她答应了，并举行了婚礼。

拉蒂法感受到现在的婚后生活与之前的婚姻是那样的不同，她的新婚丈夫的整个世界除了工作单位，就是家。只有让妻子高兴后，他才感到满意。他常常带来漂亮的礼物使她惊喜。拉蒂法还发现丈夫帮着自己一起做家务，于是她用爱和温柔来回报丈夫的深情厚谊。

令拉蒂法不安的只有一件事——她对心肝宝贝的爱。她深深地爱着自己的孩子，她从心底里渴望能吻一吻他的脸蛋，即便得不到孩子的爱的回报。丈夫发现妻子的渴望后，和她的前夫谈了话，并希望他能允许孩子去看望他的母亲。但前夫除了阻挠还是阻挠。拉蒂法找不到任何解决问题的办法，于是下定决心到以前的家门前走走，兴许她能看到自己那可爱的孩子和同龄小朋友们一起玩耍，她可以让孩子亲个够。于是，一天傍晚，她怀着愿望出发了，但疑虑时不时打断了美好的想象。她会不会看到他呢？他难道不会和奶奶或婶婶出门到别处去了？或者，他不是也有可能待在屋子里？而她又不能去敲门，那样做必定会给她带来很大的麻烦，她不想再有麻烦——但是——呀，太幸运了，她看到孩子就在门边，她的心由于兴奋而颤抖起来，高兴得泪流满面，于是她喊道：

“儿子，亲爱的……我亲爱的宝贝，我是你妈妈呀，快过来，快快……亲爱的，亲爱的，亲……爱……”

可是，那莽撞的孩子一看到她就像羊羔躲避恶狼一般从她眼前逃开了，他冲进屋子重重地关上门，任由母亲的心意如在火上炙烤的黄油，消融殆尽。

她听见从屋里传来的孩子的婶婶的声音：

“怎么了，亲爱的？是什么把你吓坏了，是不是有小孩子跟着你要欺负你？”孩子回答道：

“不是……不是……是她，该死的拉德福[①]，是该死的拉德福，她想要把我从你们这儿带走。”

拉蒂法受到刺激，愣怔了片刻，接着飞快地跑开了。她伸手朝向天空，卑微而谦恭地央求道：

“不……不……现在我比从前更不快乐。”

宽阔的大街继而吞噬了她。

① 拉德福就是拉蒂夫，因小孩子发音不完全而形成的变化。——译者

女孩的梦 ①

法尔汉·拉希德·法尔汉

一座漂亮的屋子，坐落在用篱笆围起的雅致花园中央。一丛丛的紫罗兰花将芬芳的香气送到屋子的每个角落。这便是造访者第一眼就看到的景象——令人满心愉悦的美景。跨过门槛后，客人最先看到的是布置豪华、摆满高档精致家具的会客室。椅子上覆盖着柔软的、蓝色镶银边的天鹅绒，椅子中央是价值不菲的镶嵌贝壳的木质圆桌，房间四角摆放着美丽的象牙雕塑，墙上挂着工艺上乘的礼拜毯。房里的陈设体现出地道的东方风格。会客室的前面是餐厅，大大的餐桌四周围着华丽的椅子，餐厅的一角——有一个酒柜——装饰着大块的玻璃，里面摆放着不计其数的昂贵、珍稀的玻璃器皿。还有一个书房，里面配备豪华的书桌、

① 选自作品集《命运的嘲弄》。

书橱和柔软的椅子。墙上装饰着精美的照片和古董油画。卧室也大小适中，其间的设计工艺皆出自西方工匠之手。总的来说，这座屋子和屋里的一切是每一个喜爱炫耀的贵族女子都梦寐以求的。

法蒂玛伸手打开橱门，非常傲气地翻动着那些珍贵的衣服。你很难在其他女子的衣柜中找到这样数量庞大且价值不菲的衣服。她久久地凝视着它们，为自己所拥有的华丽服饰而露出满足的微笑，这些足以使她在小姐妹面前好好地炫耀一番，让她们的眼里盛满羡慕和嫉妒。她从柜子里取出一个银质的大盒子，刚打开它，金子的光芒就如闪电般夺目而来，只有那些在高高象牙塔中俯瞰生活的女子才可能拥有如此昂贵的珠宝首饰。

她睡在年轻、英俊又富有的丈夫身边，心情愉快。她的丈夫拥有了男人所具备的一切品质与特点。她在清晨醒来，小心翼翼地下床，生怕吵醒丈夫，打扰他休息。一番梳洗打扮之后，她开始命令仆人们为丈夫准备他所喜爱的美味餐点。当仆人们开始埋头干活，来回忙碌时，她回到卧室的床上，温柔地抚摸丈夫的手，又在丈夫的额上烙下无声的早安之吻，用充满爱意的温存轻声唤着丈夫的名字，等待他醒来。餐桌边，她毫无保留地向丈夫展露充满爱的微笑。她微笑着深情地望着他的双眼，想从中揣摩出眼中的秘密，领会眼睛诉说的无声话语。她发现那饱含强烈渴望的眼神几乎要把她吞噬，那里涌动着爱意、思念和感情。看到这确定的证据，她内心溢满喜悦。她已没有一丝怀疑，确信自己已占据了他心房的每一个角落。她感谢安拉对她的恩赐，使她成为最可爱的妻子。

早餐后，丈夫出门工作。她回到大厅里，躺在一张柔软的长椅中，在阅读书籍和翻阅杂志中打发一天的清晨。中午时分，丈夫驾着灵巧而优雅的轿车回到家里，他们一起用完午餐后便聊聊天，说说俏皮话，消磨时光。傍晚，她和丈夫一起驱车兜风，或者拜访亲戚朋友。美好的生活就以这样的形式展开，她沉浸在幸福之中。时间的车轮前行不止，每时每刻都充满了欢乐和喜悦，仿佛每一刻都是绝不令人乏味且永无终场的节日。

夜晚平静如水，整座屋子都笼罩在静谧的气氛中。屋里的每个人都在卧榻上沉沉睡去，只有法蒂玛仍然睁着双眼，在床上辗转反侧。她在漫无边际的幻想天空中翱翔，徜徉在她所建造的一座座希望与梦想的宏伟城堡之间。她向天空呼喊，祈求命运为她开启广阔未来的大门。接着，她清醒过来，对自己轻声说：

难道她就不能触碰幸福的边缘，在舒适生活的包围中流连忘返吗？难道她所想要的都无法实现，只能眉头紧锁地徜徉在梦境般的世界中吗？绝不……对于造物主来说，这些恩赐并不算什么。她年轻美丽，聪慧过人又风趣幽默，可以迷住不少渴望结婚的男人。有钱人如果娶了她，一定如获至宝，心满意足。到时候，她所向往的一切都可以实现，甚至比那还要多。运气一旦来临，成功就会如影随形。

法蒂玛的思绪在幻想的云雾中沉沉浮浮。这样过了大半夜，绚丽迷人的幻影和虚伪妄想的愿望把法蒂玛小小的脑袋搞得疲惫不堪，她终于被睡意战胜。睡梦中，她再次梦到了自己宏大的愿望。直到第二天清晨，她醒来发现自己还是那个法蒂玛，生活在一个平凡简陋的家里，并不是女主人，而是一个服从命令者；她穿着廉价的普通衣服，素面朝天，更没有独特的耳环来装点她的耳朵。整个白天都在劳作中度过，她一个人要承担起家里所有的活儿。母亲下达严厉的命令，而她只能乖乖听命。她必须顺从，不能流露半点不快和烦躁，以免惹母亲生气。她的父亲为填满一张张饥饿的嘴巴没日没夜地拼命干活，从未想过要买金银首饰和华贵的衣服。

对法蒂玛来说，最快乐的时光就是躺在床上做白日梦，遨游在无边无际的幻影和美梦的世界中。

那天，法蒂玛发现父母总是在窃窃私语地讨论着什么，一个男人的名字被反反复复提及了好几次。她开始注意父母每日的行踪，但总不能发现什么，因为每当她走近父母时，他们就中断了谈话。法蒂玛终于耐不住好奇心的折磨，一再央求父母向她透露一些他们所谈论的事件。母亲立刻得意地告诉她，有一个来自外地的小伙子已经向她求婚，据说他是当地有名的富人之一。有一个熟人曾向他提起法蒂玛的诸多优点，还将她的美貌和温良谦恭的品行添油加醋地描述了一番，所以他才会向她求婚。

若非出于女孩的矜持和羞涩，法蒂玛一定会在听到这一喜讯后，立刻冲过去拥抱、亲吻母亲了。但她掩饰了心中的喜悦，表现出对此事毫不关心的神情，似乎这件事与她无关。为了突出自己的漠然，她紧闭双唇，良久不言语。

乐园的大门已向她打开，安拉为她实现了夙愿。她努力想象这位从未谋面的陌生求婚者，此时，好像整个世界都已装不下她的奇思怪想。她真心希望这位求婚者能得到所有邻里的关注，婚礼将尽如人意的圆满，那么，她就能奇迹般地收获长久以来热切期盼、全心渴求的梦想。

她神思恍惚，为快要降临的幸福满心欢喜。她的婚礼之夜将是她一生中充满快乐和甜蜜的一夜，多少美丽、窈窕的姑娘们将对安拉给予她的恩赐和幸运艳羡不已啊。那一天，她一定能够看到女士们向她投来的嫉妒目光，她可以想象自己如女王般被包围在女仆们中间，一如天空中被月晕环绕的明月。

整整一个月，日日夜夜过得沉重而缓慢，仿佛每天的身后都拽着长长的年月。姑娘一边在期待和万般无聊中耐心地数着日子，一边仍做着茫然失措的梦——她等待着那个约定时刻的到来。当求婚者离开家乡到达此地的消息传来时，她长长地舒了一口气，整个世界已盛不下她的快乐与喜悦，一个坚定的想法已深入她的内心：美梦与希望即将成为甜美的事实。

远离鼎沸的人声和庆祝的喧嚣，在安静的法院中，一位法官签署了结婚证书，法蒂玛终于确信自己已成为他人的妻子。但她还没见过自己的丈夫，她并不了解他，只知道他比自己年长许多。然而，她并不在意年龄上的差距，决心要用幸福掩盖一切。只要她的丈夫相貌端正，品行良好，那么没有什么可以成为他们和睦相处的障碍。何况，他是那么富有，这无疑有助于为婚姻打下相互喜爱、相互认同、相互理解的坚固基石。只要具备这些要素，幸福之路一定不会是崎岖的险道。

与大多数新婚之夜一样，那一夜并没有值得称道的新奇事件发生，不过分夸张，也没有特别的惊喜。法蒂玛的新婚之夜，也只是一场平凡的欢聚。新郎同往常一样，被娶亲的队伍带进屋里。他在屋子中央徘徊，在前来祝贺的人群中显得有些狼狈，笑容中夹杂着一丝痛苦。与此同时，新娘在屋子的另一间房里，一群女眷们为她着装打扮，准备将她送到新郎面前。

当前来祝贺的人们散去之后，美丽的新娘来到新郎的房里，盛装打扮后的新娘妖娆多姿，楚楚动人。她的双脚一踏进房间，新郎便迅速从隐藏在房间一角的椅子上站起来，走上前迎接她。由于初见的羞涩，新娘那小脑袋正低垂在如雪花石般的胸脯上。关上门后，新郎抓起新娘的手，于是她抬起眼睛，久久地凝视着他。

突如其来的恐惧使新娘惊得说不出话来，她直愣愣地看着眼前的新郎，仿佛天旋地转，她感到一阵惊慌失措。新郎用手围住她，想要给她热烈的拥抱，但她极度虚弱地倒在椅子上，无力动弹，也无力阻止。看见美丽的新娘做出如此反应，新郎悲伤、痛苦地缩回了手。

这确实是一个残酷而强烈的打击。跨进屋子之前，法蒂玛的小脑袋里塞满了关于他的想象。在见到他之前，她曾毫不怀疑地认为她的新郎是一位英俊和气、健康且又充满活力的男子汉。她从未料想自己突然遇见的竟是一个年老丑陋、体型硕大、衣着低劣的男人。

沉重的打击使她所有的美梦和希冀化为乌有。第二天天一亮，她便来到母亲的怀抱中恸哭不止，说她不愿意再看见那个面容骇人、令她反感的男人。母亲尽力安慰着女儿，劝她要抓住幸福的希望之光。因为这个男人毕竟是富有的，因此她应该安心容忍，等待一切结束之后再做评判。女孩虽然极不情愿，但除了容忍，再也别无他法。她熬过每一天，为的只是能看清所有的一切。真相终于大白，这个男人事实上一无所有，时间的磨盘迅速吞噬了他所有的财富，但没有人知道这一切，直到有一天他家乡的一个熟人发现了真实情况。

在令人忧伤痛苦的情境中，最后的美梦也破裂了。她意识到，命运已将她推入绝望与苦难的怀抱，她的梦想不过是自欺欺人的海市蜃楼，切断了她与希望之间的一切联系。对于父亲为女儿择婿的错误，家中爆发了一场不小的争论。每次争吵都很激烈，当母亲的声音渐渐压过父亲时，父亲总是提醒她，他俩对于这个错误负有同样的责任，他们都被这个命中注定女儿要选择的男人欺骗了。

就这样，女孩忍受着一切痛苦，接受了多舛的命运。随着时间的流逝，她不得不臣服于安拉的意愿，忍受着命运的安排。只要这是安拉的意愿，总比每天待在新婚丈夫的家里要好得多，如果她的牺牲能够使别人幸福的话，她会得到什么呢？毫无疑问，安拉的意愿绝不会将她抛弃，也许作为牺牲的回报，安拉会用快乐代替悲哀和痛苦。

当她躺在床上彻夜不眠的时候，她再也不像从前那般幻想着什么了，之前耳闻目睹的有关坚忍的至理名言和描绘有关幸福和金钱的经验，她都不再念顾了。取而代之的是一个个她曾读过的关于贞女的故事。在这些故事中，当贞女们被迫与性情、趣味毫不相同的男子结婚时，她们美丽的愿望总是在现实的残酷中跌得粉碎，仿佛她们的心脏不再跳动，再不能感受到生活和爱情。

她一直用自己的前车之鉴为那些被剥夺了幸福的女孩们祈祷，也用自己父母的教训为所有的父母们祈求原谅。

一个玩具小贩的观察[①]

伊斯玛仪·法赫德·伊斯玛仪

中央商场里挤满了顾客，买玩具的人多得我忙不过来。

这个玩具多少钱？……这个玩具怎么卖？

上班第一天，商场经理就对我说：

“卖儿童玩具的人要具备两个重要素质：第一，心胸宽广不计较；第二，观察细致不马虎。”

他又叮嘱我：

“睁大你的眼睛，那些小鬼头轻而易举就能把落到他们手上的东西占为己有……”

昨天——即便我正忙着和一位有两个孩子的父亲做生意，我

① 选自作品集《鸟笼间的共同语言》。

还是注意到一个六岁模样、肤色黝黑的小男孩，独自一人，瞪大眼睛，站在玻璃橱窗后面。我对自己说：

你要小心了！

我非常了解那样的小孩。我的眼睛紧紧盯着他，而他则牢牢盯着玩具。

(他想要什么?!)

前一位顾客离开之后，他就来到我面前。

(开工了!)

他的目光落在我脸上。

“这辆汽车……多少钱？”

他那小小的手指指着一辆大号的电池驱动汽车。我笑了。对他说：

“一个半第纳尔。”(你会买吗?)

他脸上显出吃惊的表情，咕哝道：

“太贵了！”

我忍不住笑起来。

“你叫什么名字？”

“……”

我禁不住想逗他玩。

“你爸爸在哪儿呢？”

“他在上班。”

“求你爸爸给你买汽车！”

他疑惑地望着我。

“他不会给我买的。”

“为什么？”

“……”

我真希望自己能做点什么。他犹豫了一会儿，就离开了。我也感觉轻松不少。

（一场危机顺利地过去了。）

突然，他又来到我面前。

（现在，你要当心了！）

他站在我跟前，身高还不及我一半，仰头望着我说：

“让我看看那汽车！”

他那令人喜爱的声音在四周回荡。

（我何不让他高兴高兴呢?!）

“好的，不过就一会儿。”

我取来汽车给他。他小心翼翼地拿着，爱不释手地研究起来。

“太棒了！”

他把汽车抱在怀里。

（“……那些小孩子轻而易举就能把落到他们手里的东西占为己有……”）

他在原地转了一圈。

（他在想什么呢?）

不一会儿，他就把车交还给我。

“它怎么开动呢？”

（他是个好孩子……我为何不再让他高兴高兴……）

“好吧……但是，就一会儿哦。”

我坐到他边上。

“看……哎，它跑起来了。”

汽车开始在店堂地上转悠起来。我看着小男孩，他笑得很开心。

“真棒！”

来了一个客人。我从地上拿起汽车。

（“好了，就到这儿。”）

我看着小男孩转身离开。

接着，我迎向客人。

“你好，先生！”

“给我看看这辆汽车。”

又来了一位客人，接着又有一位，不到几分钟，店里就拥挤起来。半小时后，我才空下来，却发现汽车不见了。

（我没卖汽车啊!!）

今天——我虽然正忙着做生意，但还是发现昨天来过的男孩又呆呆地站在橱窗后面。

（他怎么来了?!）

我差点儿惊叫出声。

(我的汽车在他那儿！……被偷的汽车在他那儿！)

他胸前正抱着汽车。

我一边照看着一位要这要那的女顾客——她带来的三个孩子把所有的东西都翻了个遍，一边关注着橱窗外的汽车。

(我应该尽快把它拿回来！)

我几乎很不礼貌地打发了那位女顾客，然后冲了出去，差点撞到那小男孩。

(他向我走过来了。)

他从我腿边溜过，赶在我前面，走进店里。我紧跟在他身后。

“把汽车还给我！”

他的唇间露出非常无辜的微笑。

“你怎么偷的？”

我从他手里抢过汽车。他却默不作声，正惊讶地望着一列大火车。

我应该——首先——确认一下汽车有没有损坏。

我开动小汽车，让它在商场地上跑。我听到他用老成的声音说：

“我没有弄坏它。”

我颇感疑惑。

(他和我说话的口气像个大人。)

我转向他。

“你为什么偷汽车？”

"我没有偷。我只是拿来玩玩。"

我更恼火了。

(他和我说话，连头也懒得转一下！)

"你为什么把它还回来？"

("那些小孩子轻而易举……占为己有……")

他仍两眼死盯着大火车。

(小鬼！)

我立刻明白他在动什么念头。

"为什么你还不走?！"

"……"

"你还想要干什么？"

我的问话已近似威胁。本想再加上一句，但没有说出口。

(是不是要我叫警察来?！)

这时，他答道：

"我想要这辆火车！"

(你还真是赚了！)

我抓住他的小胳膊。

"过来。"

我把他拖向门边。

"你适可而止吧！"

我咬牙切齿地咕哝道：

"你这个小偷。"

于是，他带着哭腔哀求我：

“你弄疼我啦！”

我松开抓着他胳膊的手，他却仍站在原地不动。

“你为什么还不走?!”

“我想要火车！”

“什么火车……你这个疯子！”

“我已经把汽车还回来了。”

“不行……不行……”

“汽车换火车！”

“你是走呢，还是要我把你交给警察?!”

他脸上显出伤痛的表情。

“好孩子是不偷东西的。”

有一位顾客经过我们跟前走向店里。我看着那男孩拖拉着双腿离开，直到商场的大门吞噬了他的身影。

又来一位女顾客，接二连三地来了几位客人。不消几分钟，店里又拥挤起来。我又忙了一刻钟才停下。

（怎么会?!……火车到哪儿去了?!）

麻痹于虚幻世界[1]

苏莱曼·沙迪

1

“这就是杀害我凶手的名字！”

人们同情地望着他。他双手颤抖，尝试了两次才好不容易抓住一件东西：一张皱巴巴的纸，挂在耷拉的衣袋边缘，几乎马上要从口袋中掉出来似的，上面画着交错杂乱的线条。

“我和你们说，这就是杀害我凶手的名字。”

围观的人群面带疑惑，不知所云。然而，即便在如此怪异的场合，仍有一种庄严肃穆的气氛笼罩在人群当中。

一个轻柔的附和声传入他的耳际。

“可是……这张纸上除了……除了第一个名字：阿卜杜·哈

① 选自作品集《从高架子上走下来的男人们》。

米德，没有别的名字！”一位女士叫喊着。

“是你的名字……这是你的名字！”

他望着那张纸的眼睛顿时失去了光芒，断断续续地低声说道：

“不……不是。有另外一个人。我同你们说，那是另外一个人……他恐吓要杀死我。有一件小事情……我不小心冒犯了他。是一件小事情，但他却因此恐吓我，威胁我。”

有一个人说道：

“你可以对这件事作补偿啊。”

一阵哭声从喉头迸发出来，因为痛苦而泣不成声：

“拿他怎么办……啊……我的兄弟。”

“你们别怕，如果我真的遭遇什么事情，你们就抓住他。即使命中注定我将不久于人世，那么他也要为此负责。如果有什么事情发生，他就是罪魁祸首，没有别人！要是石头砸了我的脚趾头，他也要负责……背信弃义的家伙……也许一切安然无恙，但你们千万不要被表象迷惑，要好好思考。”

一位老人家走上前来说：

“你仅仅让我们了解有这件事，可是你要讲讲清楚，刚才你所说的令人难以理解。要是你说的是认真的，那么我们应该去警察局。”

他颤抖起来：

“不……去警察局毫无用处，如果真的发生什么再通知他们。”

“那有什么用，时机已经错过了。我们还是现在去的好。”

“不。如果事情真的发生，我已经告诉你们事情的来龙去脉了。”

有两个人走到一旁的角落，说道：

“你相信这事儿吗？看看他，简直神经错乱，我们带他去看医生吧。”

时间流逝，一切依然。人们来来往往，有人到来，也有人离开，没有人相信传言，不是表情严肃，就是漠不关心。难道这就是最终的结局？

他是人们的骄傲，他的名字远近闻名，频繁地出现在报纸、电视上，被人们自豪地称颂。如今，他坐在那儿，愁容满面，浑身发抖。他一根接着一根地抽着烟，胃里却空空如也。人们总是在生活窘迫时到他那里求助。但现在，他们在干什么？不论他是从一个房间走到另一个房间，还是静静地坐在角落里，或是来来回回地摆手，做着毫无意义的手势，他们总是跟着他。男女老少，即便对眼前情况一无所知，都尾随在他身后。

三天的时光伴随着担心和同情、信任与怀疑而度过。有一次，人们说了一件不得不相信的事，这件事可以使他们摆脱那个一直令他们担心的念头：难道他真的失去理智了？

人们一直纠结于两个迫切需要弄明白的事情：是他的身心有问题，还是他的理智有问题？

几个月以来，人们始终弄不清状况。他经常一个人待着，不断翻弄书本和文稿。他房里的灯总是彻夜不灭，亮到天明。然而，人们开始习惯了这样的状态，有哪一次人们见到阿卜杜·哈米德不是和书本文稿在一起的？

然而，状况已经超出常态，人们所目睹的深夜灯光令他们惴惴不安，却无法得到问题的答案。情况虽有些问题，却仍然在无伤大雅的可接受范围之内。

人们接受了这个事实。

人们悄无声响地观察着事态的发展，动静越来越大，一些声响令他们不安，但他们不敢有任何举动。人们开始发现，他早晨要么处于一片混乱之中，要么神志不清地昏睡在除了床以外的任何地方。有好几次，他的脑袋或脚都从门缝里伸出来。他们想要问个究竟，但除了疑惑以外，他们选择了沉默。

渐渐地，他的古怪举动发展到了屋外，人们感到他的不合理要求越来越多，他毫无缘由地生气或大笑，坐在人们中间发表可笑的评论。而过去他总是以严肃的面貌出现在人前。

人们把心中的疑惑偷偷地告诉了他们的另一位朋友，他笑道：

“这件事不用担心，片刻的放松完全可以被接受。你们的朋友过了一辈子严肃认真的生活，国家的重任他一个人扛着。也许他开始苏醒了，那么就让他卸掉最重的思想包袱，想干什么就干什么吧。”

那位发问的女士安下心来，她被他的怪异举动吓坏了。她看到那两个人倚在墙边笑着。肯定是小事一桩。

情况越来越糟糕，幻想在最近几天彻底破灭，希望越来越渺茫。他开始不停地开关门窗，把自己的身体挤到角落里，任何光亮都会令他烦躁。有时他说话理智，人们为此感到高兴。但随即，他又回到滔滔不绝的谈话中去，凭着过去的经验，人们知道他们的幻想又将破灭。人们曾经喜欢他怪异的言谈——他一生中所说的话总是智慧和学识的最高象征，令人们敬慕不已。可是，现在他所说的还是那些充满智慧的话语吗？不然又是什么？

是他的话高深得旁人无法理解，还是一派胡言？这些胡话绝不可能从一个素日言谈可以令听者屏息倾听的智者口中吐出的啊！

“他说话向来稳重。”

“但是他现在不可理喻。”

“可你们什么时候听懂过阿卜杜·哈米德说过的话呀？”

“可是，现在他说的话不……不合常情啊，和平时不一样。”

日子一天天过去，人们对此众说纷纭，莫衷一是。到底阿卜杜·哈密德所说合理，还是他已丧失理智？人们再次来到他身边，他仍然掏出那张纸，反复说道：

“这就是杀害我的人。”

沉默片刻后，他抬起头，伸展了双腿：

“告诉我……”

他用惊魂不定的眼睛瞟了瞟四周，看见那位最年长也最了解他的朋友刚刚到来。

“告诉我……真相。有一件奇怪的东西，白色的粉末，看哪……这白色的粉末钻得到处都是……那里有许多人，这就是他们的行为，用这个致命的粉末投掷别人。你们看到粉末了吗，他们把它从门、窗、每一个空隙、每一个可以透光的地方扔进来。粉末扔到了你身上，然后纷纷扬扬，一层层把我们裹住。告诉我……真相……这是什么东西……像这个。”

他抱紧双臂，接着又张开。

“就像这样……越来越大……越来越大……它不断蔓延，进入皮肤，人们把它吹走，它蔓延开来……不断蔓延……你们听到吗，它覆盖了所有的东西。我们要死了，我们要死了。”

他的朋友安抚他：

“确实是这样，但是，任何事情都有解决办法。”

“不……除了这件事。”

空气中带着灰尘，傍晚显得越发阴暗了。似乎所有的东西都在空中飘浮，一群昆虫撞击着墙壁。

“我们去看医生吧。打一针就可以解决所有问题。”

“不……这事情没法儿结束……他们把这许许多多乱七八糟的东西带来了。”

越来越多的灰尘从各个缝隙中涌进来，一群蝗虫受到突如其来的灰尘侵袭，在人们的小腿间飞来飞去，其中一只掉落在他裸露的大腿上，他惶恐地把腿缩了回来。

“就是它……”

那位朋友笑起来。

“不是，这只是只蝗虫。”

他又放下心来。

“你还没有回答我的问题，这撒到人们脸上的白色东西到底是什么？”

没有人回答。一阵沉默之后，他接着说道：

“你们知道吗，如果我们知道这粉末的秘密，它会带来好处的……不管你在哪儿，都能看到它，因为它能穿近路。”

“哪条近路？”

“你们难道不知道吗。有了这粉末，我们就能控制一切，到那个时候，我们战无不胜，所有梦想都会实现。彼时，我们一定会开怀大笑，难道不是这样吗？素日的愿望都会在瞬间美梦成真，喜哉乐哉。我们快乐的时刻到来了吗？啊，只要人们不再把它扔到别人脸上去就好。”

那位女士禁不住要大哭起来。他的双眼通红，对任何事物都没有回应。

2

医生说道：

“这是暂时的状况……请放心。”

然而，对医生来说，这绝非寻常的问诊。各方的推荐信和电话使他感到，眼前需要对这次人物进行一次单独的谈话。他的名字并不陌生。阿卜杜·哈米德对他说，你们这些医生啊，我的智慧足以匹敌你们所有人的智慧。他成名已久，多年来的社会贡献与政治地位将他推上杰出人士之列。医生终于想起来了，他跳起来，不停来回踱步。他曾目睹他领导了一场轰轰烈烈的游行，他铿锵有力的声音给他留下了深刻的印象。他曾希望自己能成为像他一样的人物，这一梦想自那次游行之后不时地萦绕在他脑际。看哪，如今他就在他面前，身体微恙……暂时病了。不过，真的是暂时状况吗？他的理智上哪儿去了？说出了许许多多的事情，而诸如这些事情一般都不是朝夕之间发生的！这一案例不是简单的细菌感染，而是需要深入探究，也许要追溯到母亲对他进行人格塑造的孩提时代！

他翻阅书本，在人类不同形态之本质那页停了下来，这件事确实需要仔细考虑，它是否是一种可以被克服的癖好呢？还是因为经年累月的沉积形成现在的状况？一个明事理的正常人不论环境怎样恶劣都不可能出现这样的症状。我希望这件事就像我对他们说的那样简单，但我们的工作很大程度上是取决于他人的。好吧，也许这种病症对我的研究有很大裨益。

他拿起夹着厚厚文稿的黑色档案夹。这是个好机会，幸运之神敲了我的门。我第一次得到了重要的材料，这些稿纸能帮我找到答案。他的朋友（哥哥）证明，在最近的几个月里，他全部的时间都用来在这些稿纸上涂抹书写，也许它们能揭示当时状况的发展。

他开始用手指翻阅那些文稿，各种箭头和标记，密密麻麻的注解和插入成分……他不习惯阅读这样的书写风格，于是陷入沉思。

这些文稿为我提供了新的关注点：革命……叛变，刺杀……

策划，变数……这些是什么？我能从中找出重要线索吗？这些材料把他牢牢吸引，他开始重新编组起来。

开头是关于组织革命（最初的规划）：

为了确保成功，我们不得不慎重研究之前的每一次经验——只有这样，我们才能看清所有成功与失败的因素，使我们在初级阶段就能站稳脚跟。

很显然，有两种工作方式：一种是悄悄地进行，同志们一个接一个秘密地号召，直到时机成熟时，可取得局部的或完整的胜利。

第二种：进行直接而激烈的、轰动而持久的打击，这也许能吓到敌人，但离成功还很遥远。那些最初的策划者倒可能从中实现他们的某些计划。

在阿拉伯历史上有许多类似的例证，从中可以为我们的研究找到关键的切入点，这些例子向我们提供成功与精密策划间必然联系的典型，也揭示局部的成功可能导致慢性失败或直接的终结。

哈瓦利及派。对思想的信仰超越常态，而进入牺牲的最高境界——宗教：取决于信仰与实践和谐统一——途径：重大事件所具备的非凡勇气——许许多多的运动都遭遇失败。原因很清楚，虽然具备积极的要素，但若缺乏政治经验和有计划的策划、组织，最终只能在一些细枝末节的范围取得局部成功。

黑奴。他们对一些事件提出了政治主张，但其纲领不明确，乃至最终丢失了本质——潜伏期太短——快速出击的念头控制了领导人——它所倚赖的要素，正如少数派可以借助的群众的力量那般——他们没有意识到——或者说，没有重视一个道理：经过精密策划的政治主张可以扩大根基（我们将在之后的盖尔麦兑派内容中看到这一点），在革命中遵循着传统的秩序，不能保卫它所拥有的土地，盲目地为国家政治中心和热点领域服务，最终导致了他们的失败——仅仅短短几年中的有限胜利。

盖尔麦兑派。取得了不小的胜利——提出了大众的社会主张。

原则：公正平等——社会和睦，狼把牧羊人当作其羊群的继承者——人们返回到出生时的状态——“我要把恩典给大地上受欺负的人，我要以他们为表率，我要以他们为继承者。”[①]

精心策划的号召，辅以历史经验和秘密行动能令这一事件受益匪浅——号召在几个中心领域活动——在秘密号召与出动之间——这一益处还不够全面……只需纪念——它就分裂为几个部分——她与其他组织间没有明显的联系——她是多种思想的混合体——策划与提出主张造就了早期的胜利——而国家内部的社会关系值得研究，正是这些社会关系保证了国家的长期稳定——国家第一次负起为人民保障生活的责任。

阿巴斯人。他们提供了实行长期策划和精心秘密行动的成功例证——他们简化了同时代人们争论不已的几大思想——冷静的选择是他们成功的关键——明确的思想建构——有益的潜伏——明确关系之后的精心布局——细心地准备——从第一个国家建立

① 《古兰经》故事章：5节。

（伊历 97 年——大约是这一年代）至武装暴动（伊历 127 年），这一时间段足够长。（他们的组织体系是否能够同阿尔及利亚革命体系做比较？）

围绕这些号召（革命），我们可以对其中的每一个都提出一些核心问题，以便我们能弄清我们所关注的历史文本为我们提供的面貌的真实性，以及我们能在多大程度上将这些成功或失败的革命活动同我们当代的事件——1848 年革命、1860 年巴黎公社——进行比较。

3

"你是在和一个病人讨论吗？"

"你很健康，我已经读过一些你写的内容了。"

"什么？"

"别忘了我是个医生，但我现在已经完全被你的文字俘虏了，我想知道……你说有一些革命很可疑。"

他把牙齿磨得咯咯作响。

"每件事情都很可疑。"

"你指的是刺杀。"

"可能是任何一件你料想不到的事情！"

"是什么促使你这样想？"

"是他……只有他，他使我第一次感到自己一无所有，一无是处。就是他。"

“他是谁？”

“你不用费心。我只是想证实一件事。”

“什么事呢，你弄清楚了吗？”

一阵沉默。医生又开始看起那堆稿子。

他盯着医生问道：

“你想听我娓娓道来吗？”

“好，告诉我吧。”

“有一天，我被同伴的声音吵醒。”

“就是他们！”

第一个夜晚的乌云笼罩了空旷的沙漠，黄色模糊了天际，只有一大圈黑压压的脑袋与沙漠融成一体。有一样东西在延伸，一群弯下的身体，跪拜，完成朝拜的仪式。

人们相互靠近，越来越拥挤，突然他们在中央为我空出一片地方。他们向我暗示：他们的想法不容置喙，之后便把我奉为贵客。虽然，我对与我谈话的人厌恶至极，但我平静地倾听他的发言，他向我反复强调他们非常尊重我的想法，给予高度评价。因此，与他们进行思想交流是毫无障碍的。但是，他们坦率地提出，这次合作并不应被视为对他们之前计划的抛弃。

我很担心像我这样的智者与那些目光短浅之流能达成多大的一致，他们的想法能推动变革和发展吗？

议论声渐渐平息下来，一个身影来到我面前，他的眼睛穿透弥漫的黑暗。人们安静下来，我感到这肃静与我们平时素有的吵吵嚷嚷格格不入，然而，现在，他们几乎屏住了呼吸。

一个平静而响亮的声音破空而来，我感到那是冲着我来的，他说：

“我们希望改革这个国家。”

我嘟囔着，努力克制自己反对的吼声，并以谈判者的姿态说道：

“每股势力都想这么做。”

“那么，我们可以一起去做。”

“但是……难道我们不是连改革的意义都还未达成一致吗？……譬如在这一点上，我们能做到吗？”

他打断我的讲话，我感到他用讽刺的眼神看着我：

“你不认为，对于你们一直在谈论的团结各方力量的话题而言，你所避开的关于贫弱、腐败等问题，更值得仔细探讨研究吗？”

“好吧。好吧。”

另一位朋友接着我的话题发言，昏暗中他的眼睛熠熠发光：

“那么，我们为什么不做些什么呢？”

我脑中忽然灵光一闪，说道：

“有什么事情是具有真正意义的事情？”

他无意接我的话茬，简单地答道：

“一定有。”

他沉默了一阵，瞪大了眼睛，继续说道：

“……如果没有的话，我们从何入手呢……也许我们什么也实现不了，也许着手做的人什么也得不到。但是不着手做，是肯定什么也得不到的，不做的话什么也得不到……你听到了吗？”

他说话的方式使我很愤怒，然而我还没看清那些幼稚人们的面目。当我终于发现他们幼稚可笑时，浑身一阵战栗。我立刻与直到那一刻还深信不疑的念头划清了界线。他那明确而平静的发言潜入了我的内心，他的双目依然炯炯有神，穿透那弥漫着的昏暗。

就在那时，我想起了那天她的眼神和说话方式……那时聚集的人群喧嚣着、咆哮着。而我，正满怀激情、滔滔不绝地发言。相信我，我也不知道从哪儿蹦出来的话语，但是受万众瞩目的瞬间能够创造意想不到的奇迹，所有的人都臣服于我。

我怒吼道：

“所有一切必须被打碎。”

人群跟着我一起呐喊。

“必定被打碎，必定被打碎。帮凶也要倒台。必定倒台，必定倒台。”

那一天，我屹立在高高的顶峰。

我见到了她，冷静的激情，实际的言辞，夺目的美丽，具有出谋划策的智慧和渊博的知识。从我们作为工作伙伴开始，我就察觉到了这一切，但所有这一切都不能使目光从那双勾魂摄魄的眼睛离开片刻。

我对自己说：

“但愿我能与她结为夫妻……”

这一闪念在我的这位同龄朋友身上激起了反响，她开始把自己托付于我，又催促我思考一些我不愿思考的问题。我们在一起工作的那些日子里，这件事一直困扰着我……然而，当生活重返正轨时，这事便推到了幕后。我们的见面越来越少，我不敢走出自己的生活范围。平静的日子抹去了我努力延展的生活轨迹……她消失了……我见到了她……我抽空出席了又一个聚会，我不愿自己失去观察的权利。我见到了她，她的模样变了，白色的面纱垂挂在脸上，遮住了曾使我禁不住偷看的美艳，但我所熟悉的健康圆脸和能透出清晰目光的眼睛仍不曾改变。我迫切地想知道她的近况，那时（正好）身边没有别人，我渴盼能与她攀谈，然而她却在忙着别的事。

如今，我坐在他面前，也许是之前放肆的念头促使我接受了这次谈话。夜色把一切都掩盖了起来，甚至在遥远世界中的眼睛也变得虚弱了。啊，如果有人能穿透这些坐着的身躯，一定会见到奇迹。

我试图让他面对这些事情，但感觉力不从心，我不善表达，常常说出令人尴尬的言语措辞。他迫使我说出一些令自己满意的名称和词汇。我想要说些什么，于是说道：

“我不知如何开始，但是……”

他打断了我，说道：

“我们要清楚自己的道路，要明白我们的目标。”

“不用说，我们早已清楚自己的目标，我们走过这么长的路足以证明，我们是明白的。但是，（采取何种）途径仍需要时间。”

“你使我想起那些政治领袖们的言论，他们向天空张开双臂的时候毫无信仰，采用手段是胆小无能之辈的借口，手段只是工作的一部分。所以，还是让我们想象实际的步骤吧。”

“这件事情危险重重……可能，可能我们成功不了！”

“很显然，你要做的工作取决于人，而不是想法。你总是想着自己的成功，而不是想着你所信仰的事业的成功。难道你认为我们都在做游戏吗？我们已把这件事交给了安拉，所以，任何危险都像耳旁风，我们绝不顾及。”

这番话打动了我，于是我说道：

“正确的技巧与战略密不可分，仅仅有想法是不够的，必须付诸实践。”

“成功取决于行动。我们可以选择任何一个部分进行打击，要让他们知道我们是存在的，除真理之外，无须言语。”

“一定要慎重思考，妥善策划。”

“我们做的事有不成功的吗？……不管怎样，我们知道自己在干什么。重要的是，你要知道我们选择你作为主要沟通环节，因为你的想法虽然与我们的有出入，还是与我们信仰的基点相吻合的。”

我被选择的说法深深刺伤了，我不再关注他说话的内容，转而留意起他说话的声音。他接着说道：

“……因此，我们再问你有限的一个问题，希望你把它作为另一个要点。你能在多大程度上与我们合作？怎么合作？”

“在这一阶段我们可以合作——我要说，在采取一些具有共和性质的或者说与大众情感相关的爱国立场方面，同志们已经和你们联起手来了。”

“我说我们应该跨越这些发端、过程、内容都早已计划好了的方案。我们要的是积极地开展工作，进行快速打击。”

“如果我们没能成功呢？”

“还有另外的办法，总有最终解决方案的。”

“最终方案？”

“是的……刺杀。”

“我认为至关重要的一点是，我们不容许强迫自己去干一定不会成功的事。”

他瞪大眼睛，透出鄙夷的神色，像个保守秘密者一般极不情愿地说道：

“你们总是这样。”

于是便攥紧拳头，沉默着。我们的谈话眼看就要结束，我试图把话题继续下去，说道：

“我想，这样的见面以后还多的是。”

“如蒙主愿，希望能一次比一次好。”

我胸中涌动着无数个关于这次策划的想法，但直到这次会谈结束，我都未能把我的观点和盘托出，这令我非常痛苦。

这些想法使我的内心饱受煎熬，为好好研究革命如何开展，我会再次同他交谈，从他所了解的（历史）运动实际出发，我会让他明白我所说的一切都是对的，他会看到我是多么了解前人的教训。下次会面时，我会回来，卸去他和同志们的崇拜光环。我的幻想试图弥补那天夜晚对我的影响，我发现了我不愿发现的秘密，也许我会害怕或忘记吧。尽管如此，我一定要让他了解那些革命是怎样开展的，如何为革命做准备。

阿卜杜·哈米德看着医生，问道：

“你明白了你手中这堆材料的内容了吗？它们只是一部分，我想要说给你听的很多，这只是个开头。”

但是，他并没有听到。

医生说道：

“你们俩（之后）没有碰面吗？”

“不，我们见面了，不过我们没有开诚布公。两种完全不同的立场。我心中有一股力量催促着我，我花了大量的时间研究。他的再次来临却把一切都停止了。”

他的样子到现在还犹然在眼前，还是那双眼睛，污浊的黑色掩盖不了我曾经见过的眼神，就是它，那眼神，毫无忌惮地射出鄙视的光芒，而我就是唯一的目标。一旦我想起了那双眼，就连相机都无法抹除它的痕迹，音带发出咔嚓咔嚓的声音，而他的眼神真可以切断音带，身边找不到任何事物能为我减轻在他面前所感到的恐惧。当全副武装的卫士将他和身边的人——其中一些面孔我认识——包围起来时，（天空划过）一道闪电，相机镜头快速划过，在他双眼的震慑之下，不敢在他身上停留。

我听说了爆发的消息，这样的情况对我来说并不陌生，有一段为期不短的关键时刻，我们仅能从各种相互矛盾的消息中了解丁点儿信息，但不可否认的事实是，他，身在其中，他将自己置于万众瞩目的焦点，无人能够忽视。我想起了他的话——我们清楚自己的道路，明白我们的目标——手段是胆小无能之辈的借口——终于，他做出了选择，他做到了。他大声呼喊，在他所崇敬的圣地打响了枪声。那一天，当我见到他谦逊的脸庞遥望着圣地，就想到他一定会成功地包围那片土地。我料想到了所有的情况，唯独没有猜到他会以那样的姿态出现在那个地方。

那天，紧紧盯着这些消息，她是不是和他在一起呢。我想象着那飘逸的长发和洞察的双眼笼罩在弥漫的硝烟与熊熊烈火之下，所有一切都被抹得干干净净。我把你所看到的稿件扔在一旁，再也没有兴趣写一些关于革命和策划的东西，也没有兴趣为成熟革命做一些理论探索。我想要挑战的人已经死去，但他的一番话占据了我的脑海，只有这番话留存了下来，你知道我指的是什么吗？

医生央求道：

“告诉我吧！”

“刺杀！”

“你想过要刺杀某个人吗？”

“我曾想好好思考刺杀的主意，还从我们的历史中找寻刺杀的根源。”

“有用吗？”

“只有一条路可走，他不是说过有最终的解决方法吗？”

“之后怎么样了？”

“这个想法一直萦绕在脑海，我继续研究，但我不愿像描写革命那样描写刺杀，超出逻辑的想法需要合适的形式来表达，于是我便写了另一份文稿。……看，就是那些黄色的稿纸。”

4

医生开始翻弄起这些黄色的纸页：

黎明前的黑暗中，响起从容而谨慎的脚步声，战士那耀眼的武器照出一片凌乱的光芒。他蜷缩在清真寺的角落，满意地用手抚摸着矛头，对我说，帮我做一个风磨吧。如果我平安无事的话，我一定会为你做一个名头很响的风磨。欧麦尔，你感知到我的恐吓了吗？我知道你若投降，便会卸下防备之心，但是复仇的时候到了。是的，是的，木匠、石匠、铁匠……然而，我是斗士，欧麦尔！一名斗士。两枚银币，每天都花掉它们吧。我们之间的距离比这两枚银币大得多。被灌溉的大地啊，你曾把它们吞噬。啊，绵延的大地匍匐在脚下。啊，宗教。啊，那些跨过我们的高地铺展他们的礼拜毯的人们，这些难道还不足以让我站在这儿？啊，这残留的夜的漆黑，何时能够消散？

啊，欧麦尔，我等待着！

安拉怜悯你，奈海赖旺的战士！我们会擦干我们的泪水，虽然黎明即将来临，现在仍夜幕低垂。你的时刻将最先来临，啊，巴拉克·本·阿卜杜拉，啊朋友，千万不要告诉所有呼喊着的魔鬼们你的到来。啊，阿穆尔……当你击败阿穆尔的智慧时，我能和你在一起多好啊！到时候，国家黑夜就将结束。而现在，黑夜啊，你什么时候才离开？啊，阿里，你在哪里？判决在于安拉，而不在于你。我等待着，我已经等了很久了，平静的日子要了我的命。如果不是你，啊，卡塔姆，这只火炬不会点燃。真奇怪。你的美丽使我目眩神迷，丢弃了所有的盘算。你几乎使我忘记了，你高高站立的姿态更显得飞扬跋扈，益发美丽。“(你说) 除非对我感到心满意足，否则我不会嫁给你。”啊，多么动听的话语啊。你的满意就是我的满意……三千名仆人和女奴，还有……

支付余下彩礼的时候到了，银币和女奴在这时候几乎一文不值，而这已是仅剩的。你的彩礼自会有人去谈论，啊，卡塔姆……杀了我吧！

“我们用它来切肉！”

你俩说对了，啊，赫拉曼赞和哲弗奈，没有人比你们更正确了，我将用你俩的匕首切开我们早就想剁碎的肉，我们的机会来了。我不知道眼下你们内心想着什么，但我很了解你们，你俩一直在秘密交谈，只有我一个人大声说话。现在你们的膝盖正在发抖，你们不会看到这光荣的时刻了。然而，我将会把你们融为一体，你们俩一起成为一个人，你俩就是这两支矛头。是的，欧麦尔：木匠、石匠、铁匠。不久之后，我就会成为斗士。斗士！

运动才刚开始，是你的声音，这该死的抵赖的声音。这只鹅吵醒了酣睡的人们，你就喊道“鸽子总是跟着鸡鸣叫”。啊，我的宝剑，让世界哀号吧。啊，致命的毒药，这一刻我正需要这份毒药。他的声音又传来了，礼拜声。

礼拜。这是你的时刻。“他不会死去，除非狂怒而死，除非被人杀害”，现在，你的怒火蠢蠢欲动，谋杀的时刻到了。啊，阿里，不要可怜我。你说：“是什么阻止你们中最不幸的人用自己的鲜血染红自己的胡须？”如果我不这样做，我就是不幸的。

准备好你的胡须吧，我将用头颅的鲜血染红它。我的战友，准备好吧。沙比布……沃尔丹……这是卡塔姆的彩礼，把我们聚集在一起。这是他的声音。

“礼拜。礼拜。”

我只是想靠近你，看看你，我靠近了才知道怎么出手。从倒霉的那天起，我已经盼望了很久。也许你已经忘了那一天，但我仍然记得，如果你在我面前，我会立刻杀了你。尼哈旺德的战俘，你的城市会迎接他们。那一天，我控制不了自己。也许你已经听说了消息，我禁不住抚摸着那些头颅，淌下眼泪。“啊，欧麦尔，我已吃下自己的肝脏”。“我吃了自己的肝脏，欧麦尔”。

我大声叫喊……也许你相信那件怪事。是的，是那两枚银币奇闻中的一件怪事。你真的相信像我这样的人士会来讨论两枚银币的事吗？你相信，我所付出的对于我来说不算多，但我也曾经付出过许多东西。这份新的工作有多少产出呢？很多，非常多。那些付出的人都逝去了，不用担心，赫拉曼赞，我什么都不想要。我的快乐就在于把这把匕首插入你的肚子，欧麦尔。

这些能令人满意了吗？我颤抖着。啊，他们已经准备好了，你的人民站齐队伍了吗？那些犹豫不决的人真该死，我绝不会让你的鞭子挥向任何一个人。我将发起有序的进攻，他为你整肃的队伍将和你的同伴混成一片……啊……就是你。坚定。坚定。我的诸神啊。我在颤抖。造物主的坚定。现在，我需要你们，双手。我需要你们的坚毅。心灵之中弥漫着恐惧……啊，就是你的双脚。

他感到了那两支矛头，发出一阵哆嗦。收紧双臂，做好准备。

现在我感到了你们的恐惧，是不是艾布·哈桑令你们感到害怕？而我也在颤抖，卡塔姆，我对你说过：你虽然想要缉拿我，但是我却不认为你会杀害我。

啊……沙比布，你的攻击未命中目标……失败了。沃尔丹，你在哪儿呢，已经溜之大吉了。但是，我，一个人会完成所有的任务，我将独自举起我的宝剑，我不再受任何约束了，我解脱了，我解脱了。我完成了所有的任务。啊，卡塔姆，你的彩礼要完成了。

“抓住她……”

“你们追上那条狗，它杀害了我。”

我不能呼吸了，我的匕首啊，我不知道自己干了些什么，除了你，我一无所有了。

脚注及评论：

(1) 那三个人在这件事上达成一致了，还是每个人各行其是了呢？杀害伊玛目阿里是这次群众阴谋的目标之一吗？其余的都是为了掩饰这一目标？第一点是最根本的，如若不然，如何接受这些奇异的巧合，使另外两个人获救了呢？第一个人受了伤，而另一个又掉了队……

关于这两个人的消息可信吗？在那之后，艾布·阿斯瓦德留下了明确的指令，似乎要公布这次的阴谋。

还有一件事，关于这位外国女人的故事，我们要如何接受这双重偶然呢？伊本·穆勒杰姆爱上了这位美丽的女士，尽管他原本有不少财产，但却还是要求彩礼。这件事非常奇怪，难以解释，但却是一个非常严谨的故事。

(2) 关于杀害欧麦尔的情况非常明白，绝不是艾布·鲁尔鲁尔一个人。在我们面前有三方势力指向这个关键，毫无疑问，我把他同另外两股势力区分开来，他们可能已经策划好了这场阴谋。

实际情况是：

(1) 当纳哈旺德的战俘来到这座城市时，艾布·鲁尔鲁尔没有见到他们中的任何一个，他只是摸着自己的头，说道：欧麦尔吃了我的肝脏。

(2) 他被看到同赫拉曼赞与哲弗奈在一起，他俩带着那把杀死欧麦尔的匕首，他们聚在一起举行了多次特别会议。

(3) 那墨块告知欧麦尔他将会死去。这是不是意味着：尽管他知道这一时间，却想宣称无罪，排除自己参与的可能性，把这件事变成不可告人的秘密？

重要而危险的发现：

在这两个事件中，我们一定要支持的是……一件奇怪而令人起疑的事，为什么我们要这样做呢？刺杀使我们看到了新的缺陷。我们所进行的刺杀，不是被怀疑就是遭到打击，结果令人沮丧。我们所杀害的将仅仅是那些善良的人，正直的人，忠诚的人，其他人却毫发无伤。这是可耻、可恨的。

但是……但是……

5

医生说道：

“为什么？”

“当时，我只能罢手了。眼前的道路行不通。”

阿卜杜·哈米德自言自语道：

“我总是迟到，那里人头攒动，摩肩接踵，汽车一辆接着一辆，连成了好几公里。出租车司机诧异地摇着头，说道：

‘男子汉……真正的男子汉……难道不是吗？英雄们！’”

我看到了他，他一边晃着脑袋，一边用手拍打着大腿，唾沫四溅地与周围的人争吵。他的车子在离他很远的地方。他想要发问，声音却不能发出。他不习惯同那些人进行对话，他们的谈话内容游移不定，不是消遣就是报以冷淡的笑容，或者用含糊不清的回答搪塞，令他难以继续下去。虽然谈话确实很没有意义，但与愤怒的同伴坐在一起夜聊还是饶有趣味的。于是他努力打开话题，驱散长久以来自己因投入写文稿而感到的寂寞。他抛下了所有的事情，但一大段含糊的语句令他清醒过来：

他们杀了他！

他们终于把他打倒在地了！

……

他仿佛与这个世界脱了节，身处焦点中心的他怎么会对此毫无所知？这实在是极大的讽刺。他关起了自己的房门，任凭梦想在他的文字中遨游：《阿拉伯历史上的刺杀》。天大的讽刺，堵塞在他脑海中的各种问题如决堤洪水一泻而出。这些刺眼的标题令他痛苦不堪，他还敢做这样的梦吗……

"你认为怎么样？"

他摇摇头，全身颤抖起来，靠在他的车上，说道：

"男子汉……他……他就是这真正的男子汉，父母的好儿子。"

"你说的男子汉指的是……"

他沉默了一会，又迫不及待打破这沉默：

"男子汉就是男子汉……用他的话说。"

"就是言行一致的人？"

"是的……是的……就是这个意思，敢说敢做。就是这样，真正的敢说敢做……"

"但是，他不思考吗……我是说，调查研究？"

"会的……会的……为什么不呢？"

“但是，思考反而会使他退缩？”

“不，不是这样的。男子汉不会退缩，不然，为什么要说呢？（男子汉一言既出，驷马难追。）”

“他会思考的。”

“思考之人不会去刺杀。”

“但是，刺杀之前不需要思考吗？”

“当然需要……但仅仅思考如何刺杀。”

“你这样认为？”

“是的，是的。”

“你开心吗？”

“非常开心。”

我批评他道：

“但是你的同伴被别人杀害了。”

“不。”

这个“不”字在空中久久回荡。他的回答坚决、果断。

“不。”

这种思考真奇怪……我从未像这般对自己完成的询问毫不感兴趣。

医生说道：

“那以后呢？”

“没有了……”

“你清楚自己带来的结果。告诉我，之后怎样了？”

“我已经告诉你，没有了……相信我。我坐着，伸开了双腿，开始环顾四周。像我这样的人，现在还有什么可做的。我想逃避的问题是：为什么我总是迟到？我以为我总是第一的，怎么会现在成为最后一个了？（也许这是个我不愿面对的难题，但是，现在你就在我眼前）。

我坐着，伸开了双腿，开始环顾四周，再也没有什么我可以做的了。我感到无事可做，环顾四周，我感到虚弱无比。我的使命已经完成了，我彻夜未眠，像往常一样，伸出手去拿我的杯子。我开始逃避思考，于是我逃开了……那是一个美丽的世界，我第一次感到每一种结局都有可能。我的双眼模糊了，我看到自己想要的一切都如愿了。就这样，所有的事情都结束了。你最终会发现，舒展你的双腿，让你的眼睛自由转动是多么的有意义。所有的意图都结束了，但有一件事令我担忧，我曾想逃避它，它却步步紧逼。过去的事情不断追赶着我，使我回想起我所做的事情。那些人，那些话，重新回到我的脑海中——那些我不愿去想的，为人所知或不为人知的运动。我定格了每一件事情，放大了那个瞬间，它无限扩大，成为一个光怪陆离的世界。我伸手触摸周围的事物。啊，多么美妙。不是吗，那个瞬间不断延伸，放大，生动无比。我就在它后边看着。停顿、蔓延在每一个跳动着的生命中间。就这样，我身在其中——我渴望停留在那里——再不回来。然而，其他人总是不断追赶着我。

他们打碎了属于我的瞬间。

这就是所有的一切。”

医生说道：

“也许比我们想象得更为严谨，可能有矛盾的情况……”

“即便如此，他也可能回来。”

总负责人开始在两种决定间犹豫不定，于是笑着问道：哪一方会战胜另一方呢？沉醉其间，还是心灵的回归？他低声地说：

“没关系……也许都有益处。”

阿卜杜·哈米德盯着任命书（任命为我使馆专员）……

他露出挖苦的笑容，转向随行的朋友说：

“你还记得你在那次晚会上随口说的话吗？”

那位朋友捶着他的胸，说道：

“你知道，阿卜杜·哈米德，我不作临时发言，我只是以你的方式向你致敬，所以我事先写好了那些话，默记心中，才能慷慨陈词：

啊，喷涌的源泉啊。啊，大地万物啊。啊，黎明前的夜晚。啊，你是一颗红色的尘埃，被埋入眼皮底下，击碎你祖国的化石。啊，这……”

“然后呢？”

“一个失败的历史学家的话已经没有用了。你应该拯救你自己了，阿卜杜·哈米德！”

两只猫[1]

阿卜杜·阿齐兹·赛利阿

轿车停靠在每晚固定停车的墙边，车主腋下稳稳地夹着两个尼龙袋子，走下车，关上车门，像往常一样离开。他像一个刚加入军队的士兵那样，踩着整齐的步伐，为自己带来的物品而得意扬扬。

他在家门口停下，拿出钥匙轻轻地开了门，然后蹑手蹑脚地走过通向家里的门廊，小心翼翼地不让别人听到。把袋子放在干净、铮亮的地上后，他轻轻地关上门，小声哼唱起他最喜欢的歌曲。他环顾四周，确定屋内一片寂静，然后立刻回到尼龙袋边，提起袋子愈加小心地朝他的书桌和书橱走去。书桌和书橱蜷缩在屋里的一个木头房间内。那是他花费重金打造的。这个家里只要

① 选自作品集《一个已婚男人的眼泪》。

有了它，他就不再需要其他的房间了。每次坐到这里，他就能享受到平静、安详，不受任何干扰。

他轻步走进属于他的房间，打开灯，在就近的沙发上坐下，迫不及待地拆开了一个袋子。他开始把玩起第一本书，脸上充满得意的神色，又从书桌上拿起一把铁尺将书本的第一帖纸[1]裁开。他如饥似渴地开始阅读，一行行字句在他眼前飞快地掠过。

他看了看前言，找到作者的名字，自信地笑了，于是快速翻阅了整本书，又在书的结尾处停留了片刻。然后站起身，把这本书放在了书橱中适当的位置。那里的书一本本整齐地排列着，一部分已经装上了封套，但大部分还未及装订。接着，他拿起第二本书在手中颠来倒去，好像要掂出它的分量似的。这次他把书放在了身旁。他又拿出第三本书、第四本书，一直到把第一个袋子清空。他拿起这堆书中的一本，浏览了其中的一部分，开始读起来，渐渐从字里行间沉入他的各种思绪中去。这时候，天色已晚，由于他刻意不让妻子发现他把书带入书房，他的妻子仍毫无所知地等待着他回家。一旦他的妻子发现了这些书，就会像往常一样掀起一场两人间的争吵。因此，他想尽办法避开妻子，也好避开自己纤细的神经。

在一片寂静的沉思中，他似有似无地听到一声微弱的猫叫声，于是竖起耳朵找寻声音的来源。真奇怪！这声音很近，非常近，是什么？难道有一只猫在他的书橱后面出不来？他要看看，这究竟是怎么回事？书橱已经被移动到原地的前面，进门时他竟

---

① 一帖纸有24张。

没有发现。但是，猫不可能偷偷溜到书橱后面。那么它有可能在书桌底下，但是，如果在书桌底下，书桌里装着这么多东西，它肯定承受不了这重量，早就死了。那么，它应该躲在某一个沙发椅后边。小猫不停地叫唤着，声音非常凄惨，似乎已经忍受了长时间的痛苦。他开始一个接一个翻找沙发椅，丝毫没在意渐渐走近的脚步声。他的妻子很快走到了他房门前，悄无声息地打开了门。当她看到丈夫正在翻找沙发椅时，她惊呆了，四下环顾着书房，最终，她的目光落在了桌上的书堆上。这时他仿佛感觉到如芒刺在背的眼神，于是转过身来，惶恐地看着妻子，当他顺着妻子的眼神看到书时，便警觉地站立着。

他放下手中的沙发椅，站直身子面对着妻子，咕哝道："晚上好。"

她紧紧盯着他，并不作答。他感到有些不自在，想要摆脱窘境，小声地说："你难道没有听见猫叫吗？它很痛苦。我已经翻遍了房间的每个角落，也没找着它。"

"你想趁我不注意么？这些书是什么？你又开始挥霍钱了？"

"你把买书叫作'挥霍'吗？"

"是的，你又不会读完所有的书，你买书只是为了装饰。买来的书你从来只读一丁点儿。"

"你的意思是，如果我有足够的时间读书，你就会同意我买书了？"

"对，但是你哪儿来的时间？你总是牺牲我和孩子们的休闲来换取你的阅读时间。你应该空出些时间给我们。你和我们在一起的时光少得可怜，但你还总是离开我们，去你的书房看书。”对话就此结束，他感到很为难，不知该如何回答：因为她说得合情合理。这也正是使他愤怒的原因：他买书，却无法卒读。有一些书，他仅仅是为了得到而已，也知道自己绝不会读它……那么，为什么要买呢？

又传来一声猫叫，这一次叫声非常微弱。

“你为什么不回答？你这么晚回来，坐在书房里不让我知道，而是让我突然遇到你，这说得过去吗？”

“那么，你来这里又是为了什么？”

“无论如何都不是为你而来。是那只猫，就是它的叫声让你把书房翻了个底朝天。”

他从妻子那儿得知猫叫声从前一天晚上就开始了。她曾把书橱挪开，翻找了所有的沙发椅，都没找到那只猫，最后才发现它已钻进了书房的木墙和房子的主墙之间，出不来了。现在只有破坏木墙，拆毁这个书房才有可能把猫救出来。

这个事实把他吓坏了。

那只猫不停地发出微弱而痛苦的呻吟，它的猫咪妹妹站在书房外悲伤地回应。但这有什么用呢？

为了猫的事情，他和妻子展开了激烈的争吵，妻子希望他破墙救猫，但他拒绝那样做。这个房间花费了他 120 个第纳尔金币，他决不会让他的书面临翻箱倒柜、破损或遗失的命运。这间书房是他最珍爱的地方。他常常在暴怒之下吼道：这个家中对他最重要的东西莫过于这间书房和里边所有的一切。他尽心尽力地装饰这间屋子，把它打造成家里的精品房间。那里有一张出自贝德尔·卡塔米[1]之手的油画，还有许多作家赠送给他的放大照片。他怎么能够为了一只猫而把所有的东西折腾得乱七八糟？

“这是一个活着的生命啊，你不能这么做，你对动物的仁慈哪儿去了？”

“谁对我仁慈呢？你难道不知道我现在的处境吗？”

“不管怎样，你都没有遭遇到这只可怜的猫的处境。”

“什么猫！这个世界已经支离破碎，每时每刻都有惨剧发生，成千上万的人和动物正在死亡。”

“我该怎么回答你呢，我不是联合国，我只是一个女人，那里有一个生命正在呼唤你的救助，你这是什么态度？”

他不作声，感到焦虑、愤怒和痛苦，不知该如何应对。

妻子生气地离开了他。

不一会儿，他平静下来，伸了伸懒腰，尝试着继续阅读。不久，猫又发出了虚弱的叫声，他暴躁地从沙发上一跃而起，合起书重重地摔到写字台上，关上灯，朝卧室走去。

他平静地脱掉外衣，躺到床上，然而内心却交战不止。妻子在床上辗转反侧。他假装不在意，从床边的小架子上取下一本文学杂志，舒展了身子开始阅读起来。可是，他无法集中精神。这时妻子又发起火来，抢下他的杂志粗暴地扔开。可他的反应奇怪

---

① 贝德尔·卡塔米，科威特著名画家，塑形艺术家，科威特塑形艺术学校创始人。

异常：他开始大笑起来，笑声怪异又歇斯底里。妻子的怒火越烧越旺，开始对他恶言相向，指责他感觉迟钝、冷漠，缺少人道主义精神和其他种种劣行。他仍旧大笑不止。于是，妻子看似平静了下来，然而她心中的怒火催落了积聚已久的泪水，一发不可收拾。他终于收住了笑声，开始思考起来，他感到无限的悲惨。这就是他反常行为导致的结果。现在，他该怎么办？时间仿佛停止了，他陷入极度窘困之中，该怎么办？该怎么办？

在他面前，眼泪是唯一无用的东西。怀着混乱不堪又悲伤失落的心情，他快速起身，捡回杂志。妻子用尽全身力气发出一声怒吼，立刻夺过杂志把它一页一页撕碎。他对妻子的行为感到诧异。当着她的面，不停说她是个什么也不懂的白痴，说她从不给自己留一些空间，好让他成为生活中的大人物。说他已经厌倦了这样的生活，而她应该改变对待他的方式。就这样，蕴藏已久的话语如暴雨般从他口中倾泻而出。而这些话，若在正常情况下，他是绝不会对妻子说的。

当他看到妻子困惑不安，沉默地泪流不止时，他又慢慢地恢复了平静。一片寂静过后，他倒在床上，回想着刚才发生的一切。

在狼狈不堪之中，他似乎又听到了一声猫叫，却懒散地装作不知。妻子早已哭成了一个泪人。过了一会儿，她也安静下来，在无休无止的思绪中平息了激动的心情，极度不安地睡去。他站起来，经过妻子的时候，久久地凝望着她。他看到她的睫毛上仍挂着泪水的痕迹。在确定她睡着之后，他关掉了房间里留下的微弱灯光。

他依旧舒展了身子，不一会儿便进入梦乡，但动荡不安的心情令他做了一个恼人的梦。他梦到那只猫正坐在沙发上，颈上系着锁链，手中拿着棍子，而他则卑微地站在猫的面前，任由它严厉地处罚。每次问答，它都会用手中的棍子重重地敲在他的头上。他嘶哑的吼叫声吵醒了妻子。妻子惊恐地望着丈夫，直到传来孩子的叫声，她才回过神来。这时他也被叫声吵醒了，惶恐地坐起来，反复说着含糊不清的话语："不……不……不是我……"

"你怎么了？……至仁至慈的安拉呀！"

"猫在哪里？猫在哪里？"

"你一定是在说梦话……什么猫？"

他安静下来，四下里看了看，旋即奋力跳起来打开灯，迅速朝书房走去，又打开那里的灯。接着他找来一根磨尖的铁棍，开始破坏木墙，妻子带着吵嚷的孩子紧跟过来。

"你在做什么？你一定是疯了，现在还不是时候，等到明天早晨再干吧。"

"我求你，回到床上去，我一个字也不想听。"

妻子对他的古怪行为疑惑不解，震惊地不敢出声。

一番艰苦的努力之后，他终于在墙上凿开一个口子，接着他一点一点把洞口扩大，终于砸下一大片墙，但仍然没见着猫。他继续寻觅，最后，当他双手把猫捧出来时，蓦然发现猫已经死了。他平静地望着妻子，然后把尸体扔到妻子脚下，眼中渗出少有的泪水，却偷偷地没让那对母子发现。之后，他拖着沉重的脚步精疲力竭地回到了自己的房间。

滴血的叹息[1]

莱伊拉·奥斯曼

她转过脸去。

她裹着头巾，用低沉的声音忧伤地对我说：

——早上好。

我望着她，脸庞像熟透的苹果，让我有带着她飞向美丽的远方的欲望。我边想着边靠近她，我感到了她的气息和温柔弄湿了她的外套。我还没缓过神来，那天的晦气就向我袭来。记忆再一次被唤起。陌生人总是咂着嘴巴对我说每一句话的最后一个词，每当我们想要开启爱情的闸门，怀着愉悦的心情向往着未来时，都会发生这种情况。在我陶醉于幸福的雨露中的那一刻，内心发出一声滴血的叹息。

① 选自作品集《每晚都在发生》。

一切都平息了，我们的爱情之火就此熄灭。从她的眼眸中我发现了忧伤的目光，她的欢乐被无数的疑问取代，颤抖着希望我说话，向她解释所发生的一切。

不止一次，她几乎使我绝望、气馁，促使我觉醒，从那个倒霉的日子起，总在心里责骂她。

——你知道些什么？

每回我都会让步。我凭着耐心忍住了喊叫和责问。我担心她会对过去怀疑。我沉默着，就像那回我忍住没问母亲一样。当时，她把我的肩靠在赛勒娃的肩旁边，为我们的婚礼祝福。而我正在生她的气，之后又在心里希望她原谅自己，我觉得她办这件喜事，心不能再累了。

我举行婚礼那天，母亲容光焕发，快乐仿佛让她的脸回到了年轻时的样子。她欢呼着，我嗅到了她胸部的气息，她两眼放光地亲吻我表示祝福。自从父亲去世后，母亲已经忘记了什么是欢乐。那夜无眠。她跳着，像一个年轻人变成蝴蝶要拥抱这个世界。她的脸红得像温暖的太阳。

我望着把脸转向另一侧的赛勒娃，浓密乌黑的秀发散落在枕头上。这令我想起了她那一头曾经引以为骄傲总是向我炫耀的好看的头发：

——如果你最近脱发，我可以把我的头发给你几缕。

母亲曾经很欣赏她的头发。我记得她是如何像孩子一样倒在她的怀里，而她是如何把她那因为劳累和熬夜而变得消瘦的手指插到她那柔软、乌黑的头发中去的，像一个祈祷者爱护眼睛般、珍爱安拉那样小心地拨弄着。我伸手抚摸赛勒娃的头发。我的肩膀在颤抖，她向后躲去。

这个被我认为多余的人最终被从母亲身边夺走了。她的痛苦的手指再也不会插入她的头发里。她的呼唤再也不会回荡在空中。

我望着她。

她呼吸匀畅。夜用香水使她沉醉，露在被子外面的胳膊红扑扑的，花一般美丽的脸庞让我忍不住想要亲一下。我的欲望在膨胀。我靠近她……电话突然响了。

她紧张得颤抖着，带着歉意昏昏沉沉地说道：

——我忘了拔插头。

我颤抖着从她身边走开，愤愤地说道：

——我提醒你无数次了。

这种可恶的叮铃声是我最讨厌的。它破坏了气氛。在漆黑的夜色里，母亲用狂叫的声音在电话里告诉我：

——哈立德，你的兄弟——他开枪啦。

我立刻坐进车里。我不知道是怎样回到家里的。眼前看到的是母亲苍白的头发，干涸的土壤的黄色已经布满了她苦痛的脸庞。她四肢僵硬，像是被一种力量控制住了。她的哭声就像垂死的生灵的叫声。我惊恐着还没问发生什么了，她就断断续续地说：

——我……不知……道。

我满怀惊恐地冲进房间。子弹和死亡的气息扑面而来，充斥着静静的窗户和四壁。眼前是一幅惊骇的场面。他瘦小的身子瘫在沙发上，胸前的弹孔血流如注。

赛勒娃悄然而至，伴随着母亲那使我像火一般冲进来的哭叫声，我知道我惹她生气了。我走近她，把脸埋进她浓密的秀发中，没让她转身。喘息在我胸前一直没有停息。

她的脸充满苦痛，用满怀担忧的声音询问道：

——你很累吗？

我后悔极了。我无奈地叹息着。她依着我，把头埋在我胸前以平息风暴。

我气喘吁吁地把他抱起来，他倒在我的怀里。我把他抱在我怦怦跳的胸前，他的头软软地耷在我的肩上。我用颤抖而又沾满血的双手抓住他，捧着那渐渐由热变冷的脸，注视着那双无光的眼睛，痛苦地对它们说道：为什么呀，法瓦兹？没有回应，除了弥漫的寂静。身体的冰凉传到我身上，冻结了我。

赛勒娃一直靠在门口，含着眼泪抽泣着看着我。我问了一句毫无意义的话：

——你在这里？

她向我跑来。她扑向了那已经没有灵魂的躯体。像我一样地沾满了血迹。她声音颤抖着，像往常一样温柔：

我来看望舅妈。

她内心的恐惧使两眼放光。我用手推开她，让她远离这样的场景。在还没有因痛苦大叫之前，她慢慢走出去。

她恳切而又牵挂地问道：

——你这是怎么啦？

那天到底发生了什么？当赛勒娃出去的时候，我心里就有一些牵强而难以解释的奇怪的疑问。他那时在擦枪，是走火了吗？那一枪可并非随意射出的，是直接命中心脏的。难道他突然疯了！他可是个文静温和的人。

是什么刺激他让他的灵魂出窍了！他和母亲争吵了？他是很孝顺的。也许他受不了刺耳的话，于是想要报复她让她后悔？他不可能伤她的心的，他是个见不得她一点忧伤和眼泪的人。当时她和赛勒娃在哪里？她俩像往常一样在聊天，而她被枪声惊醒了？

我要对赛勒娃说哪一条原因呢？我该如何直截了当、开门见山呢？我和她谈什么呢？谈我无能的原因还是我的疑虑？

我无法找到他用这种残忍的方式结束生命的原因。

我一直把他紧紧地抱在胸前。也许我的部分心跳已经离开我的身体，进入那个枪眼里，激醒了那已远去的心脏的跳动，血管中又有了脉搏。我的双臂麻木了，把他放回到已经浸透了鲜血的沙发上。我使劲坚持着，终于把他和自己分开了。他经过我的手上，热热的。我愤愤地甩开去，双眼盯着那不再流血的枪眼，周围有几块碎肉，被长袍的口袋布粘着。

她伸开因绝望而冰凉的手掌。她的手指从长袍的开口处划向我的心口，轻轻地在上面抚触，仿佛想要知道使我们远离并剥夺了她的权利的原因，乞求的声音在我耳边弱弱地响起：

——唉，要是我能知道你的内心就好了。

在他口袋里，我看到一样东西从薄布下透出来。我伸手抽出那个被子弹灼热的纸团。预感的恐惧向我袭来，上面会写着什么呢？我的手在颤抖。清晰的字体使我瘫软。我看到了上面写的字，抗议的呼唤，显示了一种我不曾了解的爱，一种心灵未曾遭受过的绝望。难道赛勒娃背叛了他？

地震了，我感到屋顶塌陷，飞快地落到地上。一块重重的石头把我压碎，我的四周起火了。洪水泛滥，浇灭了我头上愤怒的火炭。我想要像箭一样穿过母亲的呼喊和赛勒娃的绝望：你是一直知道他那炽热的感情的。

我把胳膊伸向她，感到她的胳膊冰凉。我轻声叫道：

——赛勒娃。

令我惊喜的是，我听到了她的声音：

——赛勒娃的灵魂。

——你相信我爱你吗？

在她哭泣前我打断了她：

——我是说，女人能读懂从眼睛里、从手掌里、抑或是爱人的唇齿间释放出的爱的语言吗！

她想要回答，我用手指捂住了她的双唇继续道：

——一个能读懂这些的女人会不知道——比方说——原来她爱着另一个男人？

我推了推捂在她双唇上的手指，自问自答道：

——女人有权随心选择吗？

那天晚上我没有跟上他。我冲进了他的房间，发现了他远离众人的秘密，和他的忧愁。所有到场的人都表达了他们的愉快之情。赛勒娃的母亲——我的舅妈——履行她以前的一个承诺跳了舞。我的姑姑们，我的姐姐和她的孩子们带着她们的香水和喷壶喷洒着香花水。唯独他迟到了。他拥抱我的时候，颤抖地迸出了一句：恭喜了。

当他经过伸出手来想要和他握手的赛勒娃时，他没有停下来，而是很快走开了。我看到她责备的眼光一直盯着他，直到他关上了门。

赛勒娃乞求的声音接着说：

——哈立德，求你了。不要关上你的心门，和我坦白吧。

我无动于衷。

一年多过去了。她仍然爱着并忍耐着，我也没有停止过努力。然而，每当她的气息向我胸前袭来时，回忆便会在我脑海里涌现，刺痛我那滴血的叹息。

色 块①

苏莱雅·卜戈萨米

荷兰画家凡·高的油画作品《向日葵》的拍卖已经落槌。拍出的价格超乎人们的预计。而她也在犹如非洲大鼓那样紧绷的画布上敲下了最后一颗钉子。画布应该是紧绷的，这便于颜料的扩散，因为柔软的布将会影响颜料的扩散过程，她不喜欢柔软的感觉，甚至不喜欢像鱿鱼那样软弱的人。

红的、黑的、紫的，她神经质地将三种色块调在一起并涂到画布上，然后朝后退去，她发现白色的画布因为那丑陋的色块已经不再纯白。她闷闷地咬紧双唇，把画笔扔到一边，离开画室，不耐烦地坐到方向盘后，茫然地点火，打开了录音机，并踩下了加速踏板。那个钢铁的躯体带着她沿着平坦的沥青路面前行，她

① 选自作品集《滨枣树》。

梦魇般地仿佛在画像后做着祷告，这一切足以被一个鲁莽的司机的急转弯打断，那时她仿佛感到末日来临，内在的意识使她发出了轻微的呻吟。

我死于事故，变成一个传说。起初，我的画被堆在一起，后来逐渐蒙尘，直到有人发现了它们，于是被拍卖。凡·高饿了，而现在，他们则在他胃肠的收缩和临终前从画室里传出的呻吟中交易着他的作品。思绪被打断了，她来到了办公桌前，恍惚中和她的一位同事打招呼，脸上泛着口红般的血色，就像戴着马戏团小丑的面具。她要了一杯咖啡，感觉特别的苦。

“该死的勤务工，竟然忘了放糖，难道他不知道我内心的苦已经不需要再用其他任何的苦味来加重吗？”

她罚勤务工又倒了一杯咖啡放在桌上。勤务工摇着头，既无奈又委屈地擦着桌子，她在一旁冷笑着说道：

“这是为了让你下次别再忘了放糖。”

当她的手指翻开第一张白纸时，脑子里感到一阵剧烈的刺痛，犹如非洲大鼓紧绷的白色画布，白底上暗沉的色块。她浑身无力，像驮水车的牛一般焦虑地绕着沉闷的桌子转，深深地叹息着，就像今天早晨她离开她的画室时一样。

她突然离开画室是一种不可饶恕的背叛，她不知道自己到底是什么时候抛下手中金色的画笔去吃工作餐的。自从她上班后，她就失去了创作的思路，头脑中的灵感被时钟的指针和陷入要命的成堆日常事务的烦恼所取代，度日如分的时间仿佛变成了她的豪情的寿衣。她想要创作，而他们却要她尽力完成一件又一件的事务，在这里她学会了如何用像肥皂泡一样的唠叨来打发时间。

小时候，她总是拼命想要制造肥皂泡，并向空中吹出梦幻般的泡沫。而如今，她的生活已经成了无数次喷出的虚无的泡沫，但带来的不是快乐，而是由衷的沮丧。那种焦躁使她离开自己的办公桌，到同样在熬时间的其他同事桌前打发时光。而他们每个人都带着各自的忧虑。但是有些人一直怀着内心的期盼垂下眼皮，眼光紧盯着仿佛停滞了的时钟指针，而不希望儿童卡通剧落幕。再也没力气唠叨了之后，她真想用一把锋利的刀架在那顽固的时钟脖子上。她来到经理面前请假离开，经理想知道原因，请假这种行为口头上必须要有理由的。她递给经理一张关于女性生理焦虑的假条，慢条斯理道：

“我身体很好，并没有像你想的那样不舒服，但是我在一块白色画布上留下的色块，像阴影一样烦扰着我的内心，画布的白在企盼着我，你无法想象那个色块有多丑陋。如果我再在这里多待几个小时，那种丑陋将向我袭来，并将越来越丑，最终影响到他们的桌子，他们的纸张，吞噬掉一切，直至你架在我们脖子上的那该死的指针。”经理因她的一番胡话语塞了，而她还没等经理同意就平静地离开了，一边哼着动情的曲调，一边在空中挥着自己的包。在车门前，她在包里兜底翻找了钥匙串很久，最终她摸到了一颗吊坠上镶着的蓝宝石珠子，通常这是令人羡慕的东西……可是这有什么可令人羡慕的呢？她扔了珠子，珠子滚落到了旁边一辆车子底下。她坐到方向盘前准备回去，尽管那天艳阳高照，她还是按下了点火的钥匙。随着拍卖槌的落下，向日葵升向了空中，她创作的思绪一个接一个落向那丧气的色块，她思如潮涌，但是被一个鲁莽的司机的急转弯驱散。

拍卖槌的声音爆炸般回响着，向日葵籽撒落在画布上。

烧柴禾的谢拉格[1]

穆罕默德·马斯伍德·阿治米

他一直生活在城市里。在别人眼里，他显得有些固执。他总爱东看看西逛逛，然后又会突然一甩头发扭头就跑。听到有人喊叫就会停下来观望，然后继续跑到城边上去做祷告。

一阵风从城的尽头刮来，是那群猎狗的狂吠声使谢拉格·白乎利重新陷入沉思，在回忆的曲径小道上攀升。

猎狗喘着粗气，争相舔着他锃亮的鞋子。

——我听到它们在说一些不该说的话语。

——它们扔了几把榔头在地上。

——还有刀子。

——以及一些不知名的种子，像是李子的。

① 选自作品集《别人脸庞上的凹凸》。

他的头很大——由一对宽大的肩膀支撑着。他慢慢地点了点头，拉开最底下的一个抽屉，拿出一把枪。猎狗惊恐地往后退，想要逃跑，但在他鼓励、安慰的眼神下停住了。

他又一次伸出手，扔给猎狗一根新鲜的骨头，然后收起了枪。

他又点了点头，从另一个抽屉里取出一张红纸，三个人都在上面摁了指印。在夜色中他们缓慢地前进，然后停了下来，其中一人悄声说：

——谢拉格还在唱歌。

另一人愤愤地说道：

——火还烧着。

愈来愈强的恐惧感使他们相拥在一起，有人点了一支烟，小心地递给大家：

——这夜够长的。

——我们不也是嘛。

第三个人接着说道：

——他会从中午一直睡到晚上的。

从他那儿传来一阵咳嗽声，他们赶紧散开。他们手中的那支烟渐渐熄灭，有人随手一扔，还吐了口唾沫。

接着又传来了孩子和女人的声音，三个人赶紧远远走开了。

路上，有个人突发奇想，伸手招呼大家：

——快过来，再过来点！

一阵沉默……

——让我们把剩下的树枝和柴火分开来。

另两人不知所以，他补充道：

——然后我们做个决定。

他笑了。那两个人看着他，也大笑起来。三双手一拍即合：

——好主意！

第二天晚上发生了下面这件事情：

不知道为什么，火一直烧不起来。

大家探头张望，又都失望地缩了回来。

一个孩子抱怨道：

——妈妈，他还没点着火，今晚我们玩不成啦。

——能玩的，他会点着的。

看到孩子疑惑的目光，她又说：

——要不，我们自己来点火？

许多人再次探头张望，这回大家都是满怀担忧和迷茫：

——但是火花都打不出来了。

人们议论纷纷，关切、悲伤、焦虑在大家内心涌动。

长官们朝这边来了，人们纷纷让道。不一会儿，就见他们提着灯笼出现在了通往那间幽静的木屋的路上。

他并没有躺在门口的床上，也不在床边。

他们推了推门，很反常的是居然没有开。

再推，还是没开。

他们并肩站在一起，焦急万分。迫切期望找到屋里的人的念头几乎令他们疯狂，他们猜测那个人是不是病了。

其中一人叫道：

——大家一起用肩膀再推一次！

但是，突然有一个声音打断了他：

——住手！快看那个红色印章！

大家惊讶地念着那张告示，然后快速地离开了。

目击者

他到我们这里来的时候是三十来岁，骑着纯种马，带着沙漠的尘风，孩子们都很喜欢他，总是围着他，他还给孩子们买了很多糖果、大饼和铅笔。

拉希德的父亲

他二十年前从遥远的山区来，手里提着一根粗粗的棍子，口中念念有词——有时候也会大声念——说些听不懂的话。

在消失了很长一段时间后，他又带着棍子回来了。他反复哼着孩子们都能背出来的曲子。他从不和大人们打交道，所以一旦孩子们长大了，他就会远离他们。

艾哈迈德的母亲

我常常看到他注视着远方，还能盯着太阳看很久，但是对大街上的灯光和眼花缭乱的装饰会感到刺眼，汽车的笛声也会吓到他。

萨米尔·纳赛尔

他在哪儿……

我想见他。

我喜欢他，真的喜欢他……

孩子的哭声。

1

一份关于谢拉格·白平利的秘密报告终于蜗牛爬似的递交到了有关部门。报告称他在凌晨时分一边念着流亡诗一边点燃了从树林里捡来的柴火，他是看着对面一只黑猫的眼睛读的。大家聚集到他附近——但并没有接触他——口中轻声重复着早已记住的他念的诗和其他一些奇怪的东西。

补充：

他们中的一个女人信得过我，她带着恐惧悄声说了这样一个故事：

——头一天晚上很多人在争吵，原因是有两个人在大家面前说，他们对一项大赛的题目答案有分歧。

——什么题目？

——世界上是先有蛋还是先有鸡?

——就这个?

——而其中一个想强迫另一个钻牛角尖。

2

用来当柴烧的是一种多年生植物,在地球上广为分布,靠海水生长,尽管干旱、盐度高,还是长势旺盛。

它的花儿带刺,而果实却有着苦瓜的味道。

3

他们谈论了很多关于大饼、海洋以及饥饿的穷人们用眼神唱的歌曲。尽管天很黑,但他们还是将目光投向地平线那一边,于是灿烂的光束又出现了,它被印刻在他们的嘴唇上,呈现的是惊恐而又拘谨的微笑。

4

在他一件脏衣服口袋里无意中发现了几张纸,纸上写着一些流亡诗和许多人的名字,还有一些备忘录。字迹非常难看,但出于需要,我把它们都记住了。

他站在警察局长面前，沉重的手铐和脚镣使他年届五旬的背更加弯曲，局长盯着他的眼睛：

——你别想否认……你的过去，还有你那几张纸上的内容我们已经很清楚了。我们不会和你再废话了。

……你答应不要点火。

……你离开你的木屋，搬到我们给你安排的城里的宫殿去住吧！

……

他拿出一叠纸，扔到谢拉格面前，然后接着说：

——在这上面按个手印！

他想看一下，但被呵斥住了。

——不用看了！

他沉默了一会儿，然后大叫：

——啊……你说什么？

谢拉格啐了一口，很坚决地拒绝道：

——不……不……不。

局长跳了起来，走到他跟前，朝他脸上吐了一口唾沫，大声吼道：

——把他给我带出去！让他滚回到牢房里去！

次日。

“犯人（谢拉格）被送往了精神病院，因为他脑子有病。”

七名议员来到警察局打听他的情况，得到的回答是：

——他被捕了，因为脑子有病被送进了精神病院。

在精神病院：

他们没有禁止探视，但是当着他的面，在屋子里的花束后安放了窃听器。

许多老朋友陆续来看他，告诉他一些黑幕，并期待他回家。但他一整夜都没有开口，只是微笑着，盯着屋里的花看。

离开前，他们对他说，他们还会来的，直到他出院。

不久后，大型机械就开到了这块地上。

一座清真寺、一座花园和一片游乐场相继建成。

某一天下午，谢拉格出来了，没有人和他打招呼。他消失了。但是在一天夜里，有人看见他站在那座清真寺的墙脚下一动不动，直到凌晨时分才离开，随后又消失了。

两个人与爱情[1]

瓦利德·拉吉布

1

蝴蝶和火焰

“启程的船儿啊，旅客们向爱前进，我们就是爱，那我们要前往哪里呢?!”

卡西姆·希达德

我是着迷般围着焰心飞翔的蝴蝶，你是发着迷人光亮燃烧的火焰。我扑向你，明知是自取灭亡。但离开你，就像停止了心

① 选自作者作品集《树摇着风》。

跳……那么，哪里才是出路？

但人们通常会这么问：

——你怎么看？

我从宇宙最远处返回，我掉落下来，而非平安降落。我睁开双眼，透过香烟的烟雾，带着我所熟悉的光芒的眼睛闪闪发亮，还有一些写满字的小纸片。笔挺的坐姿让人看不出是打算随时动身，眼睛也时刻准备着监视一切。但是，你知道我走的哪条路吗？

笔尖在那些小纸片上写道：

——我认为……

嘴里吞云吐雾。

应该先调查这些事情。

拳头捶在桌子上：

——我完全同意。

——但行动应该更勇敢些。

——情况复杂，每一次等待都是浪费时间。

——做调查就是要步骤清晰，否则，就可能是一次折本的冒险。

机智的对话里谈到了什么?！你的声音变得亲密，你从对话的细流注入我的灵魂……从沉默的窗后微笑着迎接我。我带着这个问题，强忍着说：

——实际的步骤是什么？祖国期待的不仅仅是梦想。

我拔剑出鞘刺向你……在烟雾缭绕中环游的人们的眼睛里有

你深深的河流……我是被淹没的人，我的拯救来自你、在于你：

——请吧。

——我认为……

人们的脸庞左右环顾，手指拨弄着胡须。

——我们应该快一点，积极主动是斗士应具备的素质。

拳头捶在桌子上：

——这显然是矛盾的。

——通过对话使人信服才是文明的行为。

——但是，积极主动需要研究和精确的计算。

——应对需要信心。

我是从哪里获得这些闪烁着我熟悉的光芒的眼睛之船呢？又是从哪里拥有了矛盾、满足、积极和信心呢？我只有一个像刀刃一样尖锐的问题：他们都奔向爱……而我就是爱……那么我要前往哪里呢?!

就像一群鸽子，飞得很高很高，然后又一只只地飞回到它们的幼鸟身边。我飞向你的双眸，永远都不想再回来，因为我知道答案：

——祖国受伤了，还有你。

我开裂的伤口是从第一次注视、第一次触摸、第一次微笑、第一次困惑、第一次调查和第一次死亡就有的。我的伤痛就在于这个深奥的问题。它将会变成伤疤？还是腐烂的伤口？

剩下的时间是两个快乐和一个痛苦，积极性是四个字母和一个心跳……声音和手指疼痛颤抖。

——只剩明天了。

——明天我们就行动。

我的思绪在烟雾缭绕的房间里纷飞。

——不可能。

人们的眼光透着惊讶：

——已经这样决定了……你难道没在听吗?!

他们所有的道路都通往爱，为什么我的路不会通向你呢?!

——你和我们在一起吗?

伴着迷人光亮燃烧的火焰，还有心跳。

——我……

我熟悉的人们的眼睛在探寻着。

……和你们在一起。

1993 年 2 月 23 日

2

你的心是我的牢房

我发誓

我不会困惑

我会选择

昏睡

我的眼里只有梦想

思绪万千……

法乌兹·辛迪

为什么?!……我几乎要忘记爱的滋味，直到看到你的眼睛，唤醒了我早已成为记忆中的废墟的脓肿伤口。为什么是你？你那该死的双眼……在遇到它们之前我是多么幸福，我自得其乐，过着稳定的生活，直到在那个迷惑的时刻你对我说：

——亲爱的……

我不想去爱，特别是爱你。我的女朋友脖上挂着听诊器，她说：

——他表白了吗?

我的脖子上也戴着听诊器。

——除了舌头，他的一切都表白了。

如果他表白，我该如何反应呢？我不想爱你，但却想要你表白，来满足我内心的那个女人。

你在我内心波动着，像一个融合了一切事物的、难以解析的混合体。但是，这个混合体为什么会转化成一种对自己、对你，甚至是对病人和对一切事物的愤怒呢！为什么你会让我觉得如此疲惫，总在我的记忆中挥之不去，试图从不同的地方闯进来？从门后，从一首歌、一本书，从像你的汽车的一辆车、烟灰缸里的烟头，总之是一切细小的地方。问题是，爱情就是这些小细节，这正是让我内心恐慌的地方。

朋友把听诊器放在一个咳嗽的小孩子胸口，然后问我：

——你有认真想过吗？哪怕一次？

我开玩笑地回答她，想要她明白：

——不会的。以前没有，以后也不会。

女护士的大拇指推动着针筒，透明的液体喷向空中。我知道今天会看到他，但还在纠结着不想去见他。在压抑和冲动之间，我将自己完全隐藏起来，我不想自己受伤害，因为爱情经常会让人受伤。尽管如此，我还是难以把这种挣扎当作是幸福。

我没有注意到，自己一直紧紧握着病人已经好长一段时间了，直到他问我：

——医生，怎么了？情况严重吗？

这已经不是第一次了，我时常会忘记病人嘴里的温度计。你那该死的双眼啊，我多想立刻见到它们。

我没有认真自问为什么不想爱你。我一会儿说服自己是因为不同的宗族派别，一会儿又会编出这个让人困惑的问题：

——你是谁？

我时常会想到这个问题，但还总是会这样提出来：

——为什么拿你的生命冒险？

你的回答也总是这样的：·

——祖国是我的第一选择。没有她，我就不是我。

我和你的悲剧就是从我见到你的那一刻开始的。第一次见面就是在医院这里，当时你受伤了。从那时起，一次又一次的见面使我越陷越深，难以自拔。在你将要表白你的爱的那一刻，我害怕极了。尽管这应该是快乐的时刻，但我还是很害怕。

我为什么看表？我不想再见到你了。

每一次见面，我都感到你的双唇像要表白，于是愈加恐惧。

这一次，我会告诉你，我要值班，不能离开医院。

为什么我在看表？

离约定的时间已经过去五分钟了，你通常是很守时的。

十分钟过去了，你一定快到了。

半小时过去了，真该死，你怎么还不到？

1993 年 2 月 28 日

3

你的两颗星和我的流星

船儿能承载这所有的波浪吗？

卡西姆·希达德

我坐在桌边，写道：

正直的人民啊……

布告／一首诗歌

摄影，音乐，寂静无声，我没有告诉同伴我会拿你的名字来写，我撒谎说：

我带来了我的人民的痛苦。

我没有说：

我带来了你的两颗星，它们在低语：

——希望你能了解我。

而是说：

——我向众人求教。

当他们读接下来的布告的时候，有手掌拍在了我骄傲的肩膀上。

——开会时你显得心不在焉，或许你是不赞同，但你也是在布告上的。

在读布告之前，他们不知道我在第二行、第三行、第四行和下面的第十行都写上了你的名字，把正直的人民写了数百次，然后一下子撕掉。

透过圆顶屋的小窗，我仰望天空，发现我的整个世界都布满了你的眼睛之星，你的天空也只有我的流星，不顾一切，奔向死亡。

整个世界是个圆顶屋……抱怨的烟灰缸、小收音机、茶杯、用尽墨水的钢笔，还有打字机。你的眼睛就是这溢满我的船儿的波涛。整个世界是个圆顶屋……书写的所有字母都是你的名字，唠叨的机器说着：

——我是从哪里获得这等待的天赋的？

唠叨的机器说：

——抵抗吧，正直的人民。

——我是一个发自内心的问题，种在她名字的旁边。她也是常挂在我嘴边的几个字母，种在我的心里。

唠叨的机器说：

——希望就像生活一样是等待，像云彩一样是承诺。

在希望和承诺之间，是沙漠和石块。

和你在一起，时间并不有利于我。

和你在一起，时间非常短暂。

没有你，时间异常漫长。

现在，快要见到你了。时间会为我停止哪怕只有一次吗？这是黎明的曙光，它宣告着你的星星的离开和你的太阳的出现。

我把你藏在口袋里，出门躲开受人雇佣的监视的目光，前往那些所有人脸上都戴着口罩进行对话的大街。只有那些受雇佣的人们没戴口罩，像化脓的伤口对自己的气味毫不羞耻一样。

同伴们等着，我来和他们交接昨天的工作。

我会一秒钟做好交接，在两秒钟内奔向你，和你一生都待在一起，不戴口罩。

我和交接人隔着三条大街和一条小巷，我气喘吁吁地开着车，躲闪着，想着：

——你在我的左口袋……那我呢？

大街、小巷和等待者。

大街和小巷。

小巷和门，不是等待者的门……我的手、门、我的心跳。你的微笑似乎在说：

——希望你能了解我。

我张开嘴，但我的流星自杀般陨落，只剩你的两颗星。

1993年2月26日

4

嘀……嗒

我们不会相遇

而是分离

我们穿越彼此

我局促不安，脸涨得通红。疲惫的月光透过窗户，未经允许洒落在我的床上。我从房门到窗之间来来回回地夜游，这占据了我所有的思绪。我踱来踱去地抽着烟，不知不觉在门与窗之间已经走了数千米。你就在门窗之间。我目光落在无声的电话上，为什么今天你没有按时来？你生我的气了吗？但是为什么生气呢？我什么都没做啊。

燃烧的香烟头点燃了新的烟头。我的双脚机械地从门踱到窗，再从窗踱到门。电话还是没有响。

我是做了……对你，我确实没有以诚相待。我知道，那会多么伤害你。事实上，那也确实赋予我精神振作的力量。每当我感到自己使你牵挂的时候，就会感受到自我的价值。我不知道自己的魅力会消退。我也会牵挂你。

在医院，我曾试图显得毫不在意。如果你准时来，我还是会这么做的。但你没来。为什么？我难道决不会愚蠢、弱智到承认自己对你的关心吗?

这种讨厌的感觉落在脸上，时时刻刻困扰着我。我不关心你，当然我是故意这么说的，但我……我不爱你……我只是担心你发生意外……我认识你……但我不了解你，那正是悲剧所在。

电话没有响……这种烦人的感觉，我刚把它从脸上推开，它又挑衅般地落了下来。

我在等什么？时间已接近午夜了……你通常是不会在这个时候给我打电话的。尽管这件事很自然，我的大多数同事都是那么做的……尽管他们的谈话是那么乏味和琐碎。

嘀……嗒……嘀……嗒……嘀……嗒……嘀……嗒……嘀

为什么我闹钟的秒针声音突然变高了？或许是我太专注地看它了。

嘀……嗒……嘀……嗒……嘀……嗒……

你说过不会在这个时间给我打电话的，难道时钟也没意见吗?

嘀……嗒……嘀……

这该死的钟。

我拿起它，想把它扔出窗外，但转念一想自己还需要它，就把它压在枕头下。

这种讨厌的感觉……

我面朝镜子……用手把头发扎成一个马尾辫，拿红绳子绑好。我照着镜子，解下绳子，换上另一根黄色的。再照照镜子，向右转然后向左，这样好像更合适些。

我需要减肥了。

我凑近镜子，把指尖放在眼睛下面，练习着意味深长的微笑，但突然又皱紧了眉头。

我在做什么？

我躺在床上，一滴热泪滚落下来。

有人敲门。枕头下的闹钟显示是清晨六点。

是谁呢？

我用手拨了拨头发，抬起胳膊伸了个懒腰。

敲门声还在继续。

我的手，门。

我瞪大眼睛，下意识地张开了嘴。

你的脸，你的眼睛！安静的秒针平复了我的万千思绪，提醒我保持尊严。

——很好，你这么早叫醒我，我也该马上去医院了，半小时后我还有一台手术呢。

1994 年 4 月 25 日

5

我的手间是海市蜃楼

——奇怪!

当你的手偶尔触碰到我的手时，你在颤抖；当我的手故意碰到你的手时，你也在颤抖。

当我的眼睛和你的眼睛相遇时，我走神了；当你的眼睛和我的眼睛相遇时，我也走神了。

为什么我感到你很遥远呢?

奇怪，像海市蜃楼一样，你既近又远。

一辆汽车停在那里，以为它不会引起怀疑，但车里的四只眼睛以那种传统的方式盯着看，像在阿拉伯电影院里一样。

我汽车的发动机转动着，为了更加迷惑那些受雇用的眼睛，我做了一些日常的习惯动作，在眼睛上架上太阳镜，调节反光镜的位置，点燃香烟。

温度指示上升了，我慢慢地开着车，灵敏的汽车紧随其后。我在汽车录放机里放入卡带，你立刻坚定而悲伤地浮现在这旋律当中。

我可以和灵敏的追踪、监视共存，却难与你那令人困惑的行为相处。我来到你这里，有太多想说的话和想要表达的情感，而你却说：我应该去医院了。我积聚的情感顿时溃败不堪，内心的燃料也消耗殆尽。我渐渐变得弱小、向后倒退，直到变成如同孩子们脚下的球，到处跳动着，没有任何反抗和鲜明的个性。

像往常一般，灵敏的汽车撤退了，转向另一条街，代替它的是另一辆不同品牌和颜色的汽车。

我进行日常的测试，先进入一个居民区，然后站在支路上，或者在一家杂货店买一些不需要的东西。那辆汽车为了不引起我的怀疑，就很自然地停在那里。

我的生活有计划地进行着，没有陷入过幻想、迷茫或者困惑，前进的步伐只有为了知道下一个落脚点才会停下。而和你在一起，则没有分析，也没有清晰，因为你的行为不符合逻辑。每次碰到你，我就变得对自己更生气。我感到就像是有人卸下武器来表达他的好意，但与此同时，另一个人却用欺骗来刺伤他。

第二辆汽车也消失了，取而代之的是一辆出租车——伪造的。这件事不断重复着，以至于我都感到如此熟悉和亲切，甚至想每天对它们说：

——早上好！

我很奇怪，你既像所有美好的事物，又像所有丑陋的事物！

我还很奇怪，尽管很生你的气，但却还是那么地想你。

所有这些超过我或者被我超过的，快的、慢的汽车，它们都不认识你，也不知道面对你我有多么困扰。

你那弯弯的双眸多么美啊。

我到达换车的地区，转弯经过一排房屋。那所事先安排好的房子的车库门已经打开。我把汽车开进去，关上车库门，然后乘上停在门口的汽车，安全感使我有勇气低声说出：

——我爱你。

然后又大声说：

——我爱你。

不可能，我不可能爱上不爱我而只是想要征服我的人。在毛毛雨变成断断续续的大雨后，我打开车窗。但我还是在想着你，我不想否认，没有你我很痛苦，我有资格牵挂着你。

雨点敲打在玻璃窗上，潮湿的沥青泛起的光泽让人平静。

我认为，坦率的表白将会解决问题，会平息我对你的愤怒，打消你对我的警惕。

镜子里反射的只有你的双眼，道路毫无目标地延伸，我已不记得要去完成的任务。

我慢慢减速，停在街边。强烈的思念像万箭穿心，于是，我打开车上的左转灯，在第一个十字路口转弯。

1993年5月3日

6

你的双眼，我的旗帜

我创造了你

然后我属于了你

马姆杜赫·阿德旺

那么，问题是严肃的。每当我想起你和想念你的时候，这个问题确是严肃的，毋庸置疑。

事情不可能再有疑问。

这就是爱情。

我要鼓起所有勇气表白自己。从认识你的那天起，我眼中、口中的世界就是另外一副样子。我不敢承认自己的失败，我反抗，试图不妥协，但你却一直渗入到所有的地方。我想要赶走你，但在你的声音面前，我的旗帜还是倒下了。每次听到那个词，我全身的细胞都在振荡：

——你好。

我曾想和你玩刽子手的游戏，但是感到会刺伤自己的灵魂。我也曾认为真正的乐趣是让你尴尬、困惑，但最终发现，让自己左右为难才是真正的痛苦。

是谁把你种进了我的心里？你的利刃是如何刺入我坚不可摧的灵魂的？

我在满是烟头的烟灰缸里熄灭香烟，感到寂静使身上的每块肌肉都得到了放松。

爱情怎会有这般魔力？在其他人眼中，我总以强势女人自居。但在独处时，我发觉自己只是一只因思念而憔悴的温顺的小猫，渴望更多的甜蜜和牵挂。幻想最美的画面就是头轻枕在你的胸口，手掌和你温暖的手掌时刻紧握。

我把烟头熄灭在杯中残留的浓缩咖啡豆中。

这就是美好的爱情，如此清晰和坦率。

够了，软弱和逃避。我总以为是在保护自己免受伤害，但发现逃避才是伤害，妥协也该结束了。

逃离了爱的直觉，我又陷入紧张的情绪当中。

我没有告诉过你我在大学学习期间的恋爱经历。那段经历玷污了我的情感，摧毁了我的偶像。你不会知道看着心爱的人手臂挽着其他的人的痛苦，也不会知道想象他会在床上将他的抚摸、气味和感情都给了其他人的那种心碎的感觉。你建立的诺言像一个个希望越来越近，多年来每一时刻我都在等待着它，把它逐字刻在课本上，轻易射入心中，这比死亡本身更好一些。

谈论着学生斗争和原则的你那亲爱的人，他轻易就打破了那所有的该死的原则。

那个打击是一个转折点，在那之后的一整年里我都生活在无边的幻想中。我幻想他会和她离婚，重回我的怀抱。可那为什么没发生呢？我相信一种传言，说他俩的生活似地狱一般。然而，他们却生了他们的第一个孩子。我轻易说服自己，说没关系，结婚生子很正常，无论如何我都会宽恕他。但他们又接着生了第二个孩子，我牢牢抓住让自己放弃的最后一根救命稻草，劝服自己：做第二个妻子也可以，我会原谅他的一切。我会得到他的一半，总好过永远得不到他。但是，他俩一直很恩爱，孩子生了一个又一个。

在几年的幻想后，曾规划要报复，但最后终于精力枯竭。现在，我已经36岁了，没有想过自己的血液会再次注入生机，我的树枝会变得有生气，枯萎的树叶会又一次翠绿。

爱情怎会有这般的魔力？

你的眼睛使我荒芜的灵魂变得肥沃。在那个打击过去之后几年，我违背了自己的诺言，受到惩罚，你斯文的微笑摧毁了我层层的防线。

为什么是你呢？我不明白，但不要紧，我相信这没有逻辑原因的爱的力量和神奇。

在香烟中抽离了两个毫无意义的自己后，我在杯中熄灭了它。

这是我生命中抽的最后一根烟，我要将余生在你的双臂中度过。和你在一起，我会成为另一个新人，我将埋葬记忆，不留任何痕迹，在你的面前获得重生。

为了更加确信自己的决定，我冲进了朋友的诊所，大声说：

——我爱他。

躺在她手下的病人大吃一惊。

病人出去后，朋友关上门：

——你说什么？

我感到心情舒畅，答道：

——我爱他。

——你示弱了？

朋友半带嘲笑地说，深陷热恋中的我回答：

——美丽的示弱，非常美。

因为我眼里还有话，于是朋友催促我：

——好！接着说吧！

我有一点害羞，笑了：

——今天，我要把脸埋在他的胸口向他忏悔，我要亲吻他的双手，请他原谅那所有浪费在痛苦中的时刻。

1993年8月11日

7

树摇着风

现在
我们要么燃烧
要么分离
创造水的人
不像要沉没的人

艾哈迈德·沙麦兰

多年来，从青春期后的情窦初开，我受到的政治教育就按照它的要求塑造了我。我所有的行为、思想、梦想和梦魇都限定在这个框架内，无一例外。每个日出的清晨都是另一个战斗的开始，早晨我喝着咖啡阅读报纸新闻，夜晚伴着第二天的计划和任务入眠。我的工作、关系、阅读，还有我的吃喝、旅行，以及我生命中的每件事都奉献给了我的政治目标。

我只知道拿着一本书——即使是一部小说——也会把它放在信封里或者塞在报纸中；在公共场所或者咖啡店，我也只会挑选一个可以看到内外的隐蔽角落；我出门即便是去购物，也会在大街上拐弯抹角地走路提防受到跟踪；我不会放心地打电话，只会用一些双关语和象征词汇，我用杂货店的电话要多过使用自己的私人电话；在路上看到自己的政治伙伴，我也要压抑自己想念的情感，装作不认识。

二十年来，我没能像其他人那样生活。没有像他们一样学习、毕业、结婚、生子，然后带孩子们去郊游、去饭店和电影院，我去这些地方只是为了秘密会晤。

我也不能像其他人那样可以熟睡到天亮。就这样，形成了我多年来的生活方式。但在一个夜晚，一个不同于我生命中其他的夜晚，当你为我的手作治疗的时候，我内心的秩序完全混乱了。

我难以解释自己想要见到你的强烈愿望。在换包扎的见面结束后，是因感谢再次见面，然后是商议和激烈的讨论。关系开始交织起来，见面也成了必要的事。

对于像香烟、咖啡和酒之类的习惯我并没有深陷其中，但却对你上了瘾。

我许诺将自己的生命献给祖国，要让你离开我的生命！……虽然为了看你而推迟了自己的任务，但我还是遵守着最初的诺言！

我？我！为了听你的声音按下电话键，然后再挂断话筒。

我练就自己拒绝受到利用和屈辱，但却感到你想要征服我。在完成任务之前，我是如何来到你这里的！而你却吞噬了我的思念，对我说：

——太好了，你叫醒了我，我还有一台手术呢。

你也许应该被原谅，也许是我运气不好，不擅长谈情说爱。

但我没有要求什么，只是曾经希望你会回应我的爱。但让我痛苦的是，每当我接近你的时候，你就离开。也许是我没有经验，也许是我令人讨厌，但我不喜欢这种女人的游戏。我希望进行一次负责任的讨论，然后得出一个双方共同做的决定。但你更喜欢让我卷入荒谬的怪圈，一个婆婆妈妈的建议的怪圈。可你对此还不满足，还总让它跟在你的身后，而我是不会跟在任何人身后跑的。

当我恋爱的时候，爱情应该促使我不断提高自己。而当这一切和你有关的时候，它会使我在履行自己的职责时有所松懈。曾经，你可以和我交流情感，并且结束这困惑的局面，让我专注于我的斗争。但你总是将甜点放到我嘴边又拿开，而我没有信心再继续奉陪了。

我曾一直认为自己在爱的时候会爱得伟大而特别。可和你在一起，当我感到你时而温柔时而粗鲁的时候，我觉得自己渺小又卑微。

和你相处的体验摧毁了不会重建的我。

约定的时间快到了，医院快到了。我会进去，你会像往常一样没有任何约会的准备，但也会像往常一样带着希望的微笑来迎接我，然后做出一些让人困惑的举动，使我跟在你身后跑。但是，这次主动权在我手里。

我进入医院大门，穿过散发着酒精味道的雪白走廊。这次将要见到你，你会面带微笑迎接我，但我……

我推开门诊室的门，你坐在那里，穿着冰冷的白大褂，脖子上戴着听诊器。

——晚上好。

你愉快地笑着回答：

——晚上好。

我站在你面前，大声说：

——我不会再见你了，我的条件不允许。也许我会离开，永远不再回来。

然后转身离去……

1993 年 8 月 12 日

悬挂的照片[①]

莱伊拉·穆罕默德·萨利赫

我身心疲惫地钻进被子里，靠在头后面的枕头上，想在睡前看会儿书，却什么都看不进去。我熄了灯，把一盒卡带放进录音机，但很快又换掉了。

房间里只有透过窗户潜入的光线，在床上方画出一个个圆形和方形，我的身体在无边的静寂中慢慢蠕动。

我徘徊在理智与面前悬挂的画之间，这幅画总会暗中唤醒我记忆中的点点滴滴，还有纯真的童年情感。

我没有一天离开过这可爱的照片，旅行的时候带着它，搬家的时候也带着它。我从她双眼的深海中看到时光流逝，忘了自己曾经受到的伤害。

① 选自作品集《夜的余香》。

我希望你不要再看着我，因为我实在难以面对你温柔、迷人的微笑和慈爱的眼神，那眼神如影随形追随着我，如同达·芬奇笔下蒙娜丽莎的眼神。

这悬挂的照片——凝视着我，她的双唇带着满足的微笑。

突然间，照片脱离了悬挂着的银色相框，在房间里微弱的光线中走动起来，像在梦游的人一样。她躲在我旁边的被子下面，慢慢向我靠近。我爬到床边，她又凑了过来。奉安拉之名啊！但我确实熟悉这亲切而充满慈爱之香的气息。自幼年起，我就和它生活在一起。当我还是个喝奶的孩子的时候，我就熟悉这纯粹的香气，麝香、龙涎香，还有拥着我的带有玫瑰香膏和沉香味道的怀抱。

她靠近我，伸手触摸着我。我感到身体在发抖，像触了电一样。我跳了起来，大喊着，床铺也随之晃动起来。我掀起被子和床单，上上下下找了个遍，但什么都没有……什么都没有。

我不知道自从自己起床后已经过去多长时间，我下意识地开始四下寻找和检查，但周围什么都没有，我所有的注意力都集中在那幅悬挂的照片上。

惊诧间，我不由得自言自语起来：

——母亲就在这房间里，就和我在一起！她在到处走动，我闻到了她的气味，感受到她的呼吸，听见她喃喃低语。我的心跳停止了，我屏住呼吸，生怕一呼吸她就会消失不见。但是，她还是像云烟般消失了。在我和她之间，出现了一道结晶墙，我擦了擦眼睛，读着经文。安拉啊，我是在幻想我的母亲吗？她是和我生活在一起吗？我是在做梦吗？

我不停地喘着气，忽高忽低，忽左忽右。她就这样消失了吗？在哪里？在哪里？不、不，我不能够把逝去的母亲从我的记忆中剥离。

我哭了起来，不停地哭着。我努力睁大双眼，清晰地看到了她的幻影。她把手伸向我，试图把我拉向天空。

我钉在原地动弹不得，一种可怕的恐惧笼罩着我。大脑中的血液凝固了，我的呼吸变重，感到像有一座铅山重压在胸口。我跳了起来，大汗淋漓。我看到她就在门口，张嘴想和这个创造了我生命的人说说话，想对着她的脸庞，说些知心话。这慈祥的脸庞啊，曾经就是我的生命之窗。我向她倾诉我的思念、抱怨内心的痛苦和她离开后留给我的重压。曾经，对于我们和我们这个大家庭而言，她就如同汪洋大海中领航的水手。

母亲啊，我的母亲！想大声地呼唤她，但声音却堵在喉咙里。我翻了个身，闭上双眼，又睁开来，我又感到附近有轻微的响动。

半梦半醒间，我发现她慢慢地消失了。我想要举起手和她挥手，却感到双手异常地沉重，像瘫痪了一样。我垂下眼皮，让内心的黑暗能够吸收这房间里微弱的光线。我闭上眼睛，感到自己天鹅绒的床在尸匣中慢慢沉入如同坟墓般深寂的凹形山谷。

母亲生病期间，我一直都守在她身旁。她的病开始是脊椎和双脚关节疼，以致难以直立和行走。这是带有剧痛的椎间盘病，在夜里，这种病痛像针扎一样折磨着她，使她辗转反侧、难以入眠。

她是那般极度的疲惫，但为了不让我担心，却总是极力掩饰着。可我还是陪她熬夜，为她换固定膏药和她放在肩下的热袋子，还为她倒水、留心吃药的时间，观察她的一举一动、她的眼神，甚至是她的呼吸。我已不只是她的女儿，还是她的护士、姐妹、母亲。

我放弃所有的责任，拒绝任何一项之前不得不履行的社会义务。

我和亲爱的母亲共同承担她的痛苦，就像我在忍受她的疼痛一样。当我注意到她在说胡话的时候，就递给她一些安眠药。我给她盖上被子，使她不再发抖。我坐在床边靠近她的地方，凝视着她白皙、纯净而又安详的脸庞，长期的辛劳并没有在她的脸上留下太多皱纹。

她清澈而慈爱的双眼闭上了，这双眼睛曾是我力量的源泉。每当我看着它们的时候，世界在我面前顿时变得灿烂而喜悦。我越是靠近她，就越是被她牢牢地吸引。我使劲嗅着她垂到我胸前的乌黑长发，多么温馨的味道啊！我和她十指相扣，感到美好的时光就在指尖流淌。而一些可恶的线——就是那些结实的疾病之线——却想将它拉走。

我再次热切地拥抱她，就像拥抱着整个世界。我不敢放开她的手，生怕会失去握着它时的那种弯曲的触感。我深吸着她身上的香气，这香气和我身上的气味一模一样，我过往的岁月也是她生命的一部分。岁月流逝，在我这里而不是在你身上。我用近乎耳语般的声音为她唱起《六个心爱的人》和《母亲啊，我的天使》，我还为她描述眼前浮现出的一幅幅画面：

——啊，我慈爱的母亲啊，我是多么地爱您！您也是那么地爱我！

我心中的爱，那强烈的爱！现在，您太累了，我不愿再向您提及您对我们所有人尤其是对我那炽热的爱——那至死不渝的爱。您还记得当我摔断了右腿时您对我说的话吗？当时，我还是个8岁的小女孩。您没有带我去医院，而是去了一个会正骨的老医生那里。他在我断骨的两侧装了一些细棍，然后捆紧。那个夜晚，我难以入睡。当慈爱的您听到我因疼痛而发出不断的呻吟声的时候，我倚仗着您的心软、仁慈，为了不再难受而松开了绑腿的绷带。最终，由于您的溺爱（我也从您那里继承了这一点），我的那条腿没有得到很好的治疗落下了毛病。

每到冬天下起倾盆大雨的时候，我都会想起那首《亲爱的》。校车来接我和妹妹去马尔格卜学校，我们带着纯真的梦想一路小跑。您到街上为校车指路，生怕我们受冷淋雨。然后回到家中，坐在煤炉边上为我们准备热牛奶和烤栗子。

在冷天和雨天的午餐时间，您总是想方设法让我们喝上各种各样的蔬菜汤和小扁豆汤。

母亲啊，我还记得，中学时我复习功课累得睡着了，历史书摊开来盖在脸上。您温柔的手轻轻抚摸着我的头发和脸颊，柔声唤醒我：

——起来吧，宝贝儿！愿安拉保佑你。上床去睡吧，明天还有考试呢！

第二天清晨，我早早起来准备继续复习，却看到您已经在为我准备早饭了：热灶大饼、白奶酪片、薄荷、橄榄，另一边还有茶和鲜奶。

——主啊，一大早就有这么多东西！

您柔声回答说：

——是为了你有足够的能量准备考试呀。女儿啊，你考试的时候安拉会保佑你的！你回家的时候也会保佑你的！

我最亲爱的母亲呀，您还记得当您在电话中以那般挂念、慈爱的声音和我说话的时候，我的姐妹们是多么的生气、嫉妒啊：

——安拉保佑！你回来啦。

在远处，我听到姐妹们叽叽喳喳的声音：

——为什么只有她回家的时候，您请求安拉保佑啊？在您看来，只有她是最好的吗？

您笑了，以一颗母亲的仁爱之心，带着善意的戏谑回答她们：

——你们所有的人，我都是一样的爱。

母亲病重已经有六个月了。我们每个人生活中都会挂念着另一个人。但的确，我已经意识到母亲得了什么病。即使我不告诉她详情，灾难也会接踵而至。这样一天天下去，吃药也对她不起作用了，她会病入膏肓。但是，我不想她受苦。

她卧床不起，睡眠时间超过了醒着的时间。有时候，她表现得好像忘了自己是谁。我不知道这是不是一个75岁老人的迟钝反应？但我很确定地知道，在她70岁的时候，她还如同年轻人一般。

第二天吃晚饭的时候，她的情况更糟了。她难以进食，不断地咳嗽、呕吐，一会儿吐出一堆黄色的东西、一会儿又是绿色的。她动不了，不能继续正常的举动。她突然晕倒，脉搏极其微弱，呼吸也很缓慢，身体不停地出汗。我立刻联系我们的家庭医生，他带着药箱赶来，随行的还有一个染了金色头发的苗条的女护士。

医生为母亲测量体温和脉搏，把她翻向右侧，查看她的眼睛，然后把听诊器放在她胸前。护士开始准备注射器和消毒棉，但医生却要她联系救护车。他凑到我身边说：

——应该立刻送她去医院！她的情况很危急，呼吸都已经很困难了！

我没有扔下母亲一个人，而是陪着她乘救护车直奔穆巴拉克医院。坐在她身边，我难受得几乎要窒息。我靠近她，看到她骨瘦如柴，身体好似枯萎了一般。眼睁睁看着病魔在折磨她，我的心都要碎了，我觉得自己再也不能承受更多的残酷了。生命正在从我最亲爱的人的身上一点点地消失，眼前万物也仿佛都在一瞬间变成了灰色的。街上的高楼大厦几乎要崩塌，道路也越来越窄。我已经不可能再嗅到那迷人的茉莉花香了。我曾将那些花儿和其他她所需要的物品一起装在小衣物袋里带给她。啊，怎么所有的东西都变得比我们去医院前看上去小了很多？在去往医院的短暂的路程中，看不到任何能引起我注意的东西。我感到无比沮丧和痛苦，将脸转向窗外，因为我不想看着最爱的人受罪。我强忍痛苦，时而低声抽泣时而号啕大哭。我给她读所有我记得的《古兰经》经文的章节，所有可以在内科12号病区5号特护病房这种艰难的情形下读的经文。

接下去的两个星期里，我没有一晚能睡个整觉。我握着她的手，感到她冰冷的手在颤抖，还听到她呻吟着，喉咙发出含糊不清的咯咯声。我为她播放舒缓的音乐，有钢琴的敲击声、琵琶的弹奏声。然后再关掉音乐，按姐姐的嘱咐为她念诵经文，《无花果章》，还有《黄牛章》的最后三节经文。

我再次回来，握着她的手，感到它温暖而柔软，像沾了露水般湿润。她的面容也似往常一般。我向安拉祈祷，感谢他怜悯我那可怜的母亲。

终于可以放心她的身体了，我感到无比幸福，认为这是一个好的开始。我带着美好的希望和最美的梦回到家中。我洗了个冷水澡，这使我感到愉快而振作。我多么希望借此洗去所有的疲劳和失眠啊！

我站在这舒适、惬意的淋浴下，不断做着美梦。

突然，我僵立在原地动弹不得，热血涌上脸颊。我听到有人在哭着不停地敲打着浴室的门。

——开门！开门！

我害怕极了，赶忙穿上衣服，打开门。

——你的母亲去世了！你的母亲去世了！节哀啊！

我感到自己的心脏都要爆炸了。我伸手摸向胸口，感到心在流血……不，那不是血，是炽热的泪水，从我悲伤欲绝的脸颊流下，溢满前胸。

早上七点，七月二十八日，即将结束的二十世纪末，母亲，呼吸停止了，带着善良和慈爱的情感跳动的心脏安静了。所有梦想、喜好、对子女无边的爱，也随之消逝了。

我无声地痛哭着，停也停不下来。眼泪一直打湿了脸颊和脖颈，那是绝望悲伤的热泪啊！

我赶往穆巴拉克医院。她静静地躺在太平间里，安详地长眠了。我看了她最后一眼。

这是多么残忍的一件事啊，生命脱离了死亡的躯体在我们眼前消失，奉献之树和给家里带来生命的光柱的脸庞僵硬而憔悴。啊，曾经充满活力的鲜活之躯怎么就这样凋谢了？

一双明亮而美丽的眼睛怎么就这样熄灭了它们的光辉？总是充满慈爱的、乐于与人亲切交流和制造梦想的迷人面庞怎么就这样失去了光彩？充满仁爱的心脏怎么就这样永远停止了跳动？

我心中的玫瑰花啊，教我认识自己和如何做人的人啊，使我的生命更加翠绿、感官更加敏锐的人啊！

我凝视着她那端庄、慈爱、面带微笑的脸庞，发现它已经变得僵硬而毫无生气。我轻抚着她的脸颊，指尖忍不住地颤抖，身体也打起了冷战。我宁肯死神带走的是我，而不是她。我弯下身片刻，拥抱她，长久地亲吻着她。身后，有声音在说话。是谁？我不知道。但我听到那个声音在说：

——她死了，可还像天使一般微笑着。

我一直陪着她，直到下葬的最后时刻。我在她的耳边诵读《古兰经》。哥哥轻拍我的肩膀，把我拉起来，让我回家。他说：

——尽快下葬是对死者和死亡的尊敬。

我回身递给他一些薄荷、香草的树苗，还有玫瑰花，让他种在母亲的坟边，再在坟茔上撒一些。

在我们宽敞的家中，我开始一点点治疗自己的"伤口"。我试图放下庇护全家的怜爱之帘，但那幅悬挂的照片，有着昨天、今天和明天的亲爱的人的照片，视线一刻都没有离开过我。不论我走多远，她都追随着我。不论我走到哪里，她都长久注视着我。她盯着我的脸，和我耳语，告诉我她的忧愁。我闭上双眼，梦境一幕幕而过，仿佛消除了所有的痛苦和悲伤。

黑暗中，一个身穿白衣服的人影出现在我面前，它从窗户、从门口进来。这是真还是梦？不，她是我最亲爱的人，那个纯净透明、穿着白色衣服、有着纯洁的心灵和灵魂的人。她走近我，试图把我拉向天空。

几个月过去了，我还是处于一种茫然若失的状态。我拒绝接受这个痛苦的现实，总是处于幻想之中。

在清醒或睡梦中、夜晚或白天，那追随我的眼神一直折磨着我，而我却享受着这种折磨。

我对着眼前的照片和纪念录影碟低语，所有的记忆都涌现出来。有时，我想逃离这一切，想要躲开不看她的眼睛，但却总有一种无形的力量将我渐渐拉向她。一有机会，我就长久凝视着她。她的生命是鲜活的，她和我聊天、和我密语；父亲去世时我趴在她肩上哭泣；提起她那舒服的坐姿就和她一起大笑；她柔顺的长发和沉着而迷人的言谈总是深深吸引着我们；还有她做礼拜时伸手朝向天空的精准的祷告方式更是印在我脑海里。

我轻轻地走近、更加接近那幅画，我对她低语：

——母亲啊，您就是高贵的珍珠、最美的香气！您是那么的完美！我不会改变我们的旧家。现在，从您的去世我看到了我的死亡。

求您了！我的周围都是您注视我的眼神，我已经难以再面对您双眼散发出的迷人光芒和我无论走到哪里都追随着我的眼神了。

下定决心，我让自己也带上像她一样炯炯有神的眼神，在双唇上也画上像她那样甜美迷人的微笑。双手颤抖着，我慢慢举起那幅悬挂的照片，亲吻它，然后把它放进天鹅绒的蓝色盒子里。我把它当作珍贵的宝藏保存起来。我请求得到她的宽恕和谅解。

我在房间的各个角落徘徊，拉开窗帘使更多的光亮透进来。我深吸了一口气，心中满是充盈博爱之香的紫罗兰的香气，开心的笑容浮现在了脸上。

奥斯曼和时刻表①

哈姆杜·哈姆迪

1

在这个美好的春日的清晨,《东方》报头版的红色宽幅标题无疑非常吸引读者的目光。

他拿起报纸,一遍又一遍地读着这条新闻,然后把茶杯放在一边,开始仔细研究字里行间的内容,两次、三次、四次、五次。

他把眼镜放在边上,稍微舒展了一会儿,反复念着"一个奇怪的新闻,或许难以置信"。他点燃香烟,向右吐了一口烟,然后闭上左眼,试着再次大声读了一遍这条新闻。"明早,会有一架来自新近发现的阿波罗星球的宇宙飞船降临地球,这架飞船可容纳一千名乘客。没有一等和二等,所有人都是平等的。飞船管理者

① 选自作品集《奥斯曼和时刻表》。

会接受因为人道原因或者政治原因而想要迁移的人们，以及迁移后不再回到地球的人们”。在报道的旁边，附有一张飞船降落地的清晰照片，那是在西大洋海岸线和东海湾之间。

2

第二天早晨，奥斯曼早早起来，他非同寻常地刮了胡子，拿着牙刷涂上他昨天在家隔壁杂货店里买的绿色牙膏。他用劲刷牙，直到牙龈快要出血。他洗好脸，然后用毛巾蒙在脸上。他回身穿上在开斋节时买的蓝色套装，系上一根与白衬衫相称的带点的红领带。他穿上黑色鞋子，这鞋子看上去很紧。

他手提皮包，包里放了一个装有他父亲和母亲照片的白色信封。这张照片已经有 40 年了，可能是在他出生时拍的。他想起了母亲说过的话“奥斯曼啊，我是在主麻日生的你，幸运之门将为你打开。”

他笑了。

3

他离开家，深吸一口气，感到自己像在节日里。远处，传来一阵嘀咕声“奥斯曼，是谁让你离开祖国的？”他对这个烦人的嘀咕声说：“祖国就是人们。人咬人，就像鱼互相残杀一样。”

嘀咕声再次传来：“奥斯曼，我们非常了解你，你是一个作家和思想家，祖国需要你。”奥斯曼大笑：“噢，祖国。”然后又笑了起来：“作家和思想家！昨天，我还看到一个舞女的照片，她会扭动腰肢不过才几个月，《东方》报就对她进行了半个版面的专访。而对我呢，却还没有进行过任何的访问。”

4

“奥斯曼，祖国就是人们。人们并不知道你是作家。因为，兄弟啊，你不把自己的彩色照片登在晨报上。”

奥斯曼笑了。“我把自己的照片和舞女的放在一起？不，不，我绝不会那样做。我要呈现的是我的思想，而不是其他。我要说下去吗？我要说完！”

“太没劲了，奥斯曼，希望你不要继续了。”奥斯曼和他那烦人的嘀咕声一起笑了起来。

5

奥斯曼来到那个穿越时间来自阿波罗星球的宇宙飞船的降落区域。据说，飞船穿越了五千万光年，它四周的光线可以照亮整个城市。

奥斯曼看着聚集区，那里已经有很多人了。奥斯曼笑了。“祖国所有的人可能都在这儿了！”这是来自东海湾的，那是来自南部达勒·巴沙尔的。

他想挤进人群，一阵灰尘扬起，他耸耸肩膀，吸了口气。他听到一个人说："宝贵的机会啊，我们去了就不再回来了。"

6

天空蔚蓝，天地一片茫然，人们什么都看不到。没有宇宙飞船，只有安保人员和一片混乱。一个秃顶的人在卖汽水，他站在白色推车边上，大声对人们喊着：

——来喝吧！离开前来喝点吧！快来喝，这可能是你们最后的机会了！

另一个人对他说：

——你会和我们一起走吗？

他望着他：

——是的，我也走。我将在阿波罗星球上给你们卖另外一种饮料。在那里，政府官员决不会再监控我，因为这里的政府官员只会监控穷人。

奥斯曼走近他，向他买了一瓶橙味汽水，还有人买了一瓶草莓味的。

7

那里还有女人。那个女人看上去很优雅，她也要乘飞船吗？奥斯曼离她远远的，生怕人们说她是他妻子。因为他——奥斯曼——讨厌女人，就像他讨厌新闻教育部的监视一样。

8

奥斯曼走向人群，远离那些报纸和电视台的摄影师，他们已经为人群拍了很多张照片了，拍得最多的那个人几乎把手都安在脸上了。

9

他靠近人群的中心，那里有个记者在向一些人提问，一个是白皮肤的，一个是黑皮肤的，另一个不黑也不白。

记者随行的摄影师坐在一个中等大小的黄色木桶上，还是黑色的，大声说：

——兄弟们，我们是《东方》报的，对于即将到来的阿波罗星球的飞船，我们要做一个新闻调查，我们想知道你们离开祖国的原因。

一个低沉沙哑的声音回答说：

——我们是被迫留下来的吗？我们的母亲可是自愿将我们生出来的呀。

另一个人神经质地回答说：

——愚蠢的家伙，快闭嘴！他可能是当局派来的。

10

人们似乎对摄影师的提议很满意，他让人们列队巡游，这场巡游会使他们记起在自己家乡进行的面包游行。在家乡，妇女们在分娩时会像老鼠般对自己的孩子说话，没有任何未来可言。

一个高个子对记者说：

——我的兄弟穆罕默德在这里完成学业后就移居美国了。现在已经过去七年了，昨天他给我们寄了一张他和家人的照片。现在，他有房有车，成为一个受尊敬的人，知道自己的权利和义务。

奥斯曼对他说：

——那你呢？

他望着奥斯曼，伤心地说——同时，记者将录音机放到他嘴边：

——我……我？（用手拍着胸）我就像是一头拉着吊水车的公牛，转啊转，不知道自己的现状，也看不到自己的未来。

一个人笑着说：

——起码还是一头受人尊敬的公牛。

围观的人都笑了起来，他也有点不好意思了。

11

另一个人走上前来，以一种更接近标准语而不是方言的语言和记者交谈，他说：

——我是一名歌颂社会进步的诗人。我喜欢真诚，我将自己的思想和梦想都写在纸上。

在场的一个人打断他：

我们的诗人啊，我们想听一首诗。

诗人坐在那个黄色木桶上，拿出一张白纸，用洪亮的声音读了起来：

蚂蚁吃蚂蚁
猫吃它的孩子
亲爱的，我和你
蚂蚁吃我们

除了奥斯曼，所以人都笑了起来，只有他明白诗人的含义。

一个人神经质地说：

——我们的诗人啊，谁能听懂你在说什么！我们可是生活在石油、金钱、原子核和人造卫星的时代哦！

诗人生气了，他看到人群从他周围散开，于是捶着胸脯说：

“真让人伤心啊！在石油时代，诗人不过要一件遮体之衣，而你却趾高气扬地穿着真丝……”

诗人向一个挤进人群的穿着寒酸的女人打了个手势。

12

记者走到一个看上去像是穷人的身边，他反复说着：

——飞船什么时候到啊？

记者说：

——过一会儿。你想移居吗？

——是的。我可能会得到一份工作。据说职位很多，比这里要好。

——在阿波罗星球上的工作？（他笑了）

——据说薪水超乎想象呢。

——为什么移居？只是为了一个职位吗？

——是的。在这儿，我已经走投无路了。

记者一边翻录音带一边说：

——你看上去是个好人。

——是的，这就是我悲惨的原因。

——我不明白。

——我曾是一个正义的公民，却变得穷困潦倒，你看到我的装扮了吗？

记者说：

——我看到了，看到了。但是，请你简要点，录音带时间有限，请告诉我什么使你变成了这个样子？

这个人回答说：

——我曾在一家金融公司做会计。一天，我发现有人挪用了50万美元的公款。尽管同事们建议我假装视而不见，但我还是立刻通知了管理部门。

——之后发生了什么？

——当然，我拒绝收回自己的决定。但随后发生的事却出乎意料。我喜欢在一家餐厅喝茶，一天早晨，餐厅职员苏珊走近我，突然把手放在我身体的敏感部位，我本能地把手放在她胸前朝后推她。

——事情结束了？

——不，苏珊当着餐厅所有人的面大叫起来，诬告我侵犯了她。她将案件递交法庭，我被判犯了可耻的罪行，之后我的工作很快解除了。诡计得逞了，挪用公款的人还在原位上！

——但是，你的权利呢！这不公平。

——你难道不明白吗，"诡计"得逞了！但是，你认为我在阿波罗星球上会获得一个职位吗？

——为什么不会呢?!

13

一个留着长胡子、穿着白色短衣的人走过来，他大声问道：

——你们为什么争先恐后地离开祖国？为什么离开这片纯洁的土地？你们是人们当中出类拔萃的，应该多多行善。

人群中传来一个声音：

——但我们现在是最可怜的人，我们不需要用脑，而只需通过子孙的头脑进行思考。

奥斯曼说：

——你这个人啊，闭嘴吧！这些人更有权势呢。政府的监察会送你进监狱，而这些人他们的监察会将你送进坟墓！

14

奥斯曼离开去呼吸一些新鲜空气，稍微放松一下。他们中一个人走过来说：

——据说，在阿波罗星球上，没有乐园没有火狱，也没有后世的痛苦。

奥斯曼微笑着说：

——我的兄弟，现世的痛苦还少吗？我们还要提后世的痛苦？

他走远一点。

那人继续说：

——确实，一早起来就要为你的孩子寻觅那一口果腹之食，真是极大的痛苦！

15

当他坐在一块水泥砖头上点燃香烟的时候，另一个记者凑过来，说：

——能进行一个访问吗？

留心到记者以似乎更加文雅的措辞在和他说话，奥斯曼感到暗自高兴。他把右腿翘到左腿上，回答说：

——请吧。

——我看您非常渴望登上阿波罗星球?!

——当然了，如同其他人一样。你看有这么多人。

——是什么促使您想这样做的?

奥斯曼口吐香烟，说道：

——我是一个作家。我有一部国外出版的小说，在这里却禁止发行。真可怜呀，它还没闻到祖国的气味呢。

奥斯曼继续说：

——我是不是在高谈阔论?

记者把录音机凑近，答道：

——请吧。今天太累了，这个奇怪的飞船迟到了。

奥斯曼舒展了一下接着说：

——当我还是个孩子的时候，我非常幸福，因为我不用想祖国的问题。而现在，我却非常疲惫。我会想国家、想大众、想未来，我每天都会生病，因为我的梦想就像这春日的云彩一样消失不见了。

他还想接着说，但是记者，却已经不辞而别。奥斯曼感到内心极度绝望，对着已经消失的记者说：

——我们作家带给你们美好的愉悦，但我们的命运却像没穿衣服的荡妇一样。

他又接着抽他的烟。

16

远处传来一个声音：

——看，阿波罗飞船来了。

另一个人：

傻瓜，这是拍摄我们的螺旋桨飞机。

一个长胡子说：

——据说，阿波罗上的女人像仙女一样，男人们和她们交往没有一点烦恼！

看到一个膀大腰圆的妇女走过来，他赶紧跑开了。

17

所有人都等着飞船的到来，半天过去了，一个人爬上了蓝木桶。人头攒动如海浪般翘首以盼。

另一个听着小收音机的人叫了起来：

——伦敦广播说，阿波罗飞船已进入我们西部的边境，它现在正朝我们而来。

又一个人抬手指向天空，说道：

——安拉至大！安拉至大！英国广播带来好消息了！

奥斯曼浑身一阵哆嗦，他开始摸索着自己的小包，然后站在那里仰望天空。

一个身穿彩色运动服的人走到他身边，嘴角带着莫名的微笑，递给他一张手掌大小的纸片，然后消失在人群中。

奥斯曼打开纸片仔细看里面的内容，他把香烟扔在一边，又读了一遍它的内容，上面用很小的字写着“很抱歉，打扰了，今天是四月一号。东方报”。

奥斯曼感到内心有异常强烈的挫败感，既疼痛又耻辱。他环视四周，看着那些仰望天空等待离开祖国的人们。

追逐幻想[①]

阿利耶·穆罕默德·莎依波

1

每当我想问你关于另一个女人的事的时候，舌头就会不由自主地打结，开不了口。

对这个女人有各种各样的传闻。

晚上，我拿出当天所有的报纸，读着那些关于暴动还有游牧民儿童的报道，耳边充斥着残忍的电视新闻，我忍无可忍，奔向浴室，开始不断呕吐。

电视里还在继续着那些血腥的画面：士兵们正在疯狂地对一个年轻人拳打脚踢。年轻人的母亲扑过去想把他扶起来，却被一脚踹开。血流得满地都是，年轻人的母亲撕心裂肺地喊着。我僵硬地坐在屏幕前，像个白痴一样看着这一切。

① 选自作品集《嫁给海的女人》。

夜深了，麻醉剂开始和血管中奔流的液体发生作用。鲜血的腥味弥漫全身，衬衣上、脸上、脚上全是血腥味。我想要摆脱，却怎么也甩不掉。它想摆脱我，也同样不行。

我想睡觉。

我想要记起从前的我是怎么睡觉的。

我想像从前那样睡觉。

我想要品味这心灵之旅的韵味——五光十色、纵横交错。可是，我只能站在那门槛边欣赏着这一切，不敢进去。我想要记起我从前是怎么睡觉的，我曾经梦到了什么。而现在，在温暖的被子里准备体验像丝般温柔的睡眠，却如同僵尸一样直挺挺地躺在热尸匣里数着时钟的嘀嗒声。夜晚幸灾乐祸地过去了，黎明面带讥笑而来。双眼灼烧般地疼痛，在似梦非醒的昏昏沉沉中，我突然再次意识到，你绝不会在我心中死去。

我只属于你。我只属于你一个人！

我闭上双眼，慢慢地融化，渐渐地，感觉好像脱离了自己的躯体，离开了自己的床和房间。我……睡……了！

蠕动之手的梦魇开始了。

很多只长满蓝绿色血管和皱纹的手慢慢蠕动着爬上了床，挪动到被子的底端，渐渐向我靠近。我蜷在被中像触了电似的抖个不停。我多么希望自己还是在梦中，但当这些手冲我使劲抓来的时候，我才意识到自己不是在做梦。我跳了起来，大声呼喊。于是，它们咆哮着退下去，退到了被子的底端，抑或是地上。

聚集起残留的勇气和信念，我把门窗以及所有的通风口全部打开，拾起散落在地上的东西。我站在角落里，想要观察会有什么事情发生。但，什么也没有，甚至连床铺都没有再动一下。我走近了一点，虽然惊慌至极，但我还是决定要揭开秘密。我鼓足勇气掀起被子，轻轻拍打床的四周，然后再迅速跑开。仍然什么也没有。除了使用更加诡异的手段外已别无他法了，我下决心征服恐惧，奋力拔去啃噬着心肺的恐惧之尖牙。我再次向前，然后低头看床下，那里只有无尽的黑暗。我用手电去照每一寸地方，还是一无所获。那些神秘的夜晚生物到底在哪里呢？那些在我睡觉时却感觉醒着的爬向我身体的支离破碎的手在哪里呢？

2

是从什么时候开始，我必须要抵抗这甜蜜的折磨呢？这种折磨缠绕着我的脖颈，压迫着我玻璃般脆弱的肌肤。我想，这种折磨，就是从认识你的那一天开始的。我明白，在你生命的某个位置，在你房间的某个角落，一直都有你妻子的存在。无数个夜晚，她在你的身体里畅游，躺在属于自己的潮湿的岸边，一次次伴着你温暖的气息入睡。她了解你身上的每一处细节，你衣服的数量、笔的颜色……

或许你曾经爱过她——即便只是在某一瞬间。

但是现在，我该怎么办？

我们都已发现，这灼热的伤口正在经受着烈火的煎熬。

我想让你只属于我，只属于我一个人！是从什么时候开始，我试图向你询问关于她的情况的？我不知道。是几周还是几个世纪前？

寒冷已降临房间，还有一桌饭菜……还有那些朋友。

朋友们都在准备迎接新年了。而我却在抵抗一种强烈的愿望，想要向你询问她的情况。“我想要知道，想要知道！”。

就这样，我变得爱自言自语、爱在镜子前冲着自己大喊大叫，然后双手掩面痛哭。她会发生什么事？她的那个爸爸时常为心灵之旅而不在身边的小女儿该怎么办？

有一天，我对自己说：

“无论是白天还是黑夜，我并没有感觉到她的存在。她，在她的房里，在她的生活中。而我，也有属于我的独立的生活。就这样，年龄在不断增大。然而现在，我遇到了你。我想重新呼吸、重新恋爱，我想要消融在你的世界里。”

我无法再像过去那样信任你。我要冲着你大声喊叫。那个无辜的孩子，她能够穿越那些可能出现的重重阻碍，想象当她长大后而你已不在的情况下将承受的痛苦吗？谁来为她庆祝生日？谁去学校参加她的家长会？是谁？是谁?!

但我仍旧无语。

是我，使我们之间的关系一开始就变得暧昧。所以，我必须沉默，必须吞下这些充满着苦闷的空气的透明袋子。它们大量地堆积在我胃的右侧，使我痛不欲生。但我一直都没有告诉你。医生曾不无冷漠地对我说：“喊出来吧！当你生气或者难过的时候，一定要发泄出来！不要沉默，不要总是硬吞下那口怨气，然后再来找我抱怨。很简单，你可以打碎面前的任何一样东西。”他面无表情地在我耳边叨叨着。我很想对他说：“好的，先生，可是我该如何打碎这深入骨髓的痛苦，该如何打碎这如同烙红的丝线一般缠绕着我的顽固的命运呢？”

我是想对他说，可是安拉注视着我，安拉是无所不知的。或许安拉会惩罚我，或者惩罚我的孩子们。如果我和安拉之间的关系弄僵了，那我该怎么办呀？我该如何生活下去？如何呼吸？到那时，你还会来救我吗？还会让我的心灵永葆青春的绿色？我下意识地两眼紧盯着玻璃般脆弱的大夫的脸。一种莫名的厌恶感在心中油然而生，一直升至喉咙，升至嘴巴。而对他的办公室、他的办公用品、他的手套乃至他的那把金属梳子感到恶心。

被灼痛挤压的胃还在放肆地折磨着我。

3

朋友们已经在购买新年聚会的礼物了，还有那些悬挂的装饰品。他们把闪烁的彩虹条挂在了树上。我窝在角落，真希望他们能够安静点儿。我用手蒙住脸，幻想他们的脸就像是戴着面具——一个又一个奇怪的面具。那些欢快的脸就像被印在有特殊颜色和气味的充气袋上，然后聚集在我的胃部，不断挤压。身体向我求救，体内苦不堪言，而袋子上他们的脸却狂笑不止。

新年里你打算做什么？和我在一起，还是和她呢？她一直都夹在我们当中，你又怎么能和我在一起呢？但是，我爱你，我爱你啊！

我想大喊，想哭泣，想立刻飞奔到你的身边，在你脚边打碎这喧闹而灼热的疼痛。

我爱你！我对世上所有人都不会讲的这句话，仅将它的芬芳注入你的心房。你知道这意味着什么吗？

新年第一天，我只想和你单独在一起。你知道我会做什么吗？我要把所有五颜六色的装饰品都缠在你身上，我要让你变成新年聚会时的装饰树——那棵只属于我一个人的树。

我独自参加这闪着珍珠般欢乐光辉的聚会。我把玩着那些装饰品，并且把它们洒向周围的朋友，我还将五颜六色的小球扔给他们。我们笑着、跳着，也许只在这一时刻，我会忘记那些让我失眠的甜蜜的痛苦。

4

为什么我开始不时地想起她？她仿佛已经镶嵌在我和我所吸入的空气之间。她坚定地站在那里，身材修长，长发乌黑，双眉细长，还有很久以前就不再闪亮的双眼。

她站在那个冰冷的转弯处望着我，仿佛在等待合适的时机，向我抛出那个烫手的、像要在我脸上吐上一口口水或狠狠扇我一耳光的问题。“她一定很恨我，怎么会不恨呢？我从她家里偷走了全家人唯一的快乐源泉。”她穿着一件褪了色的黑风衣，紧跟着我。头上缠着一块围巾。我能感受到她就跟在我身后，胸膛随着我的心跳一起一伏。

我很想告诉她，这不是我的错，也不是她的错。我们中的一个注定要胜利，不是我心中就是她心中的那个女人一定要赢。她在承受折磨，我在忍受煎熬，而那个男人却远离这一切，正在享受着恋爱的甜蜜，盼望着得到更多爱和等待。

她，在等着他回家。而我，则站在门边，背对着这个冰冷的世界。遍布在温暖血管中的伤口嘲笑着我。暖意蔓延到全身，但心却越来越冷。因为我也在等待，一直在等待。

女人啊，我什么时候才能把你从我的皮肤上剥离？你就像一条灿烂的金链，紧紧地箍着我，绺绺长发缠绕着我的手指、腰和肺。每当我独自写作或者哭泣的时候，都会闻到你那黑色眼影的味道。

我们中必有一人要成为赢者。

可是，请你回答我，你在哪里？我怎样才能找到你？我该如何与你对话？我不知道，我不知道！

我不知道！

5

新年的夜晚。

朋友们都成双成对地相聚在一起，眼睛和洁白牙齿发出的光亮似乎在偷偷讥笑着我。

我只能呵护着自己冰冷的心，对它耳语：难道今晚只有你和我一样不开心吗?

我的心只专注于准备食物和菜肴。音乐的声音开得很大，我的感觉也慢慢融化在这空间、时间里。刹那间，我不再清楚自己身处何地。

这熠熠生辉的大厅正带着我畅游在一个充满紫罗兰香气、有羽毛质感的空间。我又开始浮想联翩了。一会儿希望躲在你的胸前哭泣，一会儿又想藏到你背后，蒙住你的双眼狠狠地亲吻你。我甚至想用刀刺进你的心脏，听着你肋骨断裂的咯咯声响，然后再吮吸你的鲜血。主啊，我宁愿去死，也不要再让这可怕血腥的幻想继续下去了!

但是，她呢?

我该怎样帮她从痛苦中解脱出来?

我该如何释放她?

该如何打破那禁锢在她脖子上的铁圈?

还有谁会喜欢她吗? 或者，还有谁，希望她死吗?! 但是，我……我想要她活着，我想把她从那扇宽大的窗户里抛向一个没有你的美丽新世界。“你在听吗，是没有你的世界!”她再也不会承受让她寝食不安的痛苦了，因为，你不在这里。

她必然赢得胜利……只有她值得。

不是我，也不是你。

唯独她，有权获得胜利。

这就是我的决定。

时针已经指向元旦夜晚的 12 点。

小说家说[1]

瓦立德·哈立德·穆斯利姆

“很久以前，有一个猎人，他习惯在公园里捕猎小女孩。他只有在月夜才会出去捕猎，并因此而闻名，所以他被人们称为‘月亮之邻’。”

小说家停了一下，继续写道：“后来，来了一队商人，他们带了很多椰枣、黄金和珠宝。”

小说家又停了下来，他沉思着希望能从以往的故事中找到些灵感。阿拉丁、阿里巴巴、永远的女王莎赫拉栽德……他的眼前还浮现出辛巴达、《卡里来和笛木乃》书中提到的动物们，并根据他所在国家的情况理清哪些是可以用来引证的，哪些是不被允许的。他调整了一下思路，接着又写：“在宫殿中一间大房子的角

① 选自作品集《划破长空的流星》。

落里，法蒂玛孤零零地坐在那儿涕泪横流，伤心欲绝。她哽咽着且不断自语，看上去如同安放在漆黑房间的家具。她绝望地问自己：‘我的爱什么时候才会回来？难道我只能在这儿束手无策地等待命运的安排吗？’”

小说家微笑着深吸了一口气，他终于找到他的开始了！

他仔细打量着法蒂玛，说道：“她有一双美丽的大眼睛和栗色披肩长发，还有被金色小耳环映衬着的挺直鼻梁。”

——法蒂玛，你哪里不舒服？

小说家对他创造的这个人物说。

——作家老师，这故事很长。

——你快讲吧，我一定洗耳恭听。

她开始轻声述说：

——两年前的一个夜晚，“月亮之邻”在我们家的花园里逮住了我。他承诺要娶我，并当着父亲的面向我求婚。他对我的熊熊爱火燃烧了好几个月呢。

——法蒂玛，请你停一下，让我来帮你完成这个故事吧！

小说家说。

然后写道：“月亮之邻”是一个有着顽强意志力的人，他爱冒险，热爱生活，希望有一天事业有成。但是，商队的到来完全改变了他的计划，因为法蒂玛的父亲想要把她嫁给他的朋友——商队中的一位商人。法蒂玛将父亲的决定告诉了他，希望他第二天就来求婚，而“月亮之邻”并没有把法蒂玛的哭诉放在心上。

突然，“月亮之邻”出现在小说家面前，他用威胁的口吻大声喊道：

——我不想成为你故事里的人物！

——怎么了？你为什么会有这种想法？你想抗拒我的意志吗？

作家很诧异。

“月亮之邻”大声说：

——是的。我要离开你设定的角色。如果你不接受的话，我会结束这一切。作家先生，你不能把你的意志强加到我身上。

——可是，你让我怎么对法蒂玛说呢？她昨天求你今早去见她父亲的。现在离天亮已经没几个小时了。

——这是你的事！

——“月亮之邻”啊，遵循安拉的指引吧！为了明天更显精神还是去睡吧。在小说的第二章，你会重新恢复活力的。

——你把你写在纸上的东西称为小说?！真是愚蠢！

——怎么了？

“月亮之邻”生气地说：

——在我看来，你所做的只不过是在说，这个人要这样那样，那个人想做这个那个。然后，再令人厌烦地提一堆所谓的历史经验，重温一些非正义的法律带来的灾难。所以，我要告诉你，我不接受像你这样的作家。

——但是你没有这样的权利！

小说家说道，准备结束这次会面。

——谁说的？你难道忘了在第一章开头你是怎么描述我的？

我有异常顽强的意志力，任何困难都不能把我打倒。我想了一整夜，终于发现，现在摆在我面前最大的困难，就是从你虚构的故事中摆脱出来！

——等一下，“月亮之邻”“处女猎手”，我们可以理智地讨论一下这件事吗？法蒂玛找到一个她爱的也爱她的情郎，却因为父亲禁止他们相见而哭泣。毫无疑问，她是希望你在第二章里有所作为，能够去见她的父亲，并且阻止她与商队的那个人订婚。

——傻作家呀，我根本就不会喜欢像法蒂玛这样的女孩子。她除了向她的朋友栽娜卜抱怨，或者倾听她给的意见外，就只会通过哭来解决问题。坦白说，你所描述的我的角色，对我而言也没有任何吸引力。当我知道法蒂玛父亲计划的时候，我就立刻离开了懦弱的法蒂玛，去找了她的朋友栽娜卜。

——你是背着我去见她的?!

——我是碰巧遇见她的，我翻过底稿了。她是一个勇敢而聪明的女孩，我决定摆脱你强加给我的“月亮之邻”猎人的罪名，然后和她结婚，或者，以后……

“月亮之邻”站在那里略带期待地看着作家，他带有威胁性的话语中充满了更深的含义。

至于小说家，面对他的主人公所表现出来的霸道，顿时变得目瞪口呆。听从他的话？还是毁掉整部作品？根本无法选择。

他只好拿出一张白纸，开始写第二章的开头。手边就是两天前列出的主要情节的提纲，可他却什么也写不出来。

突然，法蒂玛闪现在字里行间。虽然她昨晚还几乎哭湿了枕头，但现在，却一滴眼泪都没有了。

她说：

——我也不想待在这儿了！“月亮之邻”刚才和我联系，问我是否对你所写的关于我们的事情感到满意。

——他和你联系了?!

小说家吃惊地叫了起来。

她回答他说：

——是的，我也会和他一起离开你的小说的。

——这是最终的决定吗?

——是的，作家老师。再见!

小说家双手抱头，努力地放松着自己。已经有两个主要人物离开了，他该如何完成这部小说？他开始研究留住“月亮之邻”的可能性：让他和他喜欢的栽娜卜结婚也行。但该如何写呢？他连她住在哪里都不知道，只知道她是法蒂玛的朋友。

他想和法蒂玛联系，找到栽娜卜的地址。然而转头间，却只看到她在最终离开前留的那句话：“再见！”

身后，“月亮之邻”面带讥讽地低头望着他，容貌已经彻底改变。

当根枯萎[1]

瓦法·哈姆丹

穿过将办公室整齐分隔开来的长走廊，穆赫塔尔迈着与其年龄明显不符的轻快步伐早出晚归。无情的岁月在他脸上刻下一道道皱纹，这些皱纹出卖了他的年龄。当他脸上绽露微笑的时候，双眼偶尔会闪过一丝快乐，很快他又会陷入哀伤之中，不过他不会让这种哀伤持续太久，因为他还要忙着应付来自同事们的召唤呢：去倒茶、倒咖啡，复印一份业务文件，或是将文件送到指定地点。

今天他是真的很开心，心中充盈着一种莫名的幸福感。昨天，一直很安静的这层楼上，突然增添了很多不同寻常的嘈杂和混乱。他看到有些新家具堆在锁着的办公室门前，瞥见在维修部

---

① 选自作品集《呼啸的风》。

的人员当中有一个他的老乡。他走向那个年轻人，向他问好并且询问情况。原来，这个星期公司会分配来一组新职员。下班前，领导让他去八号和九号办公室工作，作为领导，他也有思想准备，一定会听到像往常那样布置额外工作时的埋怨声。但是，穆赫塔尔却欢快地甚至可以说是幸福地接受了。

是的，每当他看到那些年轻的新面孔时都会很高兴，因为这让他想起了自己的孩子们。去年他回老家出差，突然发现这孩子已经长大成人，而且还很像他。他们已经有三年没见过面了。三年前他离开的时候，儿子刚开始读大学一年级。而现在，他已经可以自豪地坐在老乡面前，向他们炫耀他即将大学毕业的儿子了。至于他的小女儿，他总会很乐意地跟人们谈起她的梦想，尽管她只是高二年级的学生。这有什么关系呢，用不了几年她就会成为一名职业女性的。

每天早晨，穆赫塔尔的工作就是打扫办公室，整理前一天留下的烂摊子，并且打开窗为房间透换新鲜空气。当同事们到办公室时，他就马不停蹄地开始满足他们接连不断提出的各种要求。但今天的他比以往任何时候都开心，工作也更加勤奋。八号办公室两个新来的女同事在办公室里放了一些植物盆景。穆赫塔尔对旁边桌上放着的那株开着一朵红玫瑰的小植物很感兴趣，穆赫塔尔喜欢绿色，喜欢置身于绿色中。这时，他不由自主地陷入对往事的回忆：日落时分坐在田野上，与三五好友品茶聊天，目光追随着渐渐垂落的太阳。而这片田野就是他梦想的终点和希望的所在。

很多办公室都有绿色植物，有些高大而茁壮，有些长着奇怪的叶子，触感不像他种惯了的庄稼。在他工作的大楼前有一大片空地，他多么希望业主能允许他在这空地上种些什么，即使不给任何报酬，他也会感到由衷的快乐。

每天，他都端详着那株长有一朵小红花的植物，梦想它能够长大，长出芳香四溢的新的红色花朵。小时候，家门口就种着许多花儿。每当他傍晚放学回家，都会看到母亲坐在那里怜爱地盯着那些花儿。而当他早晨离开的时候，看到最后一幅母亲的画面也是在浇花儿，以至于见到她的人会以为她一直都在房门口而没有离开过。这株植物让他想起了母亲，还有最后一次见面时还是个小姑娘的女儿。

他目不转睛地盯着它，直到阿依莎给他送来需要登记的文件。她问他："你很喜欢它吗？"

穆赫塔尔微笑着热切地说："非常喜欢，阿依莎小姐，它太美了！"

他希望能够把关于植物的对话继续下去，可阿依莎却接着说："穆赫塔尔，别忘了准备文件的复印件。"她的女同事努丽雅也说："别忘了我们昨天给你的文件。"他点头保证自己不会忘的。努丽雅突然问："穆赫塔尔，你在家乡的时候是做什么的？"

他自豪地说："努丽雅女士，我是一个农夫。"

"那么，我们休假的时候，就要靠你来照顾这些植物了！"

他对此充满自信："没问题，你就依靠安拉、依靠我吧！"

他尽量使自己在她俩面前不显得太拘谨，他希望她俩能同意让他来看护这株好像不愿意长大的植物，它已经三个月没开过一朵花了。是不是离阳光太远了……是啊，万物生长靠阳光嘛。可是，她们告诉他，这些植物只能在背阴处生长，那么，这是什么原因呢？

真是忙啊，九号办公室的电话从一上班就响个不停，可年轻人一个都没有来，今天这些人都跑到哪里去了？他暗自忖度。

直到中午他们才陆续来上班，各种要求也开始络绎不绝。一个问他要杯水来吃药，因为头疼；接着另一个又要他去帮忙登记轮休；还有一个让他去为财务部和管理部送文件。这还不算其他办公室的活儿。他来回忙着，路过八号办公室时，发现俩姑娘也没在。阿依莎去朝觐了，努丽雅因为孩子生病请假了。快下班时，他才有空走近那株植物，只见它干巴巴的，似乎没有任何人为它浇过水。

"旁边桌上有块儿水渍，"阿依莎举起水杯说道，似乎水杯上有个洞，所以会漏，"可是很奇怪啊，努丽雅，昨天也有同样的问题。肯定是穆赫塔尔没有好好打扫办公桌，或者是他放杯子的托盘是湿的。"努丽雅笑了："亲爱的，你为什么要为这事儿烦恼呢，叫穆赫塔尔来换一个不就行了吗？"

然而，第二天、第三天又发生了同样的事情。由于实在找不到原因，阿依莎举起了那株植物，她惊奇地看到花盆里居然溢满了水。她难以置信地向努丽雅大喊，"你敢肯定是穆赫塔尔在给这株植物浇水吗？"

努丽雅大声否认道："不，不可能的！这是一株塑料花儿啊。那水一定是从花盆旁边的杯子里渗出来的。亲爱的，快擦干桌子，不要再想了。"

可是今天，事情似乎越来越严重。有好大一片水渍，几乎滴到地毯上了。很多水珠都沿着桌子滴滴答答流下去。

穆赫塔尔像往常一样忙个不停。阿依莎迟疑了一下问道："穆赫塔尔，你给这株植物浇水了吗？"

他兴奋地回答："当然了，我每天都浇的。"

努丽雅忍住笑，用一张纸遮在自己脸前。而阿依莎则努力掩饰着自己惊讶的目光，但终于也忍不住笑出声来，她说道："但这株植物是塑料的，也就是干的，永远不会生长的。"

可穆赫塔尔却固执己见："塑料的？不会生长？这朵红花？小姐啊，在我休假的时候，这株植物因为没有人浇水而枯萎了呢。"

阿依莎沉默了一阵，然后说道，"好吧，没关系，从现在开始别再浇水就可以了。"他却用恳求的口吻说，"那好吧，小姐，但你一定要记得给它浇水啊，否则它会死的。"然后，他手拿托盘离开了。

两个姑娘意味深长地交换了下眼神，而穆赫塔尔则独自幸福地走在走廊上。

渴望死亡①

纳塞尔·佐菲利

天空晴朗。夏天就从那天开始，他的记忆里乱糟糟的，像是塞满了棉花，如同以前有过无数次的经历那样，他又踏进了这个村庄。一个全新的夏日，万物生生不息、周而复始。

他打开木窗，矩形的蓝天和正在飘去的轻柔的白云突然出现在他的面前。他仰望着这无边的空间，天地相接，只见清澈的蓝天和黄色的大地。

太阳高悬天空，就像靠在高压塔上一般。高压塔非常小心地矗立在那里，向这一村庄输电的高压线在电压的作用下不停颤抖着。

夏日的鸟儿成群聚集在一起，它们叽叽喳喳地叫着，像在讨论是否要进行迁徙。远处，一个老人正披着斗篷避暑热。他坐在

① 选自作品集《第一滴血》。

木床上，期待的东西却没有改变。就是这个人，就在这个地方。他希望自己不在这里。他起身擦去地板上已经干掉的黄白色混合物，又回到床上。窗口映出矩形的清透的天空。

母亲在敲门，他没有开。母亲说：

“你不出来了吗？现在已经是早晨了。”

然后，他听到她的脚步声渐渐远去。他盼望自己可以一直待在床边的小木桌旁，母亲什么都不做。他知道，让她坐在桌子旁她就不会做什么了。而他会坐在床上，看着窗外的天空。

正午的阳光总是刻薄而无情，它讥讽着每个光头、赤脚的人。他的双眼也被刺痛了，他感到有道刺眼的光环使他什么都看不见。是从什么时候起，他开始观察夏去冬来？又是从什么时候起，他开始从木制的天窗里观测晴天雨天了呢？

他躺在床上，任凭这些愚蠢的问题不断地困扰着他。但是，每件事物都会在分秒之间发生变化，他也只能重新开始。尽管需要等待，但这个漫长的夏日在他灵魂深处却未曾改变。他起身站在窗前，倚着窗框。

他走在父亲的送葬队伍最后。那时是夏天——并不是他的这个夏天——亲友们从四面八方赶来，为他的父亲送行。送葬队伍沿着那些由木板搭起的小店铺一直朝高压塔方向前行，他步履蹒跚地走在队伍的最后。有人将手放在他的肩上，正对他说话。啊，他并没有躺在长方形的尸匣里，那人正是他的父亲。尽管那天早上，他以为母亲会来叫醒他，并且对他说：“儿子，你是死了吗！”但却听到她说：“你的父亲死了。”然后又补充道：“孩子，别哭。你的身体不好，不能太难过。”

当母亲离开后，他笑了，然后紧跟她走了出来。也许，那是那年夏天他头一次出来，尽管并不是因为生病而不能出门。

他走进父母的房间，看到父亲直挺挺地躺在床上，注视着天花板，像秋日落叶般枯萎，像潮湿的泥土般冰冷。母亲说：扶起他的头，放低下巴，合上他的双眼，向他告别吧。我这就去找人来帮你给他清洗一下。

他跪在他的旁边，亲吻着他的额头。死亡的冰冷在他的唇边蔓延开来，就像蚁群在慢慢蠕动。

他把父亲丢在床上，在大中午赤脚跑了出去。

他蓬头垢面、眼珠突出，嘴唇上还留着死亡的冰冷。他突然倒地，耳鼻瞬时填满了灼热的沙土。

当他醒来的时候，他的脸正浸在冰水抑或是冰血中。他走在送葬队伍的最后，队伍正朝高压塔方向前行。队伍中有个人把手放在他的肩上。

母亲说：“孩子啊，你父亲是幸运的。他像夏日一样强壮，像雨水般慷慨，安拉并没有惩罚他。当时，他向我要水喝，可当我拿来的时候，他已经死了。”

他感到母亲是故意这么说的，感到安拉并不是以他的病和父亲的去世来惩罚他，也没有用孩子的疾病和死亡来惩罚他的父亲。

他感到似乎有某种软体动物在他身体里啃噬，他把手放到腰上，他的双唇变青，呼吸紧迫，四肢也开始颤抖。他靠在窗边，黄白色奶油状的东西从他的嘴角流出。他浑身颤抖地站在那里，血管膨胀。他感到生命的末端正在一点点地向他的每一根头发逼近。他想要大喊，但却发不出任何声音。他伸出下嘴唇，直到能够看见嘴唇上的青色。他感到自己白色的眼睛就如同是夏天的白昼。他倒在地上开始抽搐，黄白色的液体流到了地板上。

他趴了一小会儿，听到了高压线的呻吟。

母亲来敲门，他试图伸手去开门，但却失败了。

母亲说：

“你不出去了吗？都已是正午了。”

他没有听清楚她的话，也没有听见她渐渐远去的脚步声，他的耳鸣一直在继续，就像是苍蝇部队驻扎在他的耳蜗里一样。

他下午离开家的时候，看到母亲坐在木棚下，靠在一根方木柱旁，在缝一块不成形的布。

“这是什么？”

他坐在旁边问道。

“我也不知道。我只是用针线活消磨时间罢了。”

“别再消磨了。你有钱吗？”

“你要多少？”

“多少都行。”

老妇人放下手上的布和针，开始用牙齿来解她黑色围巾下方的疙瘩。她从那块轻薄的黑布后面取出几枚硬币。

她给了他一枚，然后又把剩下的迪尔汗放了起来。

他把那枚硬币藏在口袋里，独自离开了坐落在这村庄尽头的家，留下老妇人长久注视着天空。

他朝着那与高压塔平行的木板搭起的小店铺走去。尽管与高压塔有一段距离，但他还是听到了高压线的呻吟声和老男人的啜泣声。

在商店里，店员莫名粗鲁地问他：

“你想要什么？”

“牛奶。”

单词字母一个一个地从他的嘴里蹦出来。

“你有钱吗？”

他颤颤巍巍地把手伸进胸前的口袋里，拿出一枚硬币。他拿着它，双唇颤抖。店员的脸色有所改变，立刻掀开木制的冰柜，拿出一盒牛奶递给他。

他用袖子把盒子上的水珠擦去，然后边走边把它打开。他沿着那个夏天送葬队伍走过的路线前行。他仿佛又听到了他们的脚步声，看到了他们扛在肩膀上的尸匣。他们中有个人把手放在他的肩膀上，但却一句话也没说。

在墓地门口，他扔掉了空牛奶盒。他这时才发现，牛奶盒早就空了，衣服上留下的牛奶残迹也已干透了。他在墓地门口徘徊了一会儿，然后进去。他看到整齐的墓碑伫立在那里，下面就是那些现在只能通过墓碑来确认的男女老少了。从父亲下葬的那个夏天起，又多了很多墓。他找到了父亲的墓碑，然后坐在边上，看着墓碑上父亲的名字。

……

“啊，死亡在向我召唤。它并不了解我，但我却想死。父亲呀，你给我留下了什么？请原谅我吧，我并不爱你。”

他起身走向远处一块石头，费劲地把它搬起来。他发现这块石头如果稍微埋入土里一点的话就和墓碑的体积差不多大。他把石头抬到父亲的墓碑前，埋到土里，直到两者大小相差无几。突然间，父亲的名字和死因记录消失不见了。接着一阵风起，沙土漫天飞扬，他的双手如秋天落叶般干枯、身体像潮湿的泥土般冰冷。他走近石头，在新墓碑上写上自己和父亲的名字。他感到蚁群渐渐爬上了他的双唇，直至覆盖全身。他拥抱墓地，然后躺在上面。

……

“啊，父亲，宽恕我吧！不是因为我爱你，而是因为我想要和你一起解脱。我不想再折磨任何人了！”

他闭上双眼，然后又站起来脱掉衣服。他看着两个墓碑，读着他和父亲的名字，就像这两个名字不是他写的似的。他拿起衣服，擦去墓碑上的两个名字，墓碑变得像他一样光秃秃的。

他大笑了起来，然后又躺下。

……

父亲啊，这样会更好吧？谁会记起我们呢？

一切都安静了，只有高压线的呻吟声还在继续。

一隅旧墙[①]

塔利布·拉法伊

我的父亲是第一个在那面墙上写字的人。我还记得那个夜晚，他满脸郁闷，反反复复地对我说：

“孩子啊，也许有点不合情理，我想让你跟我学一些东西。”

我是父亲的独子，安拉没有赐给他除我以外的其他孩子。有一天，他教我数字 1—8 的乘法。正当我还在费劲背时，他突然对我大喊：“粗点的笔！快给我一支粗点的笔！”

他开始在我头顶的那面墙上用笔写下数字 1—8 的乘法口诀表。

“你瞧，不能看书也不能用笔写，所有东西都在你头顶的那面墙上，我希望你能将这一口诀表背下来。”

① 选自作品集《太阳》。

他出去后，我仔细看着那面墙，不知道如何才能背下那口诀表。

那仅仅是个开始。从那以后，父亲每每想要我记住什么东西，就立刻把它写在墙上。渐渐地，那些需要记忆的东西只有被写在墙上，我才能够牢牢记住。

许多年过去了，父亲早已仙逝，但墙上的字依然如故。

那隅旧墙记下了我生命中的点点滴滴：朋友的走访、考试的分数、竞赛的成绩、和女友们的约会，还有她们的芳名和电话、恋爱的花费、诗句、电影以及漂亮女主角的名字，诸如此类我生活中最重要的东西。

母亲和舅舅决定，父亲去世后卖掉我们的老房子。但这件事他们却没和我商量，母亲只是对我说：

“我们就要搬新家了。”

那一夜我没有合眼。我怎么能就这样撇下父亲书写的笔迹呢？

怎么能就这样撇下我和女友们的约会，还有那些我时常吟诵的诗句，来过我房间的人，和我一起玩过、睡过的人……

“我不愿离开我的房间。”

我当面拒绝了母亲。

“但是我们已经把房子卖了呀。”

“是你卖的，不是我。”

“孩子啊，我的宝贝儿。”

“我决不离开那堵墙！我不能没有它！”

“什么?! 哦，那好吧。”

不久，舅舅带来了一名专业建筑师和一名工头。他们查看了我房间的每一个角落。

“这堵墙可以搬走，”建筑师说，并补充道：“当然，这绝非易事。不过，我们会加固这堵墙，用起重机通过钢丝绳把它吊起来。我们把墙基也挖出来，然后把混凝土切割开。这样，就把这堵墙和其他墙体及屋顶分开了。最后，可以用起重机把墙体和墙基放在特殊的气枕上运走。”

建筑师的口气非常有把握，当然要价也很高。他和工头商量许久，工头坚持说工程很危险，需要许多熟练工，而且墙也很旧了，需要特别小心，如此这般。好在建筑师是个好心人，他替我们说了不少好话，要那个工头少赚一点，还说这项工程比较特殊，是值得冒险的。然后，他转向舅舅说：

“没问题，差价部分我来付，怎么样？”

我马上接道：

“一定要让这堵墙毫发无损地搬到我的新房间去。”

“当然，当然。”

建筑师笑道，工头也同意了，两人说着就出去了。

建筑师研究了我们新家的房型图，确定了那堵墙在我房间的安放位置，然后就开始搬运。

我告诉朋友们，因为我不能没有那堵墙以及它所带给我的回忆，所以我请了一个专业建筑师来搬运它。开工的那天早上，朋友们蜂拥而至一睹为快。

随着工程的推进，我愈来愈钦佩建筑师的认真和工头的干劲。他们用了先进的设备来切割混凝土，并把墙体和屋顶分开。每一块部件都用起重机吊走，没有激起一点扬尘。

我关注着工程的进展，心也随之揪了起来。

工头用厚厚的海绵和白布把墙体裹起来，裹了一层又一层，然后对我说：

“放心吧，你就什么也别说了。”

墙体终于被一块块木板包了起来，又用起重机吊了起来，接着开始挖墙基了。

听着挖掘机在墙基下挖掘的声音，我担心得直冒汗，好在身边的朋友们并没有察觉。突然，建筑师叫道：

“好，墙被分开了！”

我高兴得蹦了起来：

“哈哈……”

搬运墙的过程比我想象的要容易。墙体裹着白布、垫着气枕运到了。然后工人们开始挖新的墙基，又浇注入了加固用的混凝土和支撑用的柱子。

那隅旧墙始终被白布包裹着，静静地伫立在那儿近两个星期。随后，它被放到了原先确定的位置。正如我所愿，一切都进行得非常顺利。在墙体被浇注了加固用的混凝土后，建筑师对我说：

“这堵墙在所有工程完工前必须这样包裹着，以防被损坏。”

我没有反对，说道：

"就按你说的，了不起的建筑师！"

我心中暗喜："我房间里的旧墙就这样来到了新家，我再也不会失去回忆啦！也不会忘记父亲的笔迹、女友们的名字啦！"

我开始算日子，焦急万分地盼望着新家的工程结束。

终于，到了旧墙揭幕的日子。我准备了盛大的庆祝会，邀请了所有的男女朋友参加，我多么希望父亲能亲眼见到这一幕啊！屋子里灯火通明，几乎每一个角落都被照亮了。不一会儿，工头开始揭开厚重的白布，我的心提到了嗓子眼，脚也几乎有点站不稳了。我看到那堵墙慢慢地露了出来，可是……可是墙的颜色已经不再，裸露在外的是发黑的混凝土表面。什么也看不出了！什么都没有了！唯一留下的，是一些可怜而难看的小窟窿。

一些奇怪的事正在发生①

穆娜·莎菲依

在我堆满废报纸的储藏柜里一个被遗忘的角落，散落着我的一大堆小东西，请柬、各种电池、手机的彩色包装盒……在用惯了你的高科技礼物后，我已经忘了它了。但是，我怎么会不记得它呢?！我轻轻地把它拿起来，生怕它会消失。我把它握在手心，然后非常小心地取出那卷珍贵的胶卷，心疼痛地跳动着，手也痛得发抖，小心翼翼把它放进我的小手提包，小跑了出去。

我一只手开车，另一只手触摸着胶卷的所在位置，它安全地躺在我怀里的手提包中。

我想起了那个温柔的夜晚。海水微微的潮气，清新的海风，使这个地方变得更加美丽迷人。在大海将要吞没那个完美白昼

① 选自作品集《一些奇怪的事正在发生》。

的太阳的赤色之前，我让你站在那里，背冲着大海和日落，用我那台简陋的相机给你拍照。你没有拒绝，带着甜蜜的微笑做好准备，那微笑使你天使般的脸庞更加英俊和神采奕奕。当我拍第五张照片的时候，你开始知道摄影是我的爱好，于是你鼓励我好好去拍。在不到两个小时的时间里，我从你那里学到了很多摄影技术——角度、焦距、投影、光线。你当时唯一的乐趣就是教我并且训练我拍出好照片。那些举动使我忘了一切，充满了全新的体验，还使我对摄影有了更大的理想。当我们吃冰激凌的时候，我让小贩帮我们拍一些照片。我闭上眼陷入遐想，你那英俊的面容，你的举止、眼神，还有你指导那个朴实的小贩时可爱的语调——你指导他如何从正确的角度、更好的方向拍出更美的照片，这确实是爱好者的行为啊！

女孩说，一个小时后再来取照片。我回到车上，充满期待地坐在那里，成百上千个念头涌入脑中。

当泪水打湿我的面颊时，你递过一块香水手帕。在我擦干眼泪和忍住哽咽前，你抢先柔声说：

别哭了，不过是车坏了吧?!

我有点害羞又非常紧张地回答你说：

他在医院，需要输血，可他的血型很稀少，我正试着找捐献者呢。

你还在继续修着我的车，平静地问我：

女士，他是什么血型？也许我可以帮忙呢？

我心里很难过，回答他：

是 O 型！

他很快扔掉手中的工具，抓住我的手，温柔地拉着我说：

那还等什么！我们快去医院吧，我就是 O 型！

我愣住了，一句话也说不出来。可我们还是一起跑到了大医院，进了入口，穿过病房，直到我老父亲躺着的地方。

你静静地躺着，医生小心地将针管插入你的静脉。我望着你，没有想到自己会遇到一个像其他人一样的普通人。你的身体里潜伏着一种我所未知的东西，我感到自己好像已经认识你一千年甚至更久，而并不只是在那次使我们相聚在大医院的偶遇中。

我递给你一杯果汁表示感谢。我的眼神局促不安，喃喃低语，含糊不清，还有我的语调……你的举止似乎也暗示着我和你很亲近，而且你认识我也已经有一千年甚至更久！

你心很好，坚持要守在旁边，直到我父亲醒来。三个小时里，我们谈第三个千年危机、世界经济形势、国内经济、居住问题、居民构成、议会、政党、妇女政治权利以及对这一权利的政治决议、女性自由的含义、人权、未来的职业、政治和社会发展趋势……你知道吗，我甚至没有问你的名字。我深信，那一刻是我人生中最奇妙的时刻。

他一苏醒我就热烈地吻他！抱着他的手，我就像一只被雨水淋湿的小鸟。他就是我全部的亲人，没有他，我感到自己就像离开水的鱼，而我也是他的唯一。他的眼神在我们之间游走，我的手握着他的手，你的手放在他床边，你脱口说道：

赞美全归安拉，先生，祝您平安！

女孩说一个小时后取照片，我看看表，还有半个小时。我开始在汽车内坐卧不宁，我拿起手提包，锁上车门，深吸一口气，开始在一些小日用品商店和漂亮的店铺里闲逛，我在寻找可以减轻我的煎熬和痛苦的东西。

猛然间，我看到一个年轻的母亲正冲着她的孩子大喊，然后以一种我难以忍受的狠劲打他。她不停地痛打他，直到路人对于她这种非人道行为感到憎恶而纷纷驻足观看的时候才停下来。突然，我想起你曾经翻阅着我辩护过的一些社会和个人案件的卷宗，然后问我：

对于你的聪明和智慧而言，这些不过是些简单的小案子，像你这样的律师应该已经超越这一阶段了。

你的话让我觉得很骄傲和自豪，我对你笑了笑，你又补充道：

你为什么不接一些舆论反响更大的复杂的大案子?!

我有点害羞地回答你说：

那个著名的律师事务所的负责人说我还小，缺乏处理类似案子的经验。

你平静地回答说：

但是，在以往你所有的辩护当中，你已经证明自己是有能力的、成功的。只要你相信自己的能力，你就有权向他要求更大的案子。

我永远不会忘记这一刻，你是如何和我坐在一起，认真而关切地教给我该说什么、如何行动，还有该怎么做才能获得上司的信任和赏识。我就像个坐在老师面前的小孩，老师在她空虚迷茫后为她指明理想。你太完美了，这一时刻太美了，我一生永远都不会忘记的。我的直觉告诉我，你也不会忘记这一刻，我感到我和你，已融为一体！

你知道吗，尽管我们交往频繁、关系愈来愈近，但我对你却知之甚少。你总是使我关注自己的事情和一些重要的东西。受你的影响不过才七个月，我在法庭司法界就声名鹊起了。我不会否认在那个棘手、复杂的案件当中你对我有价值的指导，舆论很关注那个案子，我也很用心去做，但却同时感到很困惑。案子的报道占据了当地报纸很大的篇幅，同样，我的名字也随之上了最大的版面。那一刻，我真不知道该怎么谢你，我感到自己就是你的一部分，占据着你的头脑、你的心、你的精神，还有你的身体。我希望你能早点带来使我愉悦的东西，但你却没有！

我还记得那个晴朗的早晨，我打开了在我获得成功后你送来的贵重礼物。我不知道自己是如何鼓起勇气壮着胆子问你：

你是在一家石油公司工作吗？

直到现在，我还只是知道你名字的第一个字和第二个字，以及你拥有石油工科博士学位。

你略带保留地回答我：

我不是在某一家公司工作，但我在做一个特别的工程项目，最近我会把这个项目交给一家石油公司。

你使我忘记你那个精美的礼物，还有一些关于你的工作、专业、石油公司等一些使我困扰的问题。就这样，在你为我讲解这架先进的照相机的种种优点的过程中，我们一起度过好几个小时。不停地讲解、指导和操作使你略显疲倦，当时，你脸上带着清澈却有点奇怪的微笑对我说：

女士啊，这架相机将会拍下最精准和最清晰的影像，甚至是看不到的！

我总是被你牢牢吸引。

明天到了，后天……整整一礼拜，然后又一个月，我仍然在找寻着你。我记得在我们一次热烈的长谈中，你饱含温情地对我说：

你要时刻记得，有一些奇怪的事情，正在发生！

你似乎是在为我交代着什么。

我在这一地区的众多石油公司中寻找你，但奇怪的是，没有人知道你的名字，也没有任何人见过你。

我曾记下你白色奔驰车的号码。当在交通局工作的我的女朋友告诉我这些号码结构奇怪，登记册和清单里都没找到，而且它们也是随意排列的时候，我身体和精神几乎都要崩溃了！

我还记得那些美丽的夜晚，我们坐在潮湿的沙滩上，在美丽的海岸边，望着太阳——那个神的奇迹——在西落时刻向我们告别。

我心急如焚，向冰激凌小贩询问你的情况，你知道他回答我什么?!

他年轻的面庞充满自信地对我说：

女士，我没看到有人在这儿陪着您。您当时独自躺在沙滩上，抱着您的相机，一会儿拍大海和日落，一会儿吃我车里的冰激凌，您冲我笑了笑，然后就走了！

我感到心里有种说不出的苦痛。一切的一切都在算计着我和你，石油公司、交通局，甚至是冰激凌小贩。

一个小时的时间眼看就要到了，我要去取照片，我为你的英俊帅气而自豪，我要把它展示给石油公司、交通局、冰激凌小贩看。任何人看过后都不能再否认你的存在！你知道哪张照片最美吗?！你还记得冰激凌小贩为我们拍的最后一张照片吗？当时，他提醒我靠你更近点。你知道吗，当时我是既害羞又渴望，而你的手也温柔地搂着我的腰。

你使我感到，我们共处的那一刻是我们之间最真诚的爱的瞬间。我注意到你朦胧的双眼中也有那种感觉，你是如此渴望地看着我，轻抚着我的腰。

我在颤抖，心跳加快，我从女孩的手中接过照片袋。懵然中，我付了钱，飞奔向我的车。我坐在方向盘后，努力定了定神，然后打开这个珍贵的袋子。我开始翻看相片，我玩沙子的这张照片真漂亮，我还能感到沙子的冰冷和潮湿。这是另外一些照片，我自信地看着太阳的样子也好美啊，它那血染般的颜色啊！这是我的第三张照片，我似乎在拥抱着那异常朦胧而神奇的大海，这真是一处艺术美景。

亲爱的，你知道吗，这张照片你一定会喜欢的，它可是你的一个杰作啊。至于另一张，那时微风轻柔地吹拂着我真丝衣服的衣角。当你看这张照片的时候，我肯定会害羞得脸红红的。这张照片只有我一个人，那张照片也是我一个人，这张是我，那张也是我，是我，是我一个人，还有……还有……还有……

你眼睛的月亮[1]

阿伊莎·拉希德·阿卜杜·哈迪

她听他说过许多甜言蜜语，他对她喃喃地表达心中爱慕，他不断地说，她仔细地倾听。他许诺她很多，太阳、月亮、星星、昂贵的项链，极尽奢华。但所有这些都只是许诺，许诺而已。她对自己说："没关系，只要他和她之间有希望就好了。"

基于此，她构筑了很多梦想：宫殿、华服、许多首饰等。她一直靠这些梦想生活，就这样，三年过去了。

突然有一天，他要求和她见面，说有很重要的事情，他这样对她说：

"我今天想见你！"

她回答道："今天我很忙，我的一个女友姆奈今天订婚，明天

---

① 选自作品集《华丽大道的挑夫们》。

见面吧！”

他神经质地答道：

“你说什么？你的女友比我重要？”

“不，我没有这么说，但是你知道她是我唯一的朋友，今天是她大喜的日子，我至少应和她一道分享！”

“你的朋友和我无关！我今天在老地方等你。”说完他愤愤地挂了电话。

她彷徨不安，这不是他平常的样子，她没有想到他的言语会如此尖刻。

她暗自思酌：他今天怎么了？为何话语中会有这样突然的变化？

整个白天，她都心情不安。同事们注意到了她的不安和心不在焉，看到她的脸上再也没有了笑容。

随着两个约会的临近，她越发焦虑了，必须要牺牲一个约会！

她拿起电话，拨通了号码：“你好，是姆奈吗？”

“是的，纳娃勒，你的声音不对呀！怎么了，是生病了吗？”

她不得不撒谎了：“是的，我病了。亲爱的，很抱歉我不能来参加你的订婚晚宴了，我今天觉得身体不大对劲。”

“但是，纳娃勒，你知道，如果你不来，我会很伤心的！亲爱的，尽量来吧，求求你了，我希望你能在我身边。”

“但亲爱的，我可能不行，我尽力吧。”

尽管她这么说，但她知道自己是不会去的。她现在是左右为难——在好朋友和未来的丈夫之间。

她再次拨通了电话，要找萨拉哈。

“你好，萨拉哈。”

“你好。”

她直截了当地说：“我将按照你的愿望来和你见面。”

他却愤愤不平：“按照我的愿望？你这是什么意思？难道你不想和我见面？”

“我不是这个意思，我的意思是我不去参加朋友的订婚宴了。你为何和我说话如此激动呢？我并没有说什么，你不必反应如此激烈。你怎么了？为什么要用这种方式和我说话？以前你从不会用这种态度和我说话的！”

他沉默了，没有回答。许久，他说：“等今天见到你时我会告诉你的！”

她挂了电话，心中十分沮丧。

下午五点，她该出发赴约了。

她打扮完毕出了门，开车向海边驶去，不多久就到了，看到萨拉哈在等她。

他下了车，她也随着下了车，两人坐到岸边。

海面平静，海风轻拂，除了海鸥在猎食海面上的小鱼，发出阵阵鸣叫，以及远处小孩的戏水声以外，周围一片宁静。

两人相对而坐，他开口道：

“我对今天说话的态度道歉，但是请原谅我，我今天一直在苦苦思索发生在我身边的一个问题。”他停下来，沉默良久。

她忍不住了:“出什么事了?快告诉我,我是你最亲近的人!不是吗?”

“是的。你知道我的朋友纳赛尔吗?”

“知道,你曾经和我说过,他是你的老朋友了,他怎么了?”

“我和你说过他结婚了,但是他犯了一个大错误。”

“怎么了,他犯什么错了?”

“他娶了他的妻子,但是他妻子对这一婚姻并不满意。这还不是问题,问题是她给他生了一个孩子,现在两岁了,她威胁说要把孩子扔给他,回到自己的家乡去,因为她爱上了她家乡的另外一个男人。纳娃勒,你想想看,孩子有什么错?你知道,纳赛尔一个人,没有亲人,他带着个孩子,怎么过呀?”

萨拉哈絮絮叨叨地谈着他的朋友,她听着他的讲述,眼眶里噙满了泪水,她长久地注视着萨拉哈,却看到他的脸上不断掠过奇怪的表情,怎么会是这样的表情?

而他,谈论的都是他的挚友的小孩问题。

“纳娃勒,我说到哪里了?”

她沉浸在思绪中,没有回答。

“纳娃勒,回答我!”

她从沉思中清醒过来,眼眶中噙着的泪水纷纷落下。

萨拉哈看着她说:“亲爱的纳娃勒,不要哭了,我知道你是多么的多愁善感。实在对不起,是我使你烦恼了。”

她的眼泪却仍然顺着面颊流下来,她回答道:

“这就是让你几天以来发脾气的原因?你朋友的事情?仅仅

是因为你朋友的事，你却粗暴地对待我，不许我去参加我最好朋友的订婚晚宴。你和我谈的问题与你本人无关，都是你的朋友，仅仅是朋友，而我……我……萨拉哈，你想到过我吗？”

“我们相识已经有三年了，直到今天，你从没有考虑和我谈论婚姻问题，每次当我试图谈论，刚刚开了头，你就以各种理由回避了。”

他默默地听着，没有回答。

他一直缄默不语。她暴跳起来，向车子方向走去，上了车，发动起来，飞快地离开了。

他独自面对着大海，海鸥仍在争抢着捕捉小鱼。

他暗自忖度：到底她是相信了我的故事，还是看出了我的谎言？

她到了家，迅速下了车。她不想让任何人看到她的泪水，同情她的处境。她把车钥匙扔在床边，一头倒在床上，号啕大哭起来。

这夜她思绪不宁，整夜没有合眼。有了这种感觉——这种被人忽视的感觉，她怎么睡得着呢？而这个人就是她生活的全部，现在的所有。甚至她还以为他就是她的未来，不会为了朋友而忽略她。她也一直以为对他而言，自己也是他的所有，然而他却毫无理由地冷落她，粗暴地对待她。他说的是实话么？她默默地问自己。

她看了看时间，已经快早上七点了，是该去上班的时候了。她决定抛开思绪，摆脱这些想法，开始新的一天。

她坐在办公室，面前摆放着电脑，右手边堆着许多文件需要输入电脑。她开始了电脑程序员的一天工作。她一份一份地阅读着文稿。这时，同事苏阿德手里又拿着一大摞文件走进来，她没有抱怨，从同事手中接过文件，心中自语道："让我用工作来打发时间吧！"

她专心编程，输入表格、姓名、日期、数据等。

就这样，好几个小时过去了。她拿过一份文件，看了看名字，这名字太熟悉了，文稿上写着：

姓名：萨拉哈·穆罕默德·阿卜杜·拉赫曼（父亲）

孩子名：法赫德

出生日期：1996年6月25日

母亲名：哈奈·阿里

她不敢相信所看到的，又仔细盯着文稿，读了一遍又一遍——是的，是他的名字。

什么时候？怎么会？我看到的是真的吗？小孩现在两岁，和他讲述的他朋友的儿子一模一样！

天呀！真不可思议，萨拉哈居然曾经结过婚？是什么时候结的？我认识他已经三年了！

他在和我交往过程中结婚了，一定是这样的，正如这份文稿所写的那样。

哈奈是谁？她和他什么关系？既然这样，他为什么又要和我交往呢？

一直以来我都被蒙骗了，现在我又该怎么办呢？我又能向谁去诉苦呢？

三年了，我一直相信他，他却始终在骗我。我是多么傻，又是多么天真呀！

她沉浸在痛苦中。这时，电话铃响了，她拿起话筒，另一边传来萨拉哈的声音："你好，是纳娃勒吗？"

她沉默了一会，定了定神，回答道："是！"

"你还好吗？"

她没有回答，而是率先发问："哈奈是谁？"

这次轮到他沉默了，他没有料到她这么快就发现了，谁对她说的？

"你听我说，纳娃勒，我会对你诉说全部真相的，但不是现在，我想今天五点在老地方看到你，希望你能来。"

她挂了电话，没有答复。她对自己说："他又要对我撒另一个谎，三年了，他一直在撒谎。"

时间接近下午五点，约会的时间到了。

她穿上了最漂亮的衣服，来到她母亲的房间，母亲也已经穿上了最漂亮的衣服。

她对母亲说：

"快点，妈妈，我们上次的订婚宴晚到了，难道你这次还想迟到你侄儿的婚礼吗？"

电话响起……

电话一遍遍地响起，纳娃勒却毫不在意，她关上了房门。

两人坐上汽车，母亲说：

“但愿你一直这样，纳娃勒，要按时赴约，不要经常为爽约而道歉。”

他和手杖①

法蒂玛·优素福·阿里

当我丈夫的手触摸到手杖，不知为何，我感到很不舒服。他抓住手杖，在手里掂量着。我用警示的眼神看着他，但艾哈迈德十分老练地躲避我的目光。我发话了，这语气像是和父亲在说话，而真正意图是扼杀某种企图。

“你把这个手杖带回来，一定是想作为旅游的纪念。你多少钱买的？”

父亲简短地答道：“用马来西亚货币买的，大约相当于二十第纳尔。”

艾哈迈德很快接过话茬：“够便宜的，而且式样也不错，本地市场上有很多，但我们没有发现与它相似的。”

我注意到话题有点偏了，赶紧把谈话拉回起点：“爸爸，这

① 选自作品集《她的脸是国家》。

是不错的纪念品，我们为它做一个匣子，放在书房里靠近你坐的地方。”

艾哈迈德仍在把玩着手杖，好像他正面对着一件稀有的珍品。它确实是件罕见的珍品：这是一根圆锥形的手杖，由纯黑檀木制作而成，黑色的纹理十分细腻，泛出蜂蜜或说是宝石般的光泽。至于手杖头，则蜿蜒弯曲，俨然是一件艺术珍品，它是手杖的自然延伸，但是却显现出女人身体的形态，呈半圆形，宛如正在佛教庙宇中舞动着神圣宗教礼仪舞蹈的女人。

艾哈迈德转动着手杖，观察着它的上上下下。

我父亲说看上去你很喜欢它。

“大叔，直说吧，我除了它，别无所求。”

我大声叫道：“艾哈迈德！”

我父亲说：“愿主赐福于你，我给你带了些祖母绿的念珠，你可以挑选些。”

艾哈迈德盯着我，报复般地说：“除了这根手杖，我什么都不要。”

为了进一步激怒我，他看着我，并将手杖递过来，说道：“法蒂玛，以你的生命起誓，把这根手杖包好，像原来那样放回盒子里吧，我们把它带回家。”

我别无他法，只能不情愿地服从，这是因为他从我父亲那儿拿走了一件稀世珍品。手杖是稀世珍品吗？不知道，我所知的是女人因为她父亲的门第而尊贵，但却往往以丈夫为荣，最荣耀的是能感受到成为他的掌上明珠，而他却对她娘家并无所求。

我将手杖放入丝绸制成的、与之样式配套的匣子中，就像芭比娃娃放入大小相当的塑料盒子中固定住了，然后将其放入厚纸板的盒子里。

我们驾车返回时，艾哈迈德一直沉默着。我曾想激怒他，来摆脱那撕裂灵魂、炙烤心灵的心理压力，他却没有给我机会。

我终于爆发了："我们原本应该给予，但却像来乞讨的，难道我们就不应该给父亲什么吗？"

他毫不在意地说："我们乞讨？真奇怪，什么时候女儿向父亲乞讨，女婿向丈人乞讨了？真滑稽，法蒂玛，这话真滑稽。"

"你从我父亲手里拿来了他并不想给你的礼物，这对吗？"

"这没什么不对的，如果你父亲到我这儿来，他要什么，尽管拿去好了，愿安拉赐福于他，这是亲人之间很正常的事情，小事一桩，不要小题大做了。"

手杖放在盒子里，靠在后排座位上，艾哈迈德通过车顶的后视镜迷恋般地盯着它，那种眼神我都有些嫉妒了。

到家了，他下了车，打开后门，捧出盒子，似乎搀扶着婚礼晚宴上的新娘，眼中闪烁着快乐、迷恋的光芒。他的双手温柔地捧着它，我不禁暗暗自语：他把它当什么了？它始终会在他心目中占据如此重要的位置么？

进了屋，我换了衣服，在胸前和两臂都洒了些香水，默默地先坐到床边。我似乎在酝酿在瞬间施以惩罚。令人吃惊的是他并没有在意到我的刻意和沉默，径直捧着盒子进了房间。他打开盒子，从里面取出塑料壳，将手杖拿出来。手杖被昂贵、绚丽的丝绸包裹着，宛如婚礼上的美女。他展开它的丝绸外套，平放出来。

我也不禁对它心生爱慕，但是又有些愤然，我寻觅着这种爱慕之情的由来，但却难以找到。

而艾哈迈德，则掂量着、注视着，突然令人吃惊地亲吻它，把它放到身旁，慢慢睡去。

我无法入睡，不知如何坠入睡梦的深井。我一直是处于挑衅的状态，甚至想要折断手杖，将它扔到窗外，或点火烧掉。如果不是考虑到没有这个手杖会给我们的生活带来种种问题，我就这样激动地做了。我暗自说：它不过是一根手杖，他又能把它怎样呢？他是我的丈夫，我了解他，他就像孩子，哭着闹着要得到想要的玩具，到手后就会把它打碎，扔得远远的。可能是这种想法使我渐渐地平静下来，慢慢地睡去了。

早上，我没有看到艾哈迈德，他不在床上，也不在花园给他心爱的花儿浇水，车库里也找不到他。他出去了，手杖也不见了，他带着它上班去了，到了平常的午饭时间还没有回来，又过了两个小时，他兴高采烈地进门了：“对于它，我们还有很多事情不了解，我们也需要它。”

我忍着痛苦和愤怒说：“如蒙主愿，一切都好。”

“想想看，法蒂玛，你想想看，你能想到在我们街区有一位手杖方面的专家吗？”

我嘲讽地说：“是吗？太巧了。”

“巧极了。更巧的是，这确实是一根美丽的马来西亚黑檀木手杖。”

“你带着手杖去和专家探讨过了？”

他肯定地说：“当然，这个手杖是我生命的依靠，我怎能不确定它？”

为了不使场面激化，我虽有些愤怒，但仍强装高兴地说：“你可以把它当饭吃啊？”

他发出歇斯底里的笑声：“我第一次看到有人嫉妒手杖了！这个玩意有什么好嫉妒的？”

他把手杖捧在手上，将底座置于两腿之间，双唇亲吻着它。手杖表面的蜜色在光线的反射下映照在他的白袍上，显得五彩斑斓。

他盯着手杖，眼神中带着欢喜、悲伤、害怕和惊奇。真不知道他和手杖的关系会发展到何种程度。

翌日，他垂头丧气地走进来，我自语道：如果他的沮丧是因为手杖，那我会多么高兴呀！

果然……

他伤心地说：我发现手杖上有裂纹，一定是哪个同事对它心存怨恨，于是敲打它，用手或其他东西破坏它，当初我拿来的时候可是毫无瑕疵的。

我嘲讽地说：“伤心医生”怎么说？我指的是手杖专家。

他说：这是表面伤，我们希望这不会引起其他的裂纹，他也说这是奇怪事。

我无法再掩饰嘲讽之意：“我看到的奇怪事多了。怪事先生，说说你的吧。”

“你幸灾乐祸？为什么，你认为这是一场喜剧？”

“不，我认为这是悲剧。”

我第一次开怀大笑起来。

他继续说：“专家说这种黑檀木极其敏感，就像人一样，它有心理感觉，可感知它周边的人。”

我挖苦说：“好消息，我第一天就看出手杖对你宣布民事抗议了。”

他脸上流露出忧郁的神情，似乎我的话击中了他情绪中的敏感部位。他第二天就打电话请假不上班了，带着手杖到处寻找可能修复它的地方，去了兽医部门、农业部门，甚至精神诊所。

没有找到良方，相反，裂纹逐渐扩展开来，像天花爆发一般。手杖变形了，不再平滑，光泽暗淡，光洁的外表消失了。我对他说：你忽略了它的感受。我记得你曾经说过，这种木材像人一样是有心理感觉的，我想这根手杖并不喜欢待在我们家。

他吃惊地说：是我忽视了它的感受？

我说：通常犯错的人都不知道自己在犯错，手杖可能对你的性格或我的性格有看法，否则它不会裂开。

他说：你认为这就是他的感受吗？

我说：我们可以试试。

“怎么试？”

“把它送回到它原来主人的家里。”

他嘲讽般地打断我：这就是你的目的，不……

我说：如果它好了，我们再拿回来，我们用树木的语言来修复它。

他笑了，认为这是件有趣的事情，同意由我亲自把手杖送回去。

我很高兴将手杖送回到它原来主人家中。父亲看到那盒子很吃惊，而当他看到手杖已经有些变形时，他更加惊讶了，脸上流露出伤心的表情。他端坐在书房呷着午后的咖啡，将手杖置于两腿间，温柔地抚摸着。

随后他将手杖放在原来的地方，起身离开。

翌日早上，他想起来，跑去取它，却发现手杖又恢复了原来的光洁外表，在末端甚至还长出了绿芽。

来来去去贝都因人[1]

贾斯姆·穆罕默德·夏姆拉

1

只有贝都因人才能理解沙漠的语言。他的面庞被风沙裹挟着，额头上笼罩着光线和汗滴，口中还不住地叨念着世世代代流传的絮语。当他腰挎劈击石器、扑杀羚羊的匕首，骑在骆驼背上时，就是这样的一幅神情。

2

他踢打着骆驼的腹部，骆驼先是抬起了尾部，然后挺起前部，他在中间就像秋天嬉戏的松枝一般摇曳着。

① 选自作品集《来来去去贝都因人》。

3

骆驼了解他，他们共同生活了好几年，彼此亲密无间。因此，骆驼面朝射向它的太阳，太阳脸上显出了害羞的红晕。

4

他的意识随风而起，将目光投向天际，口中咕噜着几句祷词，随后叨念着往昔，吟诵起诗句。

5

骆驼的软蹄陷入了沙中，在他心中留下了忧伤的疤痕。

6

这将是他和这头牲畜的最后一次旅行。当他到达旁人告诉他的地方，他会宰了它抑或卖了它？谁知道呢！

7

很多次，他似乎听到骆驼在呻吟，因为它知道自己的命运。

8

在那很多次中，他也确定自己的脉搏在呻吟。

9

他回想起很多以前的场景，母亲去世时，他在遥远的牧场。

10

那些人对于城市的描述令他炫目，城里人会为“卢比”而恶心。

11

他四下张望着，为何在“诗句”中没有寻觅到女性的气息，父亲和兄弟们却为“诗句”而呕心沥血，决定离开。

12

大哥和一些朋友在他之前就到了城市。

13

中午时候，他想返回了，但骆驼却不愿。

14

旅程仅仅是一个白天。

15

当夜幕降临，他确信马上要开始旅程了。

16

当他发现他和骆驼无以果腹，就卖了匕首，当时他感觉失去了护身符。

17

他也必须要卖掉骆驼。

18

此后数年，城市带给他一头白发。

19

在他之后几年，很多人来到城市，迎接他们的是芬芳香气。

20

尽管他体重轻，却行动迟缓，因此错过了不少机会。

21

他立下座右铭："知足常乐。"又过了几年，他发现这一信条受到了侵蚀，偏离初衷，不会富足。

22

他本是一个仆人，因此只能找服侍人的职务。

23

他给心灵建造了间木屋，在贫困的年份里心如草场。

24

这些旅行中的念头闪现着，他希望能一直在驼背上，他别无选择。

25

当他结婚时，他获取了尘世间的幸福，也更多地对尘世驻足观看。

26

每当他靠近湖泊，远离沙漠，沙漠就愈发靠近他，湖泊却渐渐远离他。

27

道路使他炫目，健康离他远去。

28

贫困吞噬着他，他痛苦不已。

29

我不知道，我为何似乎看见他当死神来临时伤心地咬着双唇，我想他是在怀念他的匕首和骆驼。

30

我想他在说：我在卖掉骆驼的那天就知道有今天了。

31

湖泊在你们面前，沙漠在你们身后，不论你们如何选择，都是海市蜃楼，你们最好是让他自绝于尘世，衣服上满是血迹。

32

贝都因人在羊群后站了几个时辰，来往于城市的人使他眼花缭乱，于是他驱赶着骆驼。在这个过程中，他忘记了尘世是为那些为其所愿而永远不会置身其中的人准备的。

贝都因人来了。贝都因人走了。

正义的面孔①

哈立德·艾哈迈德·萨利哈

——傻瓜！

远处传来的这个词紧紧地攫住了我，是一个陌生人驾车快速从我身边经过时抛下的词语。这类我父亲——愿安拉怜悯他——曾经用同样语调说出的词将我拉回到往昔岁月的回忆中。可能大多数记忆已经随着过去的漫长岁月回到了造物主那里，但就是这个词，又将我和他们拉回到了遥远的过去。

——傻瓜！

一个尖刻的词语，像锋利的刀刃，割破了我的童年……对我而言，这并不是陌生的词语，我经常说，也经常听到，但是从我的父亲那里听到这个词，那还是第一次。他是我热爱的并一直仿效

① 选自作品集《巴比伦人阿卜杜·贾巴尔的自杀》。

的楷模。我习惯了从他那里听到文雅的词句，可是现在我却发现他完全变了。我的眼泪几乎要从眼眶中流出，但我忍住了……我不想显得很傻，很脆弱。我曾听父亲说过："眼泪属于弱者。"于是我忍住了……是的，眼泪属于弱者，母亲可算其中一个……在她去集市前，我看见她哭了……是的，她哭了……亲爱的母亲，虽然我不知道你流泪的原委，但是我感觉到了那泪滴流经我心中时的温热。于是我睁大了眼睛，带着孩子般的天真，预感到这个大家庭可能面临的灾难。

事情发生在开斋节的前几天，全家都在忙着为即将到来的节日购置衣物。兄弟六个中，我最小，他们都坐在底楼，准备去市场。我独自一人坐在父母的房间前，不时听到他们欢快的声音……这时，我却听到了父母的争吵声……我不清楚他俩在讲些什么，声音很大，好似一阵风吹散了我心中的安宁。

"钱不够……"母亲用祈求的语气说。

父亲坚定地答复道："就这么多了，你看着办吧。"

"但是六个小孩……"母亲提高了声音。还没等她说完，父亲呵斥道："我也没有钱了，你明白吗？"

有力的声音终止了争吵，这类争吵我是经常听到的。

父亲从房间里冲出来，脸上流露出愤怒、伤心的表情。他快速从我身边经过，并没有感觉到我的存在，在他身后留下了炙热的气息。我挪动着脚步，向房内的母亲瞟去……我看到她在哭泣，我快步奔向她，扑到她的怀里。她以母亲的温柔一把抱住我，看着我悲伤的眼神笑了。

她吻了吻我的额头，试图抹去顺着脸颊流下来的黑线般眼影的痕迹，过了一会，母亲将指尖的一点钱放回箱子里，站起身，叫来我的兄弟们一起去大市场了。

曾经一刻都不得安宁的家里顿时一片寂静。

刚才我所经历的恐惧仍然搅动着我不安的情绪。过了一会儿，我开始慢慢活动起来，审视起空荡荡的房子，我是第一次看到它现在的样子。

少顷我想起来，应该复习一下上个月成绩有所下降的数学了。我来到房间里平常放书包的地方，拿出书，正是它使得我不能和兄弟们一同外出。正当我在纸上写写画画时，父亲来到我的面前。他一把拿过书，我抬头向他望去，他冲我喝道：萨阿德，我来给你上上数学课，你准备好了吗？

我无可奈何地点点头。我和父亲的第一课开始了，他仍然愁容满面地说：七加九，等于多少？

“七加九……”我看着他的脸，重复着问题。父亲悲伤的脸庞开始抽搐，声音更大了：“你不必重复问题，马上回答！”

沉默片刻，他又说了一遍：“七加九，等于多少？”这次声音有些激动了。

我不敢再重复问题，数字在我脑子里回荡：七加九……我又看了看父亲有些发怒的脸，不知道他暴怒的秘密……父亲又一次吼道：这样吧，你有七个橙子，我们又给你了九个……，现在你有多少个呢？……想想看？我已经六岁了，却发现在这个情景中和父亲面对面……我的脑子变成了由数字形成的忽忽悠悠的火苗……七和九，为什么要加起来？他们哪个大？七还是九？好像九更大些。我的邻居乌姆·穆罕默德有九个孩子，他们家小孩的喊声比我们家七个孩子的声音要大多了。

我唯一的伯伯纳赛尔他比我父亲大，却尚未娶妻，父亲常常叫他吝啬鬼。他有九处房子（父亲受贫穷之苦，叔叔却有九处房子），我多次听到父母这么说，它一定是个很大的数字，如果将七放到其他数字旁边……还没等我将数字组合起来，我听到父亲吼道："傻瓜，这么简单的问题。"

又是"傻瓜"，但这次熄灭了我脑子中微弱的数字之灯。光线全无，脑子里空荡荡的，一片漆黑。我用茫然的眼神又看了看父亲。

一股悲伤之情涌入我的心中，我又惊又怕……我感到父亲极为愤怒，他的双手不住地抖动着。一张愤怒的脸，一只抓住笔的手……这样的情景在我眼前跳动着，眼泪顺着我的面颊流了下来。

我百感交集，不知所措，我仍然不知道父亲为何而发怒……

我脑子里仍旧一片漆黑……这时突然电话响了，一切都停止了。父亲的手不再颤抖，眼珠也不再颤动了。

父亲站起身，他看着我怒吼道：别动！

我畏缩着，像一只无处可逃的小猫。

父亲迈着沉重的脚步走向话机，声音高亢：

——喂？是的，我是优素福。

……

——我们属于安拉，我们将归于安拉。[1]

对话结束了。

寥寥数语，但却颇有意味，我渐渐在座位上伸展开来。父亲仍然低头站立着……他就地坐下，高声恸哭起来。我不敢相信这次竟听到父亲恸哭。我心中缓缓升起的恐惧情绪渐渐郁积起来，父亲的哭声从远处传来，我也随他一同哭泣。良久，父亲止住泪水，站起身走向我，似笑非笑地说：萨阿德，你的伯伯死了……不必做加法了，安拉已经为我们加好了[2]。

① 见《古兰经》黄牛章：156节。一般穆斯林在安慰死者家属时的常用语。
② 意指善恶有报，安拉会予以清算。

我要妈妈[1]

苏阿德·维莱耶蒂

孩子玩弄着盘子里的调羹，空心粉粒散落在他的睡衣上。女仆边洗盘子边冲他吼叫："快吃，别弄脏了衣服……快点。"

孩子慢慢将调羹放入口中，咀嚼起嘴里的食物，然后重新将调羹放回盘中，他看着正在洗盘子的女仆，犹豫片刻说道："我想喝水。"

她嚷道："刚才已经喝过了。"

他坚持道："我渴了。"

"闭嘴，快，到床上去。"

他乞求着："玛丽，行行好吧，我渴了。"

她从桌子上端走盘子，大吼道："我说了，不行，你不明

---

① 选自作品集《我要妈妈》。

白吗？”

她一双黑棕色的手将小孩推出厨房，小孩站在门口，她在厨房里嚷道：“到床上去！”

“我害怕。”

“我说了，快去。”

孩子瞥见沙发下的一个小玩具，于是趴在地上想把它拿出来，但是手太短了，够不着。他不得不将肚子紧贴地面，将小脑袋塞进沙发和柔软的地毯间。哦，他快要够到了，再往前一些……啊！终于抓到了。

他弱小的身体向后爬，慢慢拉着玩具，小脑袋歪向一边，终于出来了！

他拿着玩具玩着，玛丽从厨房间出来，看到他马上咆哮起来：“我不是要你马上到床上去吗？”

她从他手中夺过玩具扔得远远的，孩子哀求道：“让我玩一会吧！”

她拽着他的手，对他的乞求置之不理。她打开房间的灯，房中的家具显现出主人的品位高雅：居中摆放着一张白色的床，角落里有一个木橱，里面有几层隔板，上面摆放着各式各样的玩具。孩子默默地朝这些玩具靠近，女仆再次吼道：“不要碰任何东西，到床上去。”

“让我玩玩吧，你还没有让我玩过呢。”

“闭嘴！”

她敲打着他的脖子，孩子急忙爬上床，坐在床上眼睛仍然盯着那些玩具。

“快睡，把头靠在枕头上。”

“我不想睡。”

“我说过了，快睡！”

他服从了，小脑袋靠着枕头，玛丽熄了灯。孩子不安地嚷道：

“不要关灯，我害怕。”

“如果我再听到你的声音，就不客气了。”

女仆扔下他走出房间。孩子惊恐不安地闭上眼睛。绝不能在黑暗中睁眼，现在一定有一个红色的精灵盯着我……孩子害怕地蜷缩在床头。

玛丽进了女主人的房间，打开抽屉，取出丝绸制的睡衣，站在镜前穿好，然后往脸上涂脂抹粉，洒了些香水。

她走出房间，来到客厅，打开电视机，然后坐到对面的沙发上嗑起了瓜子，手里还拿着电视遥控器，搜索着自己喜欢的节目。

孩子听到电视声，从床上爬起来，慢慢打开门走近她，她没有感觉到他的到来。他盯着女仆，天真无邪的眼睛里流露出吃惊的神态，指着她的衣服说：“这是妈妈的衣服。”

玛丽听到说话声，才注意到孩子出来了，她蹙紧眉头，生气地说：“你怎么出来了？”

“这是妈妈的衣服。”

“真无耻。”

女仆抡起巴掌，重重地打在孩子脸上。孩子哭喊着跑到床上拉过被子盖住自己的身体，神经质地咬着被角。

玛丽拿起电话，拨了一个号码：

“喂，是丽达吗？”

……

“丽达，你还好么？现在说话方便么？你家主人出去了？好的，我家主人也出去了。是的，小孩当然在家里。猜猜看，我现在穿着什么？”

……

“你真聪明……是的……我穿着女主人的丝绸睡衣，还洒了很重的香水……你能闻到吗？哈哈……”

玛丽絮絮叨叨地说着。孩子在床上辗转反侧，仍然咬着被角……突然他想去小便，于是跳下床，来到客厅。

他害怕地走近玛丽，拉了拉她的衣角：

“玛丽，我要上厕所。”

玛丽甩开他的手，继续聊天，小孩又推了推她：

“玛丽，厕所……我要上厕所。”

这次，玛丽狠狠地推开他，孩子不知所措地站在客厅里，捻着垂在额头的发束，害怕地呼喊道：“玛丽！”

她厌恶地瞅了瞅孩子。孩子站立不安，双腿在不停地抖动，过了一会儿，突然从双腿间溢出一束黄色的液体，打湿了他的睡衣，并滴落到地毯上，玛丽焦躁地吼道：“哎！真该死。”

她含糊地说了几个词，挂了电话，愤怒地冲到孩子面前。孩子惊恐不安地看着她说：“玛丽，我刚才说了……”

她抡起巴掌，拍向孩子的脖颈和身体，开始狠狠地打他，孩子求饶地哭喊：

“玛丽，我再不这样了，不要……”

她继续打着，拽着他的胳膊来到卫生间，用力剥下他的衣服，开始全身上下地拧他，孩子一面推开她的手，一面哭喊着：“玛丽，行行好吧……”

她给孩子换了衣服，将他重重地扔到床上。孩子哭喊着蜷缩在床上，哭嚎声渐渐减弱了，面颊上挂着泪滴，慢慢睡去。

母亲十一点回到家中，看到玛丽在厨房拖着地板，招呼道：“玛丽，你还没睡呢？”

玛丽笑了笑，说：“我想先把厨房打扫干净。”

母亲表扬她道：“愿安拉赐福于你……希夏姆……他吃过晚饭了吗？”

“是的，吃过后马上就睡了。”

第二天早晨，父亲注意到妻子吃早饭时有些心不在焉，于是关切地问道：“你怎么了？”

“希夏姆又尿床了……这孩子，我真不知道怎么办才好！”

父亲担心地问道：“你带他去看医生时，医生是怎么说的？”

她挑了挑耳朵，说：“医生说原因大多是心理方面。我想了很久，也找不到他尿床的真正原因。”

玛丽走进来端走桌上的早点，她出去后，父亲说：“你认为玛丽有没有可能……”

母亲打断他说：“玛丽比我更疼爱小孩，每次看到我打他，她都会过来把孩子从我手里拉开，不停地吻他，如果玛丽有什么问题，孩子肯定会告诉我。”

父亲沉默片刻，问道：“今天晚上你要出去吗？”

“母亲那边有些客人，她要我去她那儿。”

父亲问道：“希夏姆怎么办？你带他一起去吧？”

母亲摇摇头：“不，我把他留在家里，和玛丽在一起。”

“为什么你不带他一起去？”

“我怎么能带他，这不合适。”

“为什么要把他独自一个人扔给玛丽？”

母亲似乎厌倦了这种惯常的话题，说道：“他不是一个人，你母亲不是也在。”

“我母亲年纪大了，又住在底楼，家中发生事情她是不会知道的，你大多数时候都把孩子扔给玛丽，孩子和玛丽在一起的时间比和你在一起的时间都要长。”

母亲对他最后一句话颇为不满，说道：“你怎么这么说？我很爱我的孩子，很关心他。别的母亲对自己的孩子都是一无所知的，可我的孩子就是我的生命，你怎么能说我不管他？”

父亲缄默地站起身，似乎已经习惯了这种臆造的溢美之词。

晚上，母亲站在镜前梳着头，快要结束她妆饰的最后一抹了，这时孩子推开门，跑过来用胳膊抱着她的双腿，说：“妈妈，带我一起去吧。”

母亲眼睛没有离开镜子，柔声说道：“我出去一会儿，宝贝，马上就回来。”

“你会很晚回来的。”

“不会很晚的。”

“每次你都这么说。”

她怜爱地看着孩子，轻轻地拍拍他的脸颊，然后拿过手提包，准备出门。孩子又抱住她，嚷道：“妈妈……”

母亲有些不耐烦了，说道：“唉，希夏姆，你今天晚上怎么了？我的约会要迟到了。”

“妈妈……我……我……玛丽……”

“怎么了，你怎么了？”

孩子使劲地咬着下嘴唇，再次祈求道：“带我一起去吧。”

“不行。”

“那么就让我到楼下奶奶那儿去睡吧。”

母亲惊讶地看着孩子：“为什么？你睡在自己床上，玛丽会和你在一起的。”

孩子抓着她的手说：“妈妈……”

他想要说些什么，但是什么也没说。

母亲向门口走去，孩子默默地跟着她。临出门前母亲转过身，摸着孩子的头说：“去厨房吃饭吧。”

孩子一把抱住她说：“留下来和我待在一起吧。”

“哎，怎么撒娇呢，我说过不会晚回来的。”

孩子祈求着：“在你走之前，让我吻吻你。”

母亲不耐烦地吐了口气，把头歪向孩子：“好吧，快点，我要迟到了。”

孩子的小胳膊绕着母亲的脖子，用力亲吻着她的脸颊。

"够了，够了，你把我的妆弄坏了。"

孩子对母亲的不满毫不在意，继续猛亲她，母亲将孩子的双臂拉开道："够了，今天晚上你很烦了，再见。"

母亲随手关上了门，孩子跑到窗前，歪着身子看着她开车离去。他紧紧地盯着她，看着车子在街尾转弯……孩子仍然伫立在原地，默默凝视着母亲离去的那条街道。

玛丽来到客厅，用力拽着孩子的手说："快，快吃，然后睡觉，我可以省省心了。"

第二天上午，玛丽又牢骚满腹地开始调换孩子尿湿的床单。

痛苦妻子的脉动[①]

郝来·高芝维尼

她坐在电视机前，眼睛盯着画面，但却心不在焉，麻木的双唇毫无知觉地呷着茶，瘦小的身子靠在沙发上。微弱的光线映照着她那鹅蛋般的脸庞。她深深地叹了口气，似乎胸中的火山将要迸发，打破这样的沉默。她的岁月在流逝，丈夫依旧徘徊在那海市蜃楼般的梦境中。生意越做越大，希望却遥不可及。很多事情与现实不符，也不合乎正常的逻辑。生活的面貌在她渴求的愿望前渐渐破碎开来，她不断忍受着痛苦。就在几分钟前，夫妻俩还争论过。丈夫平躺在沙发上，尽力躲避心中琐屑的记忆。而她的怒火则蔓延开来，发出了几声奇怪的笑声。男人痴痴地笑着，突然站起身来，好像要抖落身上的脏土。随即又将魁梧的身躯埋入

① 选自作品集《枕头的絮语》。

被褥中。女人想起小孩经常会因为睡眠中奇怪的噩梦而惊醒，于是站起身来，郁闷、烦躁地拖着两只小脚步履蹒跚地来到小孩艾哈迈德的床前。孩子已经七岁了，她端详着孩子，似乎要从他的脸上了解他的梦境。她吻了吻孩子，下意识地拉过被子，盖在孩子弱小的身体上。她在惘然模糊的纷扰中寻找着遗失的自我。好几年了，她等待着孩子能够醒来就听到她温暖的声音，乞求孩子能够感知她，明白她眼中的语言以及她多年来的困苦。

她多么希望丈夫能够注意到她的痛苦，给她以关爱，那将成为一道光束，照亮她漆黑一片的心灵。她关了电视，回到卧室。丈夫沉沉地睡着，呼噜声刺耳地敲击在她的耳畔。看着那一堆已经阅读过的小说和故事，她又从中捡起一本，翻了翻，感觉好像是第一次读到似的。她的心中一阵翻腾，感到彷徨和失落。她躺下来想要睡觉，但却心绪不宁，茫然不知所措。丈夫的呼噜声也使她很不舒服。她拍打着他的肩头，叫道："萨利哈。"

他吃惊地抖了抖身子，红肿的眼睑无力地耷拉在眼睛上，说："嗯，怎么了？"

"我求你别再打呼噜了，朝那边睡。"

他顺从地转过身去。

她用力地推他："起来，和我说说话。"

他不予理睬。

她厌恶地翻了翻嘴唇。必须选择一种逃离的方式。深夜中的睡眠是她唯一的选择。她神经质般地伸展着身子，似乎要在想象中筑起一面厚实的墙壁，将两具躯体分开，也使床两边的枕头相互疏远开来。

一束光透过窗户照进房间。随后一阵声响传到她的耳边。女佣在准备早餐，勺盆的声音、榨汁机的声响，还有艾哈迈德的哼哼声……每天早晨艾哈迈德都像小鸟一样在房间里跳跃着，和女佣窃窃私语。她茫然的目光投向窗外，树枝在花园墙头上摇曳，带有露珠的小树叶纷纷落下，冥冥之手赋予这些叶子神奇的力量，将它们带到地表深处，吮吸着树根的芬芳。在她看来，这些树枝就像青春期的美女，她们抗拒着、摇摆着，没有什么值得痛苦的。这些强壮的树枝，尽管经受了沙漠干旱和夏日的折磨，却快乐地成长，呈现出一派生机勃勃的景象。

萨利哈高大的身躯站立在她面前，说道："起来吧，胡黛，起来吃早饭了。"

她的双唇浮现出一丝冷笑。她穿上丝绸的衣服，茫然地走出房间。这天早晨似乎充满了美好的希望。她将丈夫常用的杯子递给他，说道："今天有人请我们吃午饭。"

"在哪儿？"

"在我叔叔家，他儿子从法国回来了，我婶婶借这个机会给他办个午餐宴，昨天她联系我通知我这事儿。"

他晃了晃身子，说："你一个人去吧。"

她接过话茬："你呢？"

他试图摆脱困境，说："我不能去了，我有很多事情，希望你能原谅。"

她的心一沉，一阵焦虑使得她的思绪也涣散开来。她说："就几个小时，然后你就可以忙你自己的事了。”

他沉默了，不敢和她争辩，随后拉开椅子说：“代我向你的叔叔问好。”

艾哈迈德穿好了校服，站在她面前拉了拉她的胳膊，说：“快点，我们去学校把！”

她叹了口气，尽管她很不情愿，但是现实还是将她拉回到奇异的漩涡中，对此她已经习惯了，无法摆脱。在去学校的路上，她驱车飞速行驶着，经过一条长长的街道，转过一个宁静的路口，高耸的树木及其枝叶投影在路口的四周。可能这就是生活，它常常使我们陷入迷茫，却会突然峰回路转，带给我们惊喜。

她打开车门，艾哈迈德像一只驯服的小猫跳下车向学校大门走去。没走多远，他转身向她挥了挥右手，嘴唇上浮现出无邪的笑。她也微笑着向他示意。她确信，她和孩子有紧密相连的脉动，只为他而跳动，她相信这个弱小的蓓蕾就是她生存和做出奉献的意义所在。她没有回家，而有一种强烈的想在街上逛逛的欲望，在拥挤的人群中寻找她所期望的目标：让我努力地闯一闯，探究未知的世界，我再也无法忍受落在我头上那荒谬铁锤的重击了。想到这，她心满意足，开怀大笑起来，或许她厌倦了这种和心灵之间的无声战斗，想回到正常的状态。这种疯狂和迷茫应该停止了。

她正处于狂喜之中，欲望难以遏制。迷茫的感觉激发了她的本性，想要寻找可以躲避的安全港湾。她只知道她位于家庭的怀抱中，孩子紧紧贴着她的身体，众人的目光全都注视着她，这就是胡黛。

她依然漂亮、苗条。一个温暖的声音在她耳畔响起,“但是你的眼中有潜藏的忧伤。”她被惊醒了,是叔叔的儿子——穆斯塔法。她的脸唰地红了,张口结舌,不知道说什么来缓解尴尬的局面。他迈着果敢的步伐向她走来。过去她一直都对此心存畏惧。他坐到她身边交谈起来。

“胡黛,我看你变了很多!”

她长长地吸了口气:“穆斯塔法,世上万物都在变化中。”

“我看到了你身上别人所看不到的变化!”

她背过脸去,害怕泄露了秘密。

他接着说:“不论你多么想在其他人面前掩饰。”

她打断她的话,竭力恳求道:“穆斯塔法,我求你别说了。”

他咽了咽口水,仍然用奇异的眼神瞟视着她的胸部。

“你依然保留着对我的些许爱慕之情。”

她一阵慌乱,整个身子都颤抖起来,真希望能钻到地底下去。

“穆斯塔法,行行好吧,别说了。”

穆斯塔法茫然地站起身,脑海中的问题纠集在一起。这个女人,他一直以来都为她写诗,她吞噬了他所有的情感,占据了他的身心。

他和客人们都没有来,胡黛变得脾气火爆,神经质地吃着,激动地谈论着。她的孩子紧挨着她,用力拉着她的衣服,她也用力地推着孩子:“艾哈迈德,离我远点,别烦我。”孩子不知所措地咧开嘴:“妈妈,你怎么了?”她深深地吸了口气,感到所有的烦闷都郁积在了心头。“孩子，我觉得有点热，去和别的小孩玩吧。”邻座的女人们和她搭话，她也有一搭没一搭地回答着。

婶婶说：“把这块蛋糕拿走吧！”她发现自己正机械般地狼吞虎咽，却感觉不到滋味。所有的事情都消融在同样的意义中，味道、感觉、理智。吸引着她的那个男人，迷失在远方的一片云雾。她脸色一变，害怕他再次来到她的身边，带给她担忧的感觉。

“求求你，离我远点吧。”

她不满地呼喊着，目光扫视着周围的一切。

他拍着她儿子艾哈迈德的后背，说：“他真像你。”

她低头不语。

“你想让我送你回家吗？”

她用乞求的目光注视着他，说：“穆斯塔法，过去的已经结束了，我现在已经结婚了。”

“但是你对我而言，是照亮我漆黑生活的一轮光环，我不想把你看作一个女人。他们把你看作泥。我却把你当作一种纯粹的精神。”

她惊恐不安地跑出来，以尽可能避开他那不断上下打量自己的目光。她不住地喘着气，害怕和恐惧使得心在胸膛中跳得咚咚作响。

她疯了似的快速开着车，到家后冲进房间，几乎撞着丈夫。丈夫高山般挺拔地站着，仿佛嘲讽般出现在她模糊的梦中。

“这么快就回来了？”

她深深吸了口气，说：“我一直挂念着你。”

他简短回答道:"我已经吃过中饭了。"

她强挤出笑容,说:"再和我一起喝杯咖啡吧?"

"好的。"

两人坐在小藤桌前,他一反常态,抢先问道:"玩得还开心吗?"

"没什么开心的。"

他吃惊地问:"怎么了?"

她湿润、甜美的嗓音带着些许讨好的意味,说:"因为你没有和我在一起,我们俩在一起的地方,对我而言是最美的地方。"

他的脸上浮现出开心的神情,说道:"你成诗人了!"

她必须闯入他那模糊的世界,驱散他那令人烦躁的缄默。

"为何我们不能像以前那样深爱着对方呢?为何我们的情感枯涸了,生活变得像无水源般贫瘠的沙漠呢?萨利哈,你爱我吗?你理解我吗?你真正地了解我吗?在我眼里你就像在房间里默默转来转去的幽灵。我的内心十分需要你的爱,你的关心。我茫然地喃喃自语,陷入了无尽的恐慌中,我到处找你,却找不到!"

她竭力宣泄着情绪,这时电话铃响了……他接过电话,漫不经心地站着和好朋友阿卜杜·阿齐兹交谈起来。"有个约会必须得去,亲爱的,我希望你帮帮我,我现在琐事缠身……"他在她眼前消失了……失望的泪珠滴落在她的咖啡杯中,她默默地自语道:别担心,时间可以遏制他的放纵,当他雄心不再,他愁眉不展陪伴着你的那一天就会到来……冷风在她紧张的血管中扩散开来,给她带来了一丝舒适。

穆斯塔法，他的话语像美丽的幻影仍在她脑海中盘旋。她沉浸在逝去的梦境中：我们在一个家庭中成长，一起长大，同甘共苦。他曾为我写诗，在这棵大树下为我吟咏。在树根下我们还刻下了自己的名字。而每当我惹恼了某位家庭成员，当他打我或拉我的长辫子的时候，穆斯塔法都会出来保护我；当我哭的时候，他都会从他的储钱罐里拿出积攒的零花钱，为我买礼物。后来家族大了，分家了。我长大后，就和他失去了联系，他是世界上最懂我、最体贴我的人。当时我对他怀着的是兄妹般的纯洁的感情，看到他我就高兴，因此当他去法国留学学习法律时，我感到希望破灭，心中愁绪纠结。

他的印记深深烙在她的记忆中，这么多年过去了，虽然时过境迁，仍无法抹去。这种感受在她的血管里跳跃着、涌动着，丝毫没有减弱。

这么多年以后，穆斯塔法又回来了，他手里拿着记忆的鞭杖抽打着我。而我却陷入了极度的痛苦中。他灵敏的利爪攫住了我心中的空虚，重新播撒下诗的墨迹。他无视我的现状，当苦闷和忧伤在我心底积蓄，他认为这些都可以随心所欲地像尘土般抖落。主啊！这些生灵相互纠集在一起，不愿分离的奥秘是什么呢？我以为，在异国他乡，他已经将过去忘却，那情窦初开时的梦境已迅速被距离和遗忘所驱散。然而我所看到的是岁月将这些带有悲伤意味的散落记忆磨砺得愈发清晰，重新给生灵注入了饱含希望的绚丽活力。他回来了，对现实不满，对传统叛逆，威武地骑着白马，勇敢地手擎宝剑，与他们作战，将我带入玫瑰的芬芳和梦幻的境地中。

电话铃响了，她从梦境中清醒过来，是穆斯塔法打来的。

“你好吗，胡黛？”

她支吾着，心已跳到了嗓子眼。

“还好！”

他沉默了，似乎竭力在搜刮肚肠，寻找着语句。

“我想送你一本我的诗集，我已经打印好，并译成了法语。”

她吃惊得张口结舌。

“这么快？穆斯塔法，真是伟大的成就，我为你感到骄傲和自豪。”

“我想把赠言部分吟诵给你听听。”

她愈发惊愕了。他正在步步逼近我心中的那片空虚之地。

“以后再读吧！”

“求求你。”

她犹豫着屈服了：“好吧。”

他深深地吸了口气，然后诵读着：“献给我的启梦者，无论我们分隔多久，我生命之花永不凋零。”

她浑身战栗，血液在血管中奔涌，一种莫名的情绪交织在心中，分不清是快乐还是莫名的恐惧。

她嘟噜着，答复道：“精彩的词语，优美的赠言。”

他继续道：“简单的回答，这不是胡黛的评价，她的话总是会磨砺我的意志，激励我的雄心，而这个回答只是平庸妇女的表面印象。”

“我求求你，不要再纠缠我了。”

“这说明有一种软弱的东西在促使你反抗。”

她有些嗔怒地答道：“我并不软弱。”

他进一步激怒她：“如果在你心中没有针对我的这些抗拒，你就不会如此软弱了。”

“你认为像以前一样时常交往是合适的吗？现在我已经结婚了，安拉已经在你我之间订立了法制，我的良心不允许我犯这样的错误。”

他十分自信地答道：“我并不想从你那得到什么，你只是我快乐的源泉，我对你并没有招人非议的念头。”

她再次祈求他：“求求你，穆斯塔法，我不想再多说了，再见。”

她求助于她的丈夫，她的现状，她的孩子，以摆脱这只散播毒蜜的蜜蜂的蜇刺。

她感到一阵头晕，叫道：“哈伊玛，拿杯咖啡。”女仆拿来咖啡。“唉！如果我知道这次邀请后面会有这么多事情，我是不会答应的。”

这是我曾经寻找的十字路口么？我必须要制止这种冲动，好好考虑一下未来。

丈夫依然沉醉在胜利的喜悦之中，最近的一笔交易成功了，他干燥的双唇上带着欢快的神色，一屁股坐在沙发上，高兴地喘着气，招呼着胡黛：“坐到我身边来吧。”

他抚着她的肩说：“今晚我邀请你在一家豪华餐厅共进

晚餐。”

她咽了咽口水，脑子里空荡荡的，在幻觉和希冀中徘徊。她淡淡地笑了笑，爱情的微光在她黑暗的生活中闪烁着。她神情有些恍惚。

他再次抚着她的肩头说：“嗨，你怎么不说话？”

她强作笑颜说：“好呀。”

夜晚，静谧笼罩着城市的大街小巷，光线快乐地在楼房上跳动着，但幽怨的吟唱却纠结在她的心头。穆斯塔法的目光还在凝视她，在深夜中搜寻她，在她血管中弹奏着宁静的乐曲，使她回忆起椰树和从指尖流经而过的河水以及快乐的纯真梦想。

两人坐在餐桌旁，四周一片寂静。萨利哈没有留意到她的消瘦和憔悴面色，将一盘沙拉推到她面前说：“你喜欢吃沙拉的。”

她深深吸了口气，回答道：“我还喜欢什么？”

他愣住了，不明白她的意思。

“我想你还喜欢蔬菜和水果。”

突然间，她爆发了：“我对你来说真的很重要吗？”

他不满了，慢慢收敛起脸上的笑容，缩坐在座位上。

“你为什么总是闷闷不乐呢？”

她茫然地坐在位子上，满腹忧虑，强压着嗓门说：“和你一样，我也在寻找答案，我不是……”

他愤怒地打断她：“你把我的快乐变成了痛苦。”

他神经质地指了指盘子说：“快吃！吃完回家。”

她茫然地遥望着远处喃喃自语：“穆斯塔法，你难道真的已经渗透进了我的血管，进入了我的血液，使我无法摆脱？”

家里的电话铃响了，女仆拿起电话：“喂……喂……”无人应答。

整个上午，反复好几次，一直是这样。一次，胡黛拿起了话筒，她惊呆了，电话那头是穆斯塔法，他热情地问道：“为什么不来我们这儿？我们已经好久没有看到你了。”

她有些不高兴，说：“我认为没什么必要。”

他用梦幻般的柔声述说着热切的思念：“这不是你叔叔家么，你不该来看看吗？”

她百感交集，不知道是接受还是拒绝，竭力想遏制住心中涌动的情感。由它去吧。“再见。”

他拦住她说：“请听我说，我写了一首新诗，想读给你听。”

她烦躁起来，愤愤地说：“穆斯塔法，你还要折磨我呀？”

他用甜美的声音引诱她：“胡黛，你是我的好妹妹，我对你只怀有纯洁的感情。”

她厉声呵斥他：“但是你却总是骚扰我、纠缠我。我结婚了，不适合再和你分享这种感情。”

他慢条斯理地诱导道：“胡黛，在这个世界上，你是我身边最珍贵的人了。”

她局促不安，气冲冲地喝道：“穆斯塔法，求求你，离我远些吧。”

挂了电话，她颤抖着，几乎要瘫倒在地上。她几乎无力承载自己那战栗的身体了。她在最近的椅子上坐下，招呼女仆过来。

“太太，你怎么了？”

她喘着气，断断续续地说：“快……拿杯水来。”

她拿过水杯，一饮而尽，想借此平息心中的痛苦。

这是一杯交织着希望和痛苦的水。她的心剧烈地跳动着。她竭力想释放胸中的这种感受，将自己埋葬在这间房子的墙壁中。但是她身体的每一部分都在低语着、叹息着，暴露了她的不安。她痛苦地呻吟着，岁月的记忆分分秒秒地逝去。她的思绪沉浸在迷茫的梦境中。她融入了这种使她麻木的感受。她抓住虚幻的绳索，抵达了未知的目的地，发现自己被一双有力的手掌使劲揉搓着，渐渐消失了。各种感受无一不在戏谑着她，最终狠狠地将她摔倒。

萨利哈怜悯地注视着她：“胡黛，亲爱的，我看你很累了，你需要休息。”

她惊恐地抚去额头上沁出的汗珠。

现实的重锤将她从这梦境中唤醒。

萨利哈盘坐在床上，说：“今年夏天我们去开罗旅游吧，你比往常要疲惫多了。”

她愁眉不展地凝视着他的脸，不相信她所看到的。

“萨利哈，你很在意我吗？”

他靠近她，怜惜地搂住她的脑袋，用满腔的柔情来安抚她的悲伤。

“我多么希望你能幸福呀！”

她两眼直瞪瞪的，埋藏的悲痛得到了释放，她幸福地哽咽着。

“萨利哈，不要离开我，孤独是致命的。你常在我身边可以保护我，使我感到安宁。我感到浑身发冷，身体的每个关节都在颤抖。尽管你长期不在我身边，但我依然爱你。”

他低头倾听着，近距离感受着她的痛苦。台灯的光线显得那样的暗淡，房间的气氛比以往要温馨许多。

他是否要对她说：我爱你？这只是齿间的寥寥数词，就像每天牙齿咀嚼的食物一样。

思忖片刻，他接着说：“亲爱的，不要折磨自己了，我不想看到你哭泣的双眸，它们是我最宝贵的东西。”

她惊讶地张口结舌，彷徨起来。发生了什么？惯例打破了，他变了一个人，她不知道说什么好了。

“萨利哈，你怎么了？”

他滔滔不绝地侃侃而谈：“这些日子，我比以往任何时候都更多地注视着你。在我面前，你变成了毫无感觉的躯体。我寻找你，却无法找到。你空无一物，我开始感受到失落的孤独。我不知道你怎么了，在以往和我在一起的日子里，我感受着你的悲伤、你的快乐、你的存在。但现在，我却发现你消失了，我觉得是我结束了你的生命。”

她的心安定下来，她听到了什么？他是那种富有幻想的人么？萨利哈，她曾经认为的麻木不仁的躯体，现在却滔滔不绝。他的话语就像火炭，温暖着我的每一处心灵。我几乎不敢相信，这是萨利哈吗？她长久地端详着他，似乎在审视他，让他的一切都收入自己的眼中。良久，他接着说：“对了，今天你的叔叔来过电话了，他邀请我们去吃晚饭。”

她大声惊叫起来，又赶紧捂住嘴说：“我求求你，不要……”

他吃惊地问道：“为什么？”

“因为我爱你，想和你单独在一起，不想让其他人和我分享你。”

他笑逐颜开，说：“这个邀请也没什么呀。”

“为了我，不要去了。”

她低下头，默默拷问着自己的内心：为什么我要逃避呢？我惧怕穆斯塔法吗？让我鼓足勇气满怀信心地面对现实吧。我现在渴望见到穆斯塔法。这魔幻般的抚摸已经渗入了麻木的躯体，点燃了很久以来已经熄灭的生命之灯，给冰冷的细胞带来了期冀的温暖。萨利哈尽管远离我，却使我感到了安宁。是这短暂的会面驱散了一路的孤独，他用最初的爱情之光温暖了我的心灵。这位诗人在我凋零的枝叶上撒上露珠，让我在绚丽、灿烂的晨曦下叹息。而丈夫则是富含给养的坚实大地，滋润着我的根基，并渗透到我的枝干、梢头和叶片中。我又重新焕发了笑容，尽管我颠簸的生活上空偶有乌云飘过，我为何要惧怕露珠呢？它不过是暂时的触碰，无法拔除我的根、我的土壤、我的根基。

胡黛自信地伸了伸脖子，说：“萨利哈，我们将应邀前往。”

他开怀大笑道：“变得好快！”

她长长地出了一口气，满怀信心地说：“今天晚上，月亮不会消失。”

平凡的生活[①]

贝斯麦·安琪

有时对于男人，特别是一个运气不好、屡受挫折的男人，仅仅通过许愿来实现愿望是很困难的。

“如果给你重活一次的机会，你还会按照现在的方式生活吗？”老妇人用戏剧化的语调问她。

“当然不会。我将过完全不一样的生活。”她用伴有希望的快乐语气答复。

老妇人用吓人的嗓音喊道：“生活将欺骗你，只有虚无与你相伴。”

① 选自作品集《平凡的生活》。

1

她从噩梦中惊醒，以为自己上班要迟到了。

有一个女人，让她恐惧不已，不论睡眠还是苏醒，时刻伴随着她，不给她任何机会可以自由地在新的空间中遨游。

她重新看了看接下去二十个小时的任务。

她靠在床角，盼望着有一个新的表情可以取代自己每日都那么老套的表情。但愿她能摆脱骨头里渐渐老化的关节，重新焕发奕奕的光彩，昂起头面对那些被冠以美名的繁重的任务。

她从未厌恶过自己的美貌，但是随着时间的推移，她厌倦了自己孤岛一般的生活。她想抓住一块朽木，借此抵达未知的彼岸。不必为了他人付出精力和时间，这样的生活是多么美好呀！有时她琐事缠身，连喘息一下的时间都没有。

她从床上站起来，差点被昨晚扔在茶几旁的小孩塑料玩具绊倒。她想起自己多次遭到变故的打击，而后重新站立起来。她打开紧锁的大门，光线渐渐洒入房间，她慵懒地开始每天的痛苦旅程，好似那熄灭了神灯并保持缄默的人。

2

她睁开眼睛，盯着这些挤满了卧室和不长过道的女人们。她戴上医用眼镜，假装勇敢的样子，走到陌生女人们中间，好像是一个不可见的生物。

她清除回忆，对这些早上六点的女客人们悲伤地笑了笑。她走过短暂的路程，脚步声在耳边回荡着，寻找着梦中那张脸，以此来摆脱她所厌恶的面具。女人们的面容熟悉，却各不相同，带着新面纱。她们身上所拥有的各不相同的母性，使这个地方充满了美丽的东方气息。她凝视着她们，感到有些孤独。当这些女人的脸庞进入她的地盘、她的生活，她想起了自己似乎并不存在的孩子，心中掀起一阵强烈的思念之情。

陌生女人的队伍围绕着她，似乎她们从城市的秘密地道里走出，从电影院、时尚的商业大厅成群结队而来，在荒芜的冬季清晨簇拥在她这儿。

幕布落下，房门关闭，她倦怠地审视着在她面前狭窄范围里晃动的各色身体和面庞。

一阵寒冷从衬衣口直抵心房。她感到些许思念。尽管她位于卧室中，却感觉远离了熟悉的地方。

3

小孩的一声咳嗽将她从无梦无爱的睡眠中惊醒，她为小孩掖了掖冬被，以抵御狭小房间里的寒冷。

尽管在飞逝的繁忙白日里她周围充斥着各种面容，她却时常惊诧于自己被孤独深深围绕。

她曾经拥有许多伟大的梦想，就像五彩的气球向美丽的天空某个未知点飘去，却不知为何逐渐泄了气，飞到乌云身后，像雨点一般纷纷落到贫瘠的土地上。

惊诧的眼神逐渐屈服，富有生机的跃动变成慢节奏的移动，彩色的盒子里仅仅剩下了黑与白。

她感到灵魂被外界的嘈杂和内心的烦闷所笼罩，她的岁月轨迹为模糊的屈从所围绕，她好似一个大工厂中的小齿轮无法停歇，否则所有的部件都会瘫痪。

但在她心中还有一些东西畏缩在远处的角落，时不时地哭喊着不愿龟缩，拒绝从事那些只是编织了家门口的蛛网而抹去了她抱负的琐事。

4

在占据她空余时间的陌生面孔中出现了一个老友的面容，看上去比以前更漂亮了。这是那种不断给自己快乐，为他人作出些许牺牲的人。但是老友绝不会放弃自己的重要地位，以拜访一个以前认识而现在又没有共同利益的传统女人来打发白天时光，这个女人的往事已被单调的生活像老鼠般地吞噬了。

她中学时代英语老师的面容显现出来，这位老师曾经对她寄予厚望，预计她会有美好的前途，但现在都成了蜃景。她不愿靠近老师，向她简短地述说自己的现状——寥寥数语就可道尽，毫无成就。她每天从事的单调工作和家庭重担消耗着她的能量和岁月。就像一个沙漏，一旦结束任务，就会重新开始。对于她现在的平凡生活，没有任何令人信服的真正缘由。

她在陌生女人形成的严密包围圈中行进，有何不同呢？

她决定选择一张面容，来摆脱她的孤独、记忆和躯体。戴上面具，穿上新衣，在漫长的舞台剧中表演不一样的一幕。

她环顾左右，在玩具般木讷的眼神中寻找她所想要的东西。

往昔的愿望盘旋着。

她注视着她们……

在她虚幻的短暂旅途中充满了怀疑。她低垂着头拒绝选择！

她们中的每个人，不也是每天有着自己的烦恼，这些烦恼像延展开来的橡胶丝般编织着平凡的生活？

她嘀咕着，匆忙为第二天在浅海游泳做准备，要带上所有日常的物品，以及看上去满是彩色补丁的衣服。

丁 香[1]

巴扎·巴蒂尼

她用力推开门，没有打招呼就走进办公室，把一堆材料扔到经理办公桌上。经理问道："这是什么？"

她答道："你客户的。"

她是这样称呼每位顾客的。她说：你的客户送过来这些材料，他要在书印刷好后把这些东西加进去。

他问道：这些材料是一节，还是整章？

她说：都不是，他要将这些材料分插到各章节中，然后再版。我们不会再对书进行排序和整理了。

经理问：你是这么对他说的吗？

她说：当然，我们这里可不是闹着玩的。

---

① 选自作品集《女士曾经……》。

经理嘀咕道：看来我们得马上行动了。

他多么希望她在与人交往时也能像她在工作时一样，做得那般优秀。他双手托着头，用力向后捋着头发，深深地叹了口气。他请她坐下。边递给她咖啡边说：我会留意这件事的，现在让我给你介绍一位教授。

教授自从女人推门进来，就一直注视着她。她头戴一顶牛仔小帽，帽子没有完全遮住头发，额头、左鬓都有发梢垂下，盘绕在颈部。下身被蓝色牛仔裤紧紧裹住，身着全棉衬衣，外套一件蓝色牛仔长衫，尽管脚上穿着一双平底的花布鞋，但却显得个子颇高。鞋上还用油墨印着奇怪的图样，看上去像一个机器人。

她听到教授的名字，大叫道：哲学家！然后开始打量教授的外表，看是否名副其实。她没有草率行事，而是站起身来，用力和教授握了握手，证实了教授的想法，她确实是机器人。

经理说："教授想在我们这儿出版他的新书。"

她笑着说："太好了。"

教授对她这么快就平静下来不再讨论先前的话题颇为吃惊。

她问道："是有关什么内容的？"

教授正要回答，经理拦住他说："我们现在不讨论书的内容。更为重要的是，教授想知道费用、出版时间……"

她说："这是你的事了。书稿呢？"

经理答道："送去复印了。"

她告辞离开，教授和经理都站起身来。

她说："幸会。"教授也说："幸会。"

她离开办公室，教授仍将目光投向门口，似乎她还站在那里。他希望再多看她一会。她的脸虽然说不出特色，但却很耐看。

她离开经理办公室，一边在走廊上走着，一边回头张望，好像有人跟着他。那个哲学家看着她的时候好像视若无物。她审视着他的外貌，很少有其他人的外貌能使她的目光停留。而动物磁铁般的吸引力对她而言是最持久、最深刻的，这就是她经常逛动物园的原因，也是她喜欢看动物图片的理由。她善于发现人的个性，还会将某人和某种动物相比较，两者形象相似便使她产生联想：熊、大象、牛、羚羊、狐狸、兔子、猫、鲸鱼，其他的鸟类、鱼类、昆虫，它们中的哪个可以使她联想到哲学家？

她很想继续思考下去，感到很有趣。转动的机器发出轰轰的声音，打断了她的思绪。她一边哼着歌，一边逛着，似乎在花园中漫步。印刷工人们对于她的到来也不感到奇怪，他们反而为此而自豪，喜欢听她讲以前的故事。她会说她曾经在某个部门身居高位，然后离职了，她告诉他们，她喜欢和他们在一起。

她深深地吸了一下地下室的空气，这空气中浸满了纸张和油墨的香味。她打开办公室的门，想要进去，又退了回来。她想去看看其他部门的同事们。从财务部门的同事开始，她已经有好长时间没去看她了。女同事边给她让座，边抱怨她，诉说渴望和她聊天。她没有坐下，而是一边嘴里说着简短的恭维话，一边径直来到窗前。

这个办公室有一个大窗，可以俯瞰停车场。女同事问她："今天怎么想到我们了？"她看到教授正要离开，相对于他的身材车小了些。

邮差拿着一包文件走进来，他本来是要去她办公室的，很高兴看到她在这里，可以少跑点路了。他递给她教授新书的复印本。她接过来，靠着窗玻璃翻了翻书稿。然后摆正身体，嘀咕道："这算什么呀！这算什么呀！"

同事问道："怎么了？"

她转身向停车场看去，希望他还没有离开，同时又对同事说："你看看，简直就像是在梦里写的，或者像是用脚趾头写的。"同事一阵大笑，并不明白她的意思。

她又一次闯入经理办公室大门，这个可怜人，她将成为他突发心脏病的主要原因。当她被激怒时，她会毫不迟疑地立刻找他，不论时间、地点、方式。经理为了摆脱这一困境，给她了教授的电话，让她亲自询问关于他更好的书稿。

她回到办公室，试着耐心地阅读前面的那几页。这是一个艰难的过程。她激动地拿起电话，拨了教授的号码。教授应答着，她却沉默了，为了避免尴尬，她想快速答复。她嚅动着双唇，却发不出声音，好像完全语塞了。以前她可是噪音的制造者，旁人经常觉得她很吵闹，特别是在她发火的时候，而且她还经常发火！教授仍然平静、耐心地呼唤着。她挂了电话，她不能像对待其他人那样声色俱厉地批评他。她考虑待会再和教授谈，又开始阅读书稿，她必须要猜测，试图解开这些字符的奥秘。她再也无法忍受了，这样的事情对她来讲是根本无法解决的，这给她造成了不必要的麻烦，或许他那还有更好的版本吧。

她再次联系教授，教授用惯有的平静答复着。她介绍了自己，教授表示了欢迎。她为第一次挂断电话而道歉，并告诉教授，她不想在激动的时候和他交谈。她对于他的笔迹感到吃惊，无法阅读书稿，为出版做准备。教授赞赏她的坦诚、直率。她向他询问更好的版本。教授说："这就是最好的版本了。"并为他的潦草字迹而抱歉，这是他一直以来的问题——专注于记录思想常常使他忽略了书写。使用打字机又使他必须在书桌旁保持固定的坐姿，他对此感到很不舒服，因此他喜欢在灵感迸发、有写作欲望的时候写作。直至今天，他还没有勇气，也没有时间去学习新科技——学会使用电脑。

她说："灾难呀！"

他笑了，喜欢她的率直。

他说："的确是灾难！"他建议在方便的时候陪她逐行阅读。于是她将时间定在每天十二点到下午两点的两个小时内。

中午十二点，他准时站在她办公室门口，手上拿着一摞书的原稿。她仍然穿着昨天的衣服，只有白衬衫换成了花格衬衫。他在门口站了一会，没有进去，她的办公室堆满了东西。

这办公室根本不像办公室，倒像是一片森林，还很适合拍儿童节目。植物、各种不同种类的毛绒动物色彩不同、大小各异，带着自然的眼神，十分逼真。他认为这些都是真的。

一只驴引起了他的注意——这是一只大小、色泽都很逼真的驴，站在书桌的一边。看见教授那惊诧的样子，她很开心。陌生人不会进入她的办公室，员工们对她的动物也习惯了。他径直向驴走去，围着它端详着，啧啧称奇，那模样就好像是第一次看到驴似的。

她说：“它是我的最爱，我不知道还有什么动物比它更漂亮。”

他说：“确实如此。”

她告诉他，这是几年前她在外出旅游时偶然发现的。它的价格是一头真驴的好几倍，但她心系于它，很喜欢它。

他端详着驴，调侃地问道：“它有名字吗？”

对于他的问题她开心地答道：“我把它叫丁香，它是这些动物中唯一有名字的。”

教授痴迷地盯着驴，口里叨念着它的名字。她提醒他道：“我们开始吗？”

她挪开散落在椅子上的一组小动物，为他腾出位子。椅背上铺着一段绒毛靠垫，地上是羚羊皮和一段羊毛、母羚羊毛、熊皮毛，很仔细地被排列整理起来，成了一条毯子。他从未见过如此奇特的办公室，感到自己很难适应这个地方，觉得十分陌生。他从小就不喜欢玩具、动物，但却很喜欢“丁香”。制造者是如何有加工它的念头的呢？他又是如何能制造得如此精致、细腻呢？

她递给他一个大茶杯，茶杯周围是一些小动物的图片。她席地而坐，背靠一只毛绒狮子的模型。他进门后第一次发现她没有穿鞋。他看看自己的双脚，心想是否也应该把鞋脱了？她的袜子上也有图案，也是一些动物的图案。是否有人抑制了她的成长，因此她一直处于童年时代抑或童年是她生命中的美好阶段，于是她尽力延长？

他真希望在写完书以前就遇到她。她将成为他研究课题的范例。几年来他都在寻找优秀的当地范例，从而揭示人与自然的关系，搞清楚两者之间究竟谁影响谁。

他走访过很多家庭，发现家中的陈设大多显示了住户的经济水平，但是，陈设的种类、大小、样式或摆放的位置几乎都无法表明个性。不仅没有特色，且十分相似，只是将原来放在店铺里的东西搬到了家里，而没有成为精神或思想方面有价值、有意味、有益的东西。在摆设和购置者间没有任何精神联系。购置者在大多数情况下只是为了夸耀，或仿效邻居、亲戚或朋友。这也适用于工作和休闲场所，它也是社会成员极其相似的原因，每个人都像是其他人的复制品，只是地方不同而已。

教授呷了一口茶，然后开始读，她在自己那份书稿上十分平静地写着。几页过后，他停下来，说："丁香！"

她盯着书页，寻找着他说的字句。她需要一会才能跟上。她抬起头，奇怪地看着他。

他为中断而道歉："不好意思，那驴的名字突然在我脑海中掠过。"

她的脸上仍然显露出大大的惊叹号。对于不明缘由的打断显得颇不舒服。他想起她生气时对经理说的话："我们这里可不是闹着玩的。"想起学习的桌椅、阅读的课文和他经常心不在焉。由第一印象判断，依据她的性格，她会要求他在另外一家出版社出版他的书。他迅速问她："为什么你给它起名，而不给其他动物起呢？"

她没有准备回答，沉默了一会，他觉得很受煎熬。她看了看"丁香"说："因为我更喜欢它。还因为人们时常误用它的名字。我会从动物的名字或叫声中取昵称，比如，长颈鹿——鹿鹿，猫咪——喵喵，熊——杜巴，狗——卡布巴，诸如此类……"她开始十分认真地向他介绍。

他仿佛是一个古老城市的游客，为这个城市的古迹和文化而惊奇，这激起了他的好奇心。跟随着女导游，她领着他游遍全城，向他介绍城市的过去、现在和未来。他开怀大笑地听着，赞同地点着头，时而赞叹地扬起双眉，时而又心满意足地垂下。最后，女导游发觉他来自遥远的星球，不知道地球上人类的任何语言。

在他的一生中，他从没有听到过这样的话语，这是属于遥远世界的话语，抑或是属于孩子世界的。他抑制着笑的欲望，已经好久没有这样的感受了。无论是地点还是时间，现在不适合他放声大笑。他已注意到在她的脸上挂满了不满的神情。

他又开始读，读了一页就听到一阵奇怪的声音。他看着她，发现她正在试图屏住笑声。她向他示意继续。但她却再也憋不住了，一边爆发出笑声，一边道歉。他借机也让自己抑制的欲望小心地释放出来，哪怕是假装和她一起乐。她咯咯地笑开了，就像出故障的汽车发出的声音。

一直看着她平静下来，她抹着泪水问道："你怕我吗？"

他说："我看到你对那个作家发火了，我害怕会遭遇类似的情形，陷入尴尬的境地。"

她说："你令我吃惊，但是别在意，随意点吧。"

他绝对不会随意行事，他已经习惯于字斟句酌，对每个动作都很小心，他惧怕所有新的东西。

一切新事物都是未知的，对他而言，未知的就是大问题，他不会根据事情的表面判断，它是如何产生、发展的，怎么会这样，他总是积极地问着“为什么”。

以前，他父亲就讨厌他问题太多，好奇心太大。他甚至会谩骂教会他使用疑问符号的人。

他探究、发掘了很多秘密，认为不再会有什么能吸引他的注意，引起他的疑问。

她问道：“我们继续吗？”他继续朗读起来，他本来可以雇请一个打字员，像平常那样在家里为他工作，提供给他打印好的、工整的书稿。但一种推动力或是一种强烈的吸引力使他坐在这里为她朗读。在她重写一些词句时，他四下望望，发现自己就是一股寒流，强风将它向赤道方向刮去。

他弯着腰，双手捧着书稿，手臂撑着膝盖朗读着。一阵阵刺痛从腰部传来。他用手揉揉痛处，慢慢将背部向后靠，下半身向前倾，这才感觉好些了。他一只手拿着书稿，另一只手顺着椅背放下休息。指尖碰到了那块绒毛靠垫，感觉有些痒，他迅速抬起手，瞟了一眼。

他读完了。感觉抬着的手有些麻木，自然地放下。过了一会，疼痛消失了，手掌在柔软的绒毛靠垫上挪动着，抚摸着，感觉颇为舒适。完全平静下来，他享受着这种新的体验，用触觉去感知事物是多么落后呀！他知道自己没有在适当的时候使用过任何感觉。看时用嗅觉，尝时用听觉，触时却用视觉。

抬起的手臂有些累了，他放下来休息一会，抬起另外一只。一条腿架在另一条腿上，向一边靠着。

她从书稿中抬起头，停下来，她也有些累了，左右来回扭动着脖子和肩。

她说："明天我们继续吗？"

他说："听你的！"

沉默了一会，他紧接着说："我下个礼拜要外出，我不希望耽搁书的出版。"

她说："不会耽搁的，有你这稿子，我做起来就容易多了，不过，你一定得逐字校对，放心好了，我们这儿可不是闹着玩的。"

她想待会儿，有些累了，但他想再待会儿，搞清楚这种惊诧的奥秘，他认为这种惊诧会一直存在下去。她站起身，抖了抖膝盖，消除腿的麻木感。随后伸了下懒腰，看了看手表，大叫道："已经三点了。"

他十分抱歉地看看自己的表，站起身来说："很抱歉，我耽误你回家吃午饭了。"

她说："我已经好多年不在家吃午饭了，最近我才住到这边，经常我都会忘了吃饭，当想起来时，就会胡乱吃点儿充充饥。"说着递给他一盒坚果和一包糖块。

她向电话机走去，拨了号码。他想她是要告诉某人自己不能来了，让他放心。他想，她在打电话，最好还是离远点。他转身向动物玩具走去，想着它们的名字。

他的手伸向考拉熊，听到她呼喊着问道：“你想吃什么？”

他感到有些突然，这询问兼有命令色彩。他喜欢吃烤肉，但是鉴于这个地方的条件，他说：“不必了。”

她坚持地询问着，似乎没有听到他的答复：“你想吃什么？”

他必须要直接回答了，他答道：“你随便点吧。”她满意这个答复，要了香草束、米饭、蔬菜汁，一盘色拉，两碟甜点。香草束？他想：“这是什么味道？”在他看来，这一定是很刺激的植物。

她打开储物柜，拿出一张桌布，一套碟子，几个陶瓷杯。她将桌布铺在她那奇特的地毯上。他帮着整理碟子。她说：“我们将要吃一顿美食，因此我们应该好好享用。我们只要还活着一会儿，就应该好好地生活。”她在桌布中间放了一只花盆，虽不是很合适，但看上去却很漂亮。

他说：“很抱歉，我不能来参加了。”

她说：“那你将错过一顿美食，为什么呢？”

他说：“我刚才收到一条恼人的消息，因此很伤心、还害怕、担忧。”

她问道：“那现在怎么样？”

他说：“我不知道，但是一些日常的普通消息和平凡瞬间有时也会转化成大事。”

她说：“你可以给我讲讲吗？”

他说：“忧伤是会传染的，我会传给你的。”

她说：“我已经受得够多了，已经有了免疫力。你直说吧，别担心。”

他笑了，说道：“这是我今天第二次笑。”

她说：“你还在统计你的笑吗？你的境况真糟糕。”

他说：“确实如此。”随后沉默下来。她盯着他，催促他快说下去。他犹豫了一会说：“我患有恶性肿瘤。”他不知为何会将这一直向其他人隐瞒着的情况偏偏要告诉她。

她说：“赞美安拉，我还担心你会说你破产了，情况就糟糕了。”

他笑着点点头，对她把这样的事情变成笑话觉得吃惊。或许这就是他所期待的或应得的反应。如果他把这个消息告诉其他人，他一定会听到一些抱歉、悲伤、建议之类的话，或不会很快病故的类似故事。向陌生人吐露心事是愉快的，他们不会焦急，不会发出指令，也不会干预其中。

在那个时刻，她不愿意听到不舒服的消息。她逃避着，甚至不看报纸，避免读到令人沮丧的消息。一些报纸喜欢通过传播小道消息乃至涉及犯罪和灾难的细节来恫吓读者。生活依然充满了美、希望和感受，这些是进步和发展的基础，但愿他们能知晓！

一些人是多么的热衷于破坏愉快的时刻呀！似乎他们害怕欢乐。他是否会认为是她在策划接近他，和他相关联，使他袒露心声。随后她描绘宽广的梦境？男人们在傲慢上是多么相似呀！

她没有向他询问细节，而是将话题转移到其他方面。他得知她极其关心环境和地球的未来。她在一家动物护理中心供养了几只被母狮遗弃的幼崽，这个中心资金紧缺，有时候使她难以全面地履行职责。她还免费为一个贫困国家山村的初中儿童印制教科书。

这都是卓越的贡献，但是对于一个职员而言，也是沉重的物质负担和责任。他竭力想摆脱这一在他脑海中挥之不去的问题。她说：“我有个印刷厂，还有一间房子，其他的就全给分了吧。”午饭后，他们又开始朗读书稿。

她要求在以后几天内把书稿读完。他对这个地方、女主人和她的动物已经熟悉。他和“丁香”、考拉熊结成了深厚的友谊。他读书稿时都会将考拉熊搂在怀里。考拉熊有一对长臂和两只长腿，很容易抱住他的脖子和腰，他可以晃动而熊不会掉下来。细小、不同的经历可以使瞬间走向终结的生活重新开始。

他向她道别，希望几个月后再见。并要求可以电话与她联系。她没有接受，说自己在电话中不善言辞，而且越洋电话也很贵。于是他请求能够写信给她。她没有拒绝。

他走了。在六个月中他不断地给她写信，他等了很久，只收到她的两封回信。他给她打电话，是经理接的。教授费了好大的气力来回答经理对于他健康的不断询问，以及他所在城市的状况。经理向教授述说为出版他的书他们所付出的辛劳。教授敷衍着，表示已经收到了他们寄出的书稿，对他们的工作十分满意。最后他再也忍不住了，便打断经理，询问她的情况，经理说：“她在医院。”

教授回来了，在机场找到电话立刻联系了印刷厂经理。经理告诉他所听到的有关她重病恶化的消息。他沉默了一会，然后询问起她的病房，经理告诉他在七号病房区九楼五号房间。

他回到家，准备第二天去看望她。可是他一分钟也忍受不了了。于是决定马上去看望她。汽车未准备好，他在这种害怕、担心的情绪下，也不能自己驾车去医院。他叫了出租车向医院驶去。在到达前一刻，他想起她喜欢吃糖果。

医院的电梯挤满了探望者，当然是先来先进。他不想等到电梯里人走空，于是在电梯门还没有完全打开时，抓住一个空当挤进电梯里，夹在其他访客和电梯门之间。他怀中还抱着一个糖果盒，对别人的意见充耳不闻。电梯停了好几次，他一直注视着楼层数字，到了九楼，他迅速地挤出电梯，然后停下来确认病房区，自忖道："她是躺在九楼七区五号病房还是五楼九区七号房间，抑或七楼五区九号房间？"他经常凭记忆力来记忆数字，但往往不管用。他现在在九楼，只能从这里开始了。他真希望当时记录下这些信息，那将会节省时间和精力。记事本在口袋里掏进掏出，已经破损了，却还没有用过。

他在七区走廊前停下来，这里有一块病人姓名和房间号的牌子，她的名字在里面，是五号房间。

他不需要走完长长的走道，五号房在中间，他轻轻推开门，走了进去。

没有人陪着她，她侧躺着，背对着门。纤细的身躯在医院薄薄的被单下几乎难以辨识。他忐忑不安地绕床走去。她惊醒了，睁开眼睛，她艰难地从久卧而塌陷的枕头中抬起头。这是她，抑或是她孱弱的身躯。

她用几个月前美丽的双眼注视着他，胳膊和双肩上都是蓝色的斑点，一定是他们在寻找合适的针管位置。他面前掠过机器人的形象，想起她那有力的拳头，说话时手掌的舞动，这是当她谈话时他最关注的。它是相当的灵活，好像用线和手腕连接在了一起。

她一面在枕头下搜寻着什么，一面问道："是谁？"。她摸出眼镜，却无力拿起。他将糖果盒放在床上，然后去帮她。

眼镜对她辨认他并无帮助，这只是一种短时间内恢复记忆的习惯。之前她一直抗争的疾病已经破坏了她的记忆力。

她说："你能否把床背摇高些？"

他摇动着床下的把手，帮助她坐正，头靠在枕头上。

他很是紧张，颤抖着拿起糖果盒，放到她的手中。

她问："谁送来的？"

他说："是我拿来的。"

她说："打开吧。"

他拿开盒盖。她看到包装得很精致的几块巧克力，眼睛一亮，脸上浮现出久违的孩子般快乐神情。她捧着盒子两端，十分仔细地审视着里面的东西。然后说道："给我选一块吧。"

他挑选出一块，掰成两半，递给她一块，另一半放回盒子。她用细枝般摇曳的手接过巧克力，放入口中，抿上嘴。她慢慢闭上眼睛，沉浸于巧克力融化在口中的美味中。他听到她极其享受地咕噜着。他很高兴，但也很担心，怕糖果对她身体不好。而她还像往常一样，糖果仍然是她的最爱。

她慢慢从愉悦的感受中清醒过来，再次问道："你是谁？"手中仍紧紧地抱着糖果盒。

他说："我……是我。"

他茫然了，不知道怎样介绍自己。他四周看看，看到床头柜上有一本书，他拿过来，举着书对她说："我是来给你读书的。"

他沉浸在朗读中。这时，进来一位背着小包的女人。女人静静地走进房间，她身着正装，表明她是病人的特别陪护。

他停下朗读，看着她。她示意他继续朗读。女人整理了一下房间，然后小声问他："她睡了？"他说："好像是的。"

他将装饰糖果盒的一小段彩带放到书中，标记书页。然后把书放回到床头柜上。他的手刚要扭动门把手，就听到身后传来一阵微弱的声音："你读得真好听，就像哲学家一样。"

他很高兴，她对他的印象没有受到时间和病痛的影响。她是否认出他的样子并不重要。我们对任何人的喜爱或者当他离开时我们所不愿失去的并不是他鼻子的样子、他闪烁的目光、他的嗓音，而是他留在我们心中的印象：快乐、力量、温柔。这些都是难以磨灭的真实感受，不可能被破坏或被抹去……甚至随着时间的推移，这种感受还会不断地被加强。

第二天，当她醒来，所有的动物都在她身边，围绕着她的是一片绿色。“丁香”在离床最近的地方。她喊道：“丁香！你多么忠诚呀。”她开始抚摸它。

陪护走近她说：“教授向你问好。”她答道：“教授？哪个教授？”

他胸口抱着考拉熊，走近她，坐在床边。她举重般艰难地抬起手，他伸手握住。

她说：“哲学家！”

他弯下腰，亲吻着她的双手。

她问道：“你什么时候回来的？”

他说：“回来一段时间了。”

她问：“你收到书稿了吗？”

他说：“我收到了，我曾希望在里面找出一个错误。”

他附和着她的声音一起说道：“我们这里可不是闹着玩的。”

她一边竭力整理面容，一边问道：“我看上去如何？”

他说：“就像摄影杂志上的明星人物一样。”

她说：“你真可恶。”

他说：“但我喜欢。”他从口袋里拿出一张照片放到她身边。她笑了，她的幼狮已经长大，又黑又壮。

她说：“我饿了。”

他说：“你觉得香草束如何？”

陪护递给他一个碟子，他开始喂她吃。她认真地吃着，然后远远地推开碟子说：“够了，爸爸。”

记忆将她冲到了另一个地方，她消失了。

女人是男人的部分[①]

富齐叶·萨维莱姆

她希望他与众不同，不同于那些企图击碎她力量的人，这力量来自她的强烈信仰，即肉体不可能成为连接男女的基本条件。

他在半路上拦住她，从她灿烂的花园中攫取了花朵，并许诺给她带来黎明，然后却把她扔在黑暗中，逃走了。

随着鸟儿的吟唱，她迎着日出走来。这世界，每当听到她的叹息，都会失去理智，她询问这世界：

“他还会回来吗？”

她走在街头，反复念诵着：“金色的猎人，金色的猎人，从沃土而来，在荒原狩猎，猎枪脱了靶。”

她感觉街道很宽，越向前走越宽，然而面对自己，面对过去、

① 选自作品集《鱼淹死了》。

现在及生活在周围的人，她却感到很陌生。她和女友真诚地谈论，她说：“男人在漂亮女人面前就软弱，而女人只有在真实、强大的爱情面前才会脆弱。”

女友诡秘地问道：“我可以认为这是你承认你……”

“是的，亲爱的。”

她吃惊地收到了他的表白，她没有想到他会如此坦率而勇敢。

在她面前，他假装是眷念之城。于是她决定在这个城堡定居，住在城堡的房子里，倾听它的诗歌和传说。

但是城堡抛弃了她，就像抛弃了南部的孩子——战乱中的孩子，变成了恐怖可怕的洞穴，像这个民族和和平神话般的谎言。

他对她直言不讳：“他想从绿枝的瀑布上汲取。”

他问她：“这不可能吗？”

她知道他的意思，知道他想做什么。但是她没有顺从，她心中围绕的围栏没有崩塌。

信都扔在台上，她不想看。但现在她要一遍遍地阅读。

她想知道他的地址，但是在字里行间和空白区域都遍寻不着。

她常常吼道：“他离开了，因为我是一个贤淑的女人，因为我是男人的一部分。”

在这些人群中，所有的女人都是男人的一部分。

她的记忆将她带入和那个男孩在一起的那段日子，当时，她还是学校的学生。他们当时是如何强迫她忘掉他。

当他们在家族家长处聚会时，将她与哈里德订了婚。

哈里德是一个成功的企业家，更确切地说，是一个成功的窃贼——合法地偷窃了她，并盗取了世界上的钱财。

当记忆的列车将她带入那个夜晚。强暴之夜时。她憎恶极了。

女人们载歌载舞，庆祝着这样的罪行。

是的，扼杀爱情就是犯罪。

在现实面前，她屈服了。她将哈里德作为在众人面前装点自己形象的光环。

哈里德一天天发达了，也越来越疏远她。

她不愿——哪怕只是为了出于面子，故意吸引他的注意或者责备他频繁地外出。

他在劳动者的汗水中沐浴，享受着征服这些被压迫者的快乐。随后，他来了，似乎在暗自报复他暴虐的叔叔。叔叔在午夜将他从家里赶出来，因为他享用了一顿不属于他的加餐，于是他来到舅舅家，接受另一番折磨。

哈里德不是一个娇宠的孩子，也不是纨绔子弟。凭着他的聪明，他能够开创美好的未来。他的朋友建议他参加议会选举。

他嘲讽般地笑道："我并不需要改变现状。"

事实上，他不愿将自己像其他人一样置于显微镜下，患上谵妄症。

世界人权日时，他曾经参加一家大众咖啡馆召开的研讨会。会上他说："他们将我们当作天真的学生，他们总说真理一定会获胜。但真理只有凭借真诚的愿望、坚强的意志才可能获得胜利。这样的案例我们见得太多了。”

与会者为他鼓掌，并不是因为他说的全对，而是他们无法纠正他的错误，于是假装很欣赏他。

他十分倨傲地回到她身边，她与那些与他悲喜相关的人并无不同，因为他们都十分需要他。

她也需要他的保护，在他的荫庇下生活。

朋友劝他要关心她，但他总是延后考虑。

她内心的挣扎，使他迷失了方向。

她考虑了很久，想在经历过太阳的炙烤后回到树荫下。但是根基已经失去了，那些抵挡狂风的栅栏已经打碎。哈里德纵有诸多不是，但他们有了孩子，这弥补了他从她那儿所掠取的。他们给孩子取名欧麦尔。

她现在确信，在经过十年的忍耐和长期的痛苦后，真正的幸福就是和孩子在一起。

她将孩子拥入怀中，感到血管一阵阵地颤抖，这就是母爱，它超越了所有的情感。

心已逝去①

莱蒂夫·巴提

在某个拥挤的街区，一栋多层的大楼里，有一间整洁、宁静的小诊所。诊所墙面为白色，其中显露出不少裂纹。洁白的颜色被弯曲分叉的黑线所破坏，这些黑线刺激神经，也剥夺了松弛的感受，影响了视觉的美观。如果仔细端详，就会发现那些裂缝中有些奇异的东西，在裂纹间建立起了不同的联系。将这些裂纹——比如说，一幅美丽的风景画下的裂纹——和它不远处的一道裂纹联系起来，在旁人看来就像一个伸出双手的女孩，似乎在祈求自然使她免遭毁灭的危险。与这道裂纹并排的是一幅金框镶边的被放大了的照片，照片中是一位穿着大学毕业服的年轻人，眼中放出咄咄逼人的光芒，其中也带着些许旁人并不容易看出的

① 选自作品集《海的新娘》。

高贵的忧伤。

照片的主人公非常帅气，若将这个年轻人的形象和佝偻在诊室中的老医生联系在一起，就知道这是同一个人——诊室的创立者和主人。如果将照片旁的这道裂纹和幻想中的女孩形象联系起来，就会发现一个破碎的野兽或奇异生物的形状，身上枝枝蔓蔓，企图将这个女孩吞入肚中。

在候诊室的一角，有一只两个篮子的塑料桶。上面一个篮子专门用来放漂亮的假花。下面一只用来放一些类似纸巾类的小垃圾。木门旁边是一张小桌子，上面放着一只精致的金属烟灰缸，用来扔烟头和火柴棍，由于相互烧灼，烟灰缸已经变成了黑色。令人发笑的是，有一张白纸上用红笔画了一个叉，写着“禁止吸烟”，即烟灰缸准备接受禁物。看来诊室的主人是颇有睿智的。识字的人会得到提醒，遵照执行。而不识字的人也会将红色的标记与烟灰缸联系起来，就知道禁止吸烟了。抑或这是在大众面前不能实施个人禁令后形势所迫的权宜之计，他们只遵循属于他的自己的法律，特别是在那些需要个人掏腰包的地方。因此，只能给他们写上“属于他自己的法律”，并做好他们会违反的准备，因为违反法律是人与生俱来的天性。

木椅上坐满了候诊的病人。其中有些木椅由于椅腿的原因或使用不当，已经摇摇晃晃了。这些候诊者面貌、口音、行为举止各不相同，年龄、种族、衣着也有很大差异，有的皮鞋油光锃亮，有的却布满尘土。似乎他们在参加一场分类展示的盛大展览或嘉年华。然而，将他们聚集在一起，消除它们之间差异的是他们都患有牙痛，不论是大人小孩、高低贵贱、男男女女，概莫能外。一些人脸部肿胀，似乎突然胖了起来。还有一些人将头埋在膝盖之间，试图摆脱疼痛。一名妇女一直在扯着头巾，拉着头巾的一角贴近嘴边，当疼痛袭来，就用力按压着牙齿来缓解疼痛。在旁边的一张凳子上，一位老汉端详着候诊者的脸庞，时而充满怜悯，时而勃然大怒，似乎他无法控制自己的情绪，又好似对这些人表示同情。同时，他也埋怨这些人，希望他们少点，这样便可早点轮到他看医生。另外，他也希望自己嘴里的牙少点，他嘴里的牙大部分已经脱落了，剩余的牙齿彼此间距离遥远，在旁人看来，似乎牙齿间有仇，相互都疏远开来。而坐在塑料桶旁边的大嫂，一直盯着她对面的国产壁钟，然后转向她旁边的女士，询问她壁钟的时间和她故意带在右手手腕上与众不同的豪华手表的时间是否一致。而这位女士只是简单地点头示意，眼睛却一直瞟着她那不满三岁的小孩。孩子到处乱窜着、吵闹着，似乎是要伸手去拿那些供候诊者消遣的书报和杂志。其中的大部分由于传阅过多，都已经破损散架了，不同的书刊中充斥着各类的商业广告。小孩一会儿惊恐地向母亲跑来，一会儿又天真地笑个不停。那是因为一位老者取出他的假牙，向小孩做着各种可怕的动作来吓唬他，似乎他是一只用牙咬住孩子的怪兽。老者的高兴劲儿也不亚于孩子，他沉浸在小孩的笑声中，似乎他也是一个孩子，随后又声嘶力竭地咳嗽起来。母亲抱怨着这种幼稚的举动，脸上不禁出现了不满的表情。从她优雅的外表看来，她显出富足之态，表明她来自上流社会。她那金色的头发盘在头上，垂下来一部分，用漂亮的彩带束起。她的皮肤白皙、柔嫩，涂满了胭脂粉黛，与她的长裙、手提包以及鞋子搭配一致。另外，她也没有忽略包中内衬里的小镜子。她时常眼睛一边瞟着小孩，一边瞟着镜子，注意自己妆饰的完好。身边穿着一身大众服饰的普通妇女不止一次地转向她询问时间。而这位贵妇人则极其优雅、平静地予以回答。对于像她这样地位的人而言，可能更简易的方法是向那位妇人展示那块设计豪华、价格昂贵的手表，以避免她每分钟都向自己提出有关时间的傻问题。虽然壁钟是国产的，但是在计时功能和世界级的设计上并无二致。

这位大嫂又感到不适了。她张开嘴，散发出难闻的气味，她指着自己的牙齿，向旁边的贵妇人抱怨着："常言道，'牙痛事小，婚礼事大'，乌姆·柏莱勒，我可是过了好久才来复诊的。当时我的牙还抗得住，我也吃着医生开的药，直到复诊期过去后很久。在这段时间，我尽力攒足来复诊的钱。"说到这里，她抬眼向上，似乎在向安拉就复诊而诉苦。"主啊！乌姆·柏莱勒，心有余而力不足呀！我费了好大的劲才筹足了这笔钱。乌姆·柏莱勒，你说医生会臭骂我一顿，说我忽视、拖延治疗吗？"然后她将头靠在墙上叹息着，"这都是安拉的意愿，时、事都是命中注定的，牙齿又算得了什么呢？"她合上嘴，咽了咽口水，但似乎后悔了，重新又张开嘴。每次和贵妇聊天，她都称她为乌姆·柏莱勒，这个名字是她听到贵妇叫孩子的名字后取的[1]。她用这个称呼就是想和贵妇人套近乎，为社会上两个不同人群间架起联系的桥梁。但她们有

① 乌姆·柏莱勒在阿拉伯语中意为柏莱勒的母亲。

一点是共同的，即每个人的牙齿都是用来嚼碎食物的，不论她们吃的是什么。

受到老者的恐吓，小孩再次向母亲跑过来，每次跑到母亲这边，由于速度过快，小脑袋都会撞到母亲的肚子上。在突然的撞击下，母亲的脸抽搐着。最后，母亲紧紧地抓住孩子。小孩不禁大哭起来，试图从母亲的手中摆脱出来。母亲从包中拿出一块糖来安抚他。但孩子却不答应，显然玩乐的乐趣超过了对平时已经吃过很多的糖果的喜爱。而这位陌生的老者却放下架子、毫无保留地自愿而好意地降到孩子的地位，这样的玩耍时间对孩子来说是难以弥补的。其间，孩子张开嘴，向母亲伸出舌头，似乎这一举动让母亲显得有些尴尬，她只好放了他，防止旁人窃窃私语，或仅仅是交换眼神。他们会说，即使是上流社会的孩子，也会做出令大人尴尬的事情，也会有一些和他们的品位和礼仪相抵触的举止。贵妇陷入了邻座女人的反复询问和吵闹的孩子中，这时，有人喊着她孩子的名字，招呼她看医生，她才摆脱出来，赶紧抓着孩子的手，拉着他进去了。

大嫂只有接受新邻居了，他们之间隔着刚才贵妇人留下的空座。她转向他低声道："她是给柏莱勒看病，你听到了？他们叫他的名字了。想想看，他都三岁了，上颚只有一颗牙。我跟他说过，这是任性造成的，小孩如果任性固执，牙齿就很难长出来，可能永远都不会长出来。谁又会相信呢？富贵家的孩子没有牙，那他又怎么吃东西呢？"男子一言不发，埋头读报。大嫂撇了撇嘴，似乎对这个自大的男人表示不满，他连晃晃脑袋示意一下也不愿意。这时，靠近诊室外面过道上的小房间传出喧闹声，使男子摆脱了大嫂的喋喋不休，也吸引了所有候诊者的注意，使他们暂时忘记了疼痛。原来是一位看上去年逾六旬的矮小老妇人走了进去，候诊者的注意力又减弱了，他们又回到刚才的牢骚、疼痛中，抱怨着长时间的等待。

麦色皮肤的老妇人在候诊室门口停了一会。她从头到脚一色黑。只有头巾下垂下几缕白发，短小纤细的手指上的戒指熠熠发光。她拄着一根古铜色手杖，从而打破了她一身黑的形象，也淡化了旁观者的印象。她透过厚厚的镜片注视着所有人，眼睛深深地陷入了眼眶中，脸上满是皱纹，仿佛是被雨水无情地冲刷过后留下的沟壑一般。此时，接待的小姑娘竭力要求她在候诊者卡片上写下名字，想让她明白在候诊队伍中插队会引起他人的不满和意见。但是老妇人并不理解，也不在意。她那双昏花的眼睛打量着周围的一切，从屋顶、墙壁到地板和家具，最后尽力将目光停留在钉在墙上的青年照片上。她仔细地看着，眼睛半眯着，似乎想将眼眶中所有的力量都聚集起来，口中还嘟噜只有自己才明白的话："是的，是的，一双魔幻般的眼睛，流露出高贵的忧伤，天哪！还有一张天使般的面孔。"她舔了舔暗淡的嘴唇，狠狠地瞪着不安的女护士："你绝不能阻止我做三十年前的事情。"她拄着拐杖，径直向医生的房间走去。女护士抱怨着，跟着她一起走了进去。

大嫂又一次转向读报的邻座说："哎，这样的女人，一定是从海边过来的。我是说我的兄弟在那边工作，我曾经去看望过他。

我可以很容易地认出那边人的样子。那边的游客每年都抱怨物价太贵，他们有时的举止行为也太狂妄了。”

邻座的男人只是翻着手中的报纸，一言不发。

医生的房间对着候诊室，里面摆满了各种仪器。由于地方小，在旁人看来，主人像是花了很大工夫来整理摆放这些仪器。他利用了固定在墙上的多层搁板，而没有使用储藏室，以获取更大的空间。在房间的一角是一个小水盆，旁边的小台子上有一些消毒仪器。而用于治疗病人的椅子则有两把，因此，两套仪器在椅子间和房间中剩下的区域中并并排放置着。在门边的一角，有一张小书桌，上面铺着一块白色的塑料布，一瓶插满玫瑰的小花瓶摆在上面。另外还有一个白色的小篮子，里面放着一些笔和处方单。在贴着墙的书桌一角挂着一本小记事本，它颜色泛黄，样式奇特，给旁人看来就像年代久远的手稿。如果大胆地翻开，里面会散落出很多彩色和白色的纸片，全部已经泛黄，有些变色了。每页上都跳动着很多文字，由于没有署名，可能读者有时无法辨认其作者。但字里行间却洋溢着女性的感觉，这是毫无疑问的。这些文字大部分都是诗歌，饱含着各种情感，如思念和爱慕。若是读过这些诗，读者会为诗中所蕴含的细腻情感而洒泪，并希望能与作者会面，感谢她激发了他的泪水，使他能感受到作为一个真正的人的脉动心跳。但奇怪的是，桌上还有一串褐色的皮质钥匙串和两个金色的串在一起的钥匙环，旁边放着一张有着绚丽风景画的小卡片，设计成了窗户的样子，里面写着：“如果医生都像你一样敬业，那病人不需要一半的治疗就可以摆脱病痛了。”

在绳盒的旁边，还有一只盒子。里面有一只样式普通的黑笔，笔上有一张小卡片，是另外一幅风景画，上面写着："不要奇怪，我不喜欢给别人带来欢乐。"在笔盒旁边，放着两瓶大小各异，产地也不同的香水。一瓶是法国产的，另一瓶是当地的。每瓶中都有一些残留的香水，尽管已经很多年了，但仍可以闻到里面散发出的香气。在香水瓶后面，有一个里面装有很多纸的信封。医生的助手和护士曾多次想知道这些东西的奥秘，但是老医生总是装糊涂，只是说这都是以前的事情了，眼睛却凝视着窗外的小花园，仿佛在寻找着某个地方，能够掩饰书桌上摆放了很久的这些东西。

老妇人的突然闯入引起了老医生和助手的注意，女护士也尽力向他们道歉解释，她现在无法控制局面了。但他俩什么也没说，继续做他们自己的事情。助手投入到小孩这边喧嚣的战役中，小孩母亲也努力地强迫孩子张开嘴，尽管并不奏效。而老医生则完成了一位病人口腔的治疗，打发走了病人。老医生直了直前倾的身体，手微微撑着书桌靠在上面，脸上还戴着口罩。他抬了抬眼镜，把它架在光头上。头上只有稀疏的几根白发，散落在两耳上方的区域，仿佛是少量的植被抵御着沙漠化，保持着生命。他对女护士说："你为这个女士服务吧。"老妇人身子一颤，拉过一把椅子，凝视着老医生，喃喃自语着，就像最后分别时那样站立着，只不过脸上有了岁月的痕迹和厚厚的镜片。随后，她生气地嚷道："女士？哪位女士？"她发音不准，"塞"也发成了"斯"

的音[1]。老医生也笑了，摘下口罩，咧嘴露出了假牙，别人看来，就像真的一样。挂着笑容的脸上还露出了十几道深深的皱纹。他开心地说："就是你呀。"他模仿着老妇人的口音，尽力避免惹怒她给她带来痛苦。年纪大的人大多心胸开阔地从别人的说话方式和样子来接受嘲讽的评论，而不会显示出抱怨和不满，认为那是一种开玩笑而已。老医生接着说："女士阁下，我们用词不当了。"

母亲还在时而引诱时而恐吓地努力想让孩子张开嘴，但却毫无效果。老妇人嘲讽般对老医生、女护士和注视着的助手说："我还是小姐，医生先生。"她说着，露出可爱的表情，嘴唇向里面嘬着，好像被电动吸尘器吸住了。颧骨和太阳穴突出，好像正是由于脸上没有了脂肪才最终凸现了出来。

医生想开开玩笑。他有数十年的经验，了解大多数人的脾性。他也经常旅行出游，因此在和各种各样的人交往方面，有丰富的经验、灵活性和能力。他能使病人感到舒适，病人都喜欢他，不愿意别人代替他。他的助手一直都很羡慕他的宽厚和坚韧。

医生又逗趣地说："小姐，现在请你在我的这位年轻助手这边治疗。"他向助手挤挤眼，似乎在对他说，这样的小姐最适合你这样的小伙子了。助手笑了笑，明白了老医生的意思，喃喃自语道："老女人，你过来吧，对付一个老妇人总比与这个桀骜不驯的孩子打交道来得方便。"

候诊病人们抗议的声音升高了，直接传到了医生耳边。一些久候的病人非常不满，他们闯入医生的房间，抗议老妇人的插队。

① 女士一词在阿拉伯语中称为 saidh。

一些人含蓄地指责着，声音高亢起来："我们也是一样付钱的，你们对待他们却比我们要好，他们来自金山银国，口袋当然是鼓鼓囊囊的。你有钱可以插队抢先，还有什么可以用钱去摆平的呢？"

年轻助手、护士都尽力想安抚这些候诊者，让他们平静下来。老妇人毫不在意地站起身来，一边坐到诊疗椅上，一边嘀咕道："我一直说自己是个麻烦，这么多年过去了，我还真成了一个麻烦。"口中仍然"塞""斯"不分。

老医生起身说："我本考虑让我的助手给你看，而你起身坐到这里，那我也不能阻止你——小姐——让我的妙手来……"说着由心底发出一阵爽朗的笑声。他未等听者允许又继续说道："小姐，请张开嘴……张大点，再大点……好，小姐，慢点……再大点。"他检查着她剩余的牙齿，搔了搔脑门说："小姐，必须要装牙套。"他忍住笑，好像在自言自语，更好像是在对一名新郎说。

老妇人表示反对："不……不，我不想要活动的齿桥，我要固定的齿桥，我要镶牙。"医生回答说："女士，哦，对不起，小姐，那要花你不少钱，也超出了我诊所的能力，它是不能进行这样的诊断和治疗的。"

她微笑着毫不在意地说道："我的双胞胎将会负担所有的费用。"

"但小姐，你所说的双胞胎在哪里呢？"

她用昏花的目光注视着他，在他眼中看到了与以往一样的天使般的魅力，时光的流逝使那双眼睛更具魅力。她咕噜道："他就站在我的面前，他欠了我三十年了！"医生和助手脸上浮现出惊诧的表情，两人面面相觑，助手小声说：“看来这个女人是老糊涂了。她闯进来，制造着噪音，带来了麻烦。她绝不会付诊疗费的，我看我们给她开一剂便宜的镇静剂，打发她走吧！”

老妇人明白她周围发生的事情，她举起拐杖，指着助手的脸说：“可能女人糊涂了，但她没有忘记，而男人们既糊涂又忘事。或许我错了，思想相似的人呀，离我们而去的双胞胎呀！但我们眼中一直以来的纯净仍存。”她说着，将目光投向角落中的历史纪录本，擦拭着眼眶中涌出的悲痛泪水。

眷　恋[1]

梅萨·哈立德·奥斯曼

我踩下刹车，将汽车挡位推到制动挡，关闭了汽车引擎。周围的轰鸣声平静了下来，耳边只有那些恶言恶语还在回荡着。我越发烦闷了。很快我理了理心情，向那栋房子看去，我感到我已经熟记它的外观了，我的情感一直与它纠结在一起，这是我祖父的住所呀！

下午三点了。

我离开了办公室，嘴边还带有苦涩的味道，感到十分烦躁，一阵悲伤和彷徨涌上心头。这时我只想到了外祖父艾伯维·伊萨，只有他才能抹去这些痛苦，消除我的烦闷。

我下了车，看到门开着，于是不由自主地向门口走去。我一

① 选自作品集《她的小物件》。

眼瞥见了农民工阿卜杜·拉赫曼，便向他问好，他也向我致意。来到门前，一股枣椰树的花粉味扑面而来，我放慢了脚步，抬头凝视着祖父的六颗枣椰树。每每谈到这些树，祖父都兴高采烈，似乎这是最好的话题了，现在树木都已经长大了，它们承载着我的往昔呀！

心中的烦闷使我脸上没了笑容。我要快点见到艾伯维·伊萨，缓解我的痛苦，向他述说心中的委屈。我把包扔在厅里，向祖父的卧室走去。我轻轻地推开门，顿时感到一阵失望，祖父在睡觉！我踏进房间，一阵麝香的香味迎面而来，这是祖父喜欢的气味，我使劲吸了吸，有些陶醉了。我径自在祖父床边坐了下来。我习惯这样，他对我而言比父母还要亲。他就是我的船长。我和祖父的这种依恋关系，其他的孩子都羡慕不已。

所有人都知道，我是萨拉维，是伊萨的心肝宝贝。

我在他身边的地下坐下，坐在他的身边就带给我一些舒适的感觉。但是当我反复念叨着“我的上司”的词句，心中就感到一阵疼痛。我盯着祖父的面庞，小心地低语道：

“伊萨祖父，我被人欺负了，到你这来寻求安慰。”

几行热泪从我面颊上洒落下来。我用颤抖的手抹了抹泪水，坐正身姿，竭力使自己平静下来。我担心吵醒他，他的午睡不会超过一小时。我知道他午饭后必读一小会儿报，然后打打瞌睡，直到礼拜的时候才会醒来。

他教会了我读书识字，他曾经这样对我说：“萨尔瓦[1]，多读读

---

① 萨拉维的昵称是萨尔瓦。

书吧，阅读是人类真正的食粮。”

每当买新书他都会买两本，一本是他自己的，一本给我。那天他给我定下了这样的要求：我必须在书的扉页上记下拿到书的日期，还要写下我读完书的日期。

他还让我要清点完全通读过的书本数目。

我微笑地凝视着他宁静的脸庞。感到在外貌上我们之间有着惊人的相似，他遗传给了我高高的颧骨、尖尖的鼻头，这真是神奇的延续，可能源头就在于我们那淡蓝色的双眸。

我也从他那里继承了他的品性。

他额头上突出的青筋在暴怒时根根跃起，越发清晰。而我现在的愤怒，却正逢他的午睡时刻。本来我来到他的身旁，就是要向他述说满腹的委屈。我低声说：“伊萨祖父，你的午睡把我的想法全打乱了。”

我感到屋内的阵阵凉意，便拉过被子，盖在他的身上。伊萨祖父喜欢在微凉的环境中睡觉。打小时候，我住在他这里时，我就吃过苦头了。他给我盖上被子，紧紧地裹住我，给我瘦弱的身体带来温暖，他还不停地为我呵痒，逗得我哈哈大笑。随后，他用高亢的声音朗读《古兰经》，让我逐渐平静下来，慢慢睡去。

每当我和母亲有了口角，我都习惯于到他这里来借宿。他仔细倾听我的述说，化解我的愤怒，脸上一直流露出的安详笑容使我感到一切都会好起来的。我感受到痛苦的微不足道，从而继续我的生活。

现在工作就是我的生活，但它却使我疲惫不堪。我的上司令天却厚颜无耻地宣称是她不断的努力才使得这个项目得以成功!这是我的项目，我为它熬夜制定了前期的规划，并付诸实施。

当她在项目上签下自己的名字时，我几乎要气炸了。这条毒蛇，她在我递给她的文件上当众喷出了毒液，我感到一阵愤怒的烟云在我面前弥散开来。

艾伯维·伊萨，凭着他的多方关系，为我的可行性研究工作提供了大量资料，他是我三个月来持续工作的见证者。我兢兢业业地努力工作着，几乎可以背下报告的全部内容。

这该死的女人，怎么可以来侵吞我的成果?

她在众人面前胡言乱语的时候，我真想扑上去，撕碎她那米黄色连衣裙。

节日前一个礼拜，艾伯维·伊萨要我陪他去集市。我们一起购物，四处看看，十分开心。他给我买了一件昂贵的连衣裙和一些首饰。面对母亲的牢骚，他答复说:“露露，为先知祈祷吧，她是萨拉维呀，是我的心肝呀!”

我也学到了他的名言:“一分价钱一分货，好东西不便宜。”并依照而行，从而使得我的财政预算上不断赤字。

我郁郁不乐地吐了一口气，已经过了三点半了。我的目光落在保险箱上，不禁笑了。想起一天晚上祖父发现保险箱那生锈的钥匙找不到了，他搜查了所有人，唯独没有搜我。

遗失保险箱钥匙的时候，我才七岁。钥匙并非遗失了，而是我把它藏在绿色小绣包里了。这个小绣包是祖父朝觐回来后送给我的。我趁他不注意，偷偷把钥匙放到里面了。当他寻找的时候，又很害怕告诉他。那天，他没有惩罚我，而是缓缓地吐了口气，把我抱入怀中，安抚着以消除我的恐惧。

我低头看了看表，已经四点了。

这时，从办公室出来时的忧伤已经渐渐消逝了，我偷眼瞥了一下祖父，想要站起身来，我感到有些饿了。

我慢慢抽身出来，拿起背包，快步向车走去。我确信祖父倾听着我的全部所思所想，在睡梦中，在远方，在分离的时候，他都教导着我如何与人交往。

身后传来农民工阿卜杜·拉赫曼的声音，我不禁停下了脚步。

“婶婶，伊萨哈吉病了么？我从早上十点就在等他了，枣椰树都……”

没等他说完，我就下意识地抬头看了看祖父房间的边窗，以最快的速度跑上前去，推开门，一切还是刚才的样子，然而他的双唇却显现出我刚才并未注意到的苍白。

死者是女人[①]

梅·穆罕默德·希拉德

很快它逃离、回到了你心中的隐秘之处，它关上铁门，开始每日的隐居。

它就是快乐。

可能发生的最美妙的事情，就是我死去。没有比死更好的了。白天你找不到我，甚至晚上也找不到。我死了，牵牛花也死了，冰箱的食物腐烂了。在你办完我们的丧事后，再来经营你的生活。

我将离开你，给你留下一段时间，让你做些在我生命中还没有做过的事情。你心中有书籍，有沉积的悲伤，你所有的爱语都保存在皮革包裹的天鹅绒盒子里，你要保存好，在聚礼日礼拜完

① 选自作品集《无睫毛的男人们》。

后到我的墓前向我述说。我不相信亡人听不见，这只是你们为了减轻心中的罪恶感而采取的自欺欺人的做法。如果你们对死者还有未完成的心愿，你们不会让死者安息，认为在他们的遗体被泥土掩埋后还会返回，把他们想象成幽灵，披着白色的被单，盘旋在你们虚幻的空间里。

放心吧，我们没有白色的被单，我知道你没有留意。

没有比我的死更美好的了。我让你坐在另一间看不见我的房间里，慰问者来安慰你，希望你节哀。你害怕看到死人么？害怕看到我的身体——那曾经是你像狮子般战斗的战场。不会了。明天你在床上将看不到我那常常抱怨发冷的身体，以前你在书房看书，我却战栗到黎明。当我四肢冰冷靠近你取暖时，你认为我是一个贪心的偷窃者，建议我加条毯子，于是我吼道："我需要你……要你和我说话，抱着我。"你无计可施，只能上午吻着我，下午逗着我，晚上抚着我的肩。净身的时刻到了，我回到冰床，为遗体作防腐处理，防止它腐烂。我等待着揭开的时刻，让温暖进入土墓中。让我四处漂流，远离来自这个有伤痛、永远压制的男人对一个女人的迫害，这个女人在千疮百孔的国家里从半岛到幼发拉底河经受着同样的思乡之痛。

我恳求你……我为何恳求你？我确信你秉承着男子汉的习惯，将会并非故意而自然而然地忽视我的花朵和装饰鱼，让它们和我一起走吧，它们可以在乐园和我成为好朋友。

我多么希望有一个孩子呀，孩子从哪里来呢？

"孩子从哪里来？"小孩子们在我们家吟唱着儿歌的开头，大人们答复到："来自飞翔的海鸥伴侣。"海鸥是我的爱，对着你折断了翅膀，湮没在你的不闻不问之中。我无法寻觅到你的些许温暖。这种漠视传递到墙壁、家具、壁画，给了我濒死的最大自由——无人打扰。四下一片寂静，我在厨房忍受着骨骼在寒冷和剧痛下的碎裂，头脑渐渐失去意识，理智告诫我要服用阿司匹林，我吞了两粒，身体仍旧寒冷……又吞了两粒，身体仍然冰冷……再吞四粒，冰冷的身子呀……八粒……十六粒……二十粒……三十粒……我的身子越来越冷了。我冰冷的骨骼逐渐麻木了，废气般的气息由心中向麻痹的大脑散去……最后，一阵睡意袭来……我的身体愈发冷了，灵魂也麻木了。但是没关系，一阵睡意袭来了，我知道黎明时分我会看到你进入我们的卧室，你会发现我身着睡衣——你不会注意它——冰冷地躺在床上。

模糊延伸的味道[①]

易斯塔卜里格·艾哈迈德

你，哪怕是千年之后，依然是囚徒一个。

他们冷酷无情的声音让我灰色的身体震颤，呼出的气息凝结成了雾，恐惧的声音从我嘴里喊出来，体内的每个细胞都接近干涸。自从尔虞我诈的时代到来之后，失望便一直黏附在我身上。

他刺耳的叫声掩盖了其他一切微弱的声音。

只剩下一点点气息，死亡随时降临，将它吞噬。

我对自己说："我如同一片凄苦的破布，他们用怨恨之矛把它捣得粉碎。"

他再次感到恼怒：

"难道没有其他办法锁牢他，折磨他？"

① 选自作品集《光线暗淡》。

几乎已在我内心消失的声音奋起说道：

“要么锁住我，要么释放我！耻辱的枷锁让我从来没有如此不堪重负过！”

他愤愤地说：

“到了，我一个人留下看他就可以了！”

我默默地说：“自从犯下罪行以来，我浑身沾满肮脏、腐烂，现在依然如此。”

“我独自一个人痛苦着。”

他开始辱骂我，把我拽过去，用拳头打我，用脚踢我。而我只能狂笑。

你，哪怕是千年之后，仍然是蠢货一个。

我的自尊被征服时代的船公撕破，他看不惯我的龌龊。他盛气凌人地站在我面前，当众撂下一句话：

“你不是男人，你以后也不可能成为男人。”

我愣住了，真想朝他喊：

“男人如何成为男人，如果饥饿是他的衣服，贫穷是他的围裙？”

我从内心长时间地感激他，因为我最终跨出了这第一步。

我拿了足够的钱，朝一个穷人常去的旧市场走过去，走进一家店，里面卖各种奇奇怪怪的东西，我付给他钱，他给我东西，眼中流露出迷茫的神情。

我把买来的东西穿在那只整夜在我们家门口徘徊的野猫身上，它发出喵喵的得意的叫声，还给我表演了一番，这让我倍感开心。

有一天，我悄悄地和他说我们要单独见一次面，他凝神了良久，我感到自己很下贱，他最后高傲地同意了。

哪怕是千年之后，自尊心也是千疮百孔。

她的身体，他的卑躬屈膝。她的脸。她的唇是他的秘密，她的声音是他的摇篮曲。他们所有人都想淹死我。我迫不及待地问叔父。他说：

“你是我好兄弟唯一的儿子，没有人比你更适合阿伊莎了。”

为了打消疑虑，我又问他：

“我这么积极，她会认可吗？”

“是我的女儿，我最懂她的心了，是的，我问过她，她同意的。”

我母亲很疑惑，她拒绝她，因为她不喜欢她在船公穆萨易德家做工。

她发火了：

“小区里都议论开了，说什么萨利赫的女儿不属于你。”

为了让她息怒，我说：

“她做工不过是为了不再过饥饿的日子。”

她的回答让我极度悲伤：

“她身体的饥渴，远胜过其生活的饥饿，你尊严都丢哪去了？”

我娶了她，漫漫长夜像巨人一样压在我身上，她还在为他们做工，我却无能为力。

孩子萨穆拉来到人世，让人想起她做工的时候。母亲嘴里又开始叽叽咕咕的了，似乎要吃掉这个孩子：

“他长得不像你，和他倒是像同一个模子刻出来的。”

我伤心地回道：

“不管你怎么想，他都是我的孩子。”

她一直在怀疑着，她要我拒绝，用我的自尊拒绝我的愚蠢。

哪怕是千年之后，仍会屈辱地离开人世。

我去了他那里，我知道就他一个人，那个帮佣的小伙子也不在，和他儿子栽德一起去帮他料理事情了，这正是我求之不得的。

他对我的到来感到很突然，不屑一顾地说：

“我没想到你现在会来，栽德随时会回来。”

“他回来之前我会说完的。”

“好的，那你就随意吧。我还得忙会儿手头的事儿。”

他说完就走了。

我按照他说的，为自己倒了杯咖啡，我把自己的痛苦全倒入咖啡壶中。他干完事回来的时候，我也给他倒了一杯。他痛饮着我的愤恨和耻辱，他似乎觉得这咖啡有点浑。

“我想，这咖啡好像是走味了，你说呢？”

“是的，叔父，你说对了。我倒掉，换一杯。”

我给他换了一杯咖啡。

他沉默了一会儿，又说道：

“易卜拉欣，你是一个明事理的人，我对你凶一点是为了不让你养成懒惰的习惯。”

我故意顺着他，装作有点结巴的样子说道：

“我知道的，我再怎么努力，钱也好像不够花，你……你知道的，孩子他……”

他打断我，有点怒了：

“易卜拉欣，如果你是来要钱的话，那就错了。”

然后他用平静的口吻继续说：

“但是我发誓，这是我唯一一次给你钱，就当是庆祝他出生。”

我假装犹豫了一下，便伸手拿了他给我的钱。

两天后，我听到人们叽叽喳喳地在议论他，说他活得太累，要撒手人寰了。

我的幸福开始被痛苦的叹息声淹没。

哪怕是千年之后，也会笼罩着悲伤。

很快，出海的月份到了，我做好了准备。她希望我不要去，我向她做了解释，她说道：

“易卜拉欣，你这是在骗你自己。”

我痛苦地说：

“不，是你用肮脏的行为骗了你的孩子，我不能不逃离这梦一般的生活。”

我还是出走了，白天疑窦丛生，夜晚不知所措，就这样过着日子。周围的人问开了。

有人私下里对我说：

“你夜里梦呓，表明你气数不多了，你信吗？”

那时，我知道她说的是对的。

接下来的几个月过得很慢。不久就开始归航了，伴着哀怨、思慕的调子。“大海啊，回来吧，回来吧！”

我回来了。

我开始寻找另外一份工作。一天，萨伊·艾比·阿卜杜·阿齐兹来了。他是羊贩子，是船公穆萨易德的朋友。我从此为他打工，离开了阴郁的出海的日子。很快，我得到了他的赞扬。随着时间的飞逝，周围的人开始对他叽叽咕咕。

“有件紧急的事情我要让你去做。”

“好的，大叔。”

我很快离开了，踏上熟悉的旅途，眼前出现一番海市蜃楼的景象，待我定睛一看，却都消失了。

我把烧咖啡的火炭埋掉，这时出现了骑马的身影，我看清了马背上的人。

他虽然身材单薄，面容清秀，声音中却带着愤怒，呼吸中透着痛楚。他抓住我的马缰，严厉地说：

“你打破了我父亲的预言，你是个男人。可惜的是，你的主人不会再需要你了，我已经没有耐心等了。”

我没有和他争论。

他们围住我，把我捆起来，封住我的嘴，把我塞进一个袋子里，然后把我扔在我自己的马背上，快速向他那里奔去。

他的气味越来越重，鸟儿发出隆隆的振翅声，而他的声音又低又细。

他们把我扔在冰冷的地面上。

我听到他们走远了，但又听到有脚步声走近，用严厉的口吻小声说道：

“你今天的行为让我很愤怒。”

他突然感到很痛心，用力拽起我。

我感到他沉重地走在沙子上，沾到水后，沙开始慢慢陷下去。

我依然听到他喘着气在斥责，还听到赶路人的声音。

“你现在可以走了，你将平息我的怒火。”

袋子湿掉了，里面很闷，就剩下我身上散发出的一股汗味和鼻中呼出的气息，咸咸的。

他放我走了。

但是我，慢慢地站了起来，走了几圈。

我还活着，是的，我甚至听到他尖刻的叫喊。

我感到身体沉了下去，嘴唇僵住了，心里在愤怒地笑着，充满恐惧，一股咸味扑面而来，只听到他不断地说着：

“可笑的是你没有怀疑我是那孩子的父亲。”

字母和数字间的冲突①

贾海莱·谷维道

我像一个战士，为了到达属于我的字母迷宫，匍匐行进在数字和我的字母之间的火线上。乘着夜色，我沉醉在陌生人的歌咏和字母的繁芜里，想要让字母回到遗弃它的爱人身边。我的字母、雨伞、雨水都迷了路。字母缄口不言，雨伞掉落在地，雨滴乘势洗涤着我的脸颊。在字母间周而复始的冲突的间隙，我紧闭双眼，甩开雨伞，不顾雨水打在身上，奔跑在一个平静的没有雨水也无须屋檐遮雨的地方。屋檐下，散落着幻想中的数字，我应当捡起它们，把它们收拾好，再将其构架成一个个等边图形。但是，我的心中还有另外一样东西。这叫我如何忍受？你们等着吧，我会回来的，但是，雨水浸满街道，我的伞被洪流冲走，我的字母

① 选自作品集《别人的谬误》。

哑口不言，我的数字很肥沃，在这样的情况下，我是不会把门紧闭的。处在数字和我的字母形成的漩涡中，我如何拾掇这些屋檐下的数字呢？我一边走，一边看到其他人拿着层层叠叠的数字却没有解决办法，我感到诧异。他们扔掉数字，转身就走了。我的眼皮在战栗，字母伴着声声叹息，从我的嘴边诞生了，一串串的字母就这样相继诞生了。我转眼间扔掉了数字，因为神灵拯救了我。我开始用喷涌而出的字母来填满写着数字的纸张，于是所有的纸都被填满了。在纸上，数字被相继运算好……数字从墙壁上摔下来，屋顶弥合在一起，所有一切又回来了，我的字母和数字集合在一起。

我整夜哈欠连天，久久不能平静。随着字母的延续，这种状况一直到了第二天晚上。此后，我证实了字母加数字等于一样东西，这就是我期望已久的结果。它们之间激荡的风暴也将归于平静，都开始成为我亲密的朋友。风暴虽然令人心生畏惧，但一旦下起了雨，便会停息下来。这场战争发生在我的字母和数字之间。它们是男人，我是女人，一个纯洁的人能同时爱上两个男人吗？心灵承载了多少字母和数字，承载了多少东西，就是为了去爱上数字，或是爱上一个在几秒钟的感受之后就变成直觉的字母。街上到处是字母，但我们可以选择哪个字母？银行里到处是数字，但哪个数字属于我们？我们可以写下一个1，然后在左边写下若干0，但这样我们什么也没得到。相反，我们也可以写下一个1，然后在右边写下若干个0。为了获得1和它右边的若干0，很多人竭力探寻，他们或我们探寻到了吗？数字充满运算者的脑袋，但是，有谁能驾驭这些数字，并能从中加以创造呢？电脑一边是索取，一边是给予，两者必须等值，我们人类能做到这样吗？我们在付出的同时，是不是也在等待回报呢？何时能做到付出和回报相等值呢？

说 1+1=2 是没有争议的，但是当我们说 1+1=1 时，有人相信吗？也就是说，算术中的数字是与科学的定理相联系的，与我们人类的感情是有出入的。当我说我俩是一个灵魂的两个躯体时，算术规则或数学定理能接受吗？

在这些数字中，我何去何从？我不想 1+1=2。我想它俩能像我所想要的那样，做到字母 + 数字 =1。但字母是一码事，数字又是另一码事，如何才能统一在一起，让它俩共生呢？自从我唤起对字母的记忆，我的字母和数字之间就开始了令人心痛的冲突。

当微风敲响那扇正对夕阳西下的窗户的时候，我开始思索宇宙间的一切。生存……毁灭……我的存在意味着什么？是意味着数字的存在吗？我散落在写着数字的页面之间，我趋向字母，但这并不意味着我卷入这场冲突，而是意味着我从奴役我的数字手里开始解放了，我可以举起双手左右晃动，我不用为深吸一口气就要去写下一个数字。直觉宛如可怕的心灵飓风，肆虐着期待中的解脱。我的字母啊，我抛弃了你。数字抓住我，改造我，让我每天都不一样，它离我越近，我离自己的单词就越远，我已没有思索的闲暇。数字在与我较劲，但最终被我击败，此时，我身心俱疲，睡着了，毫无牵挂，毫无痛苦，也毫无思想。一个电子脑袋在记录，在指示，在引导，至于感觉，则何去何从呢？我的感觉居无定所，就像迁徙的爱人，当他回来的时候，另一半会有奇异、美好但却不能用数字解释的感觉。生存在冷冰冰的数字之间就是生存在一个被隔离、被抛弃的地方。在那里，你不能做自己喜欢的事情，不能说自己喜欢说的话。我的想象力被浸泡在一片飘着彼此相似的数字的海洋里。笔好像每天和我在一起，但其实却和我不在一起。它指着那些没人理解的密码，从一个字母写到另外一个字母，从"哈"又写到"哈"，最后这些密码可怜兮兮地被记入了文件夹。字母被限制起来，虽只能与自身对话，但却能帮助理解那些要求把数字永久提升到决策和信息高度的纯粹的物质问题。

它能与不健全的心灵对话吗？它会走进千家万户吗？它会和人类共存吗？它会……思索从字母中汲取营养，写下的单词被数字踩在地下，我却把它变成一条坦途，这一切都是无意识垄断的失误。意识被存储起来，无声无臭，等待着开掘，最终让那个魔鬼迸发出来。数字的魔鬼在奔跑，为的是在事情发生后停下来写全密码……微风又开始敲响我的窗户，主啊，我是不是要在被数字融化的字母回归后打开它，看看无边的夜幕是如何让我生畏，让我忧虑重重，引起我无限的感慨。我打开窗户，却看到安拉之光弥漫着世间。我的字母还是沉默不语，但是离我却越来越近，那些凌乱相间的字母再也不会有一个细致、充满直觉的模子。我的直觉就是我的字母，所有的墙壁都保持静默，甚至微风也不出声了。带着可怕面具的声音啊，你走远一点我再也不能享受和风拂面的感觉，因为在可畏的无声世界里，瀑布冲走了它。夜幕就要降临，我即将咽气，离开人世。有个东西要拉住我，但也有一个东西要丢弃我。在忧郁的昏黄的时刻，我感受到字母在触摸我。一个个数字排列有序，井井有条。我的字母在那一刻回来了，染着病，脸色蜡黄，像一个即将陨落的重疾缠身的国家。尽管我向数字宣战，瘫痪着从数字爬向字母，想去拥抱它，但它却吸干我勃勃的生机和澎湃的情感。它的缺失让我痛苦万分，它的存在让我感慨万千。那个字母就是一个狡猾的情人，只有当迷茫的心灵走到绝境的时候，才能和我在一起。而可爱的温顺的数字可以任我所愿地迎合我。它俩一起成为我生命的伴侣。随着字母被我抛弃，命中注定会有不同的交织的思想和单词诞生，我把它们原原本本地记录了下来，尽管面临着阵痛，有些难产，但分娩后便清醒了过来。你说，当妈妈亲眼看到自己分娩出的男孩的时候，她是多么幸福啊！她沉浸在欢乐之中，并希望字母在以后的日子里和谐相处，同舟共济！

以爱之名[1]

希柏·布哈米欣

当她打电话告诉他，想见他的时候，她又错了。

每次有急事需要两个人一起商量的时候，他总会从她那里感到事情重大，总会觉得是对他俩关系的一次直接考验。这一次他选择了逃避。尽管他知道她在电话那头焦灼地等待，但他对这急促的铃声仍置若罔闻。不仅如此，他还把所有她可能联系到他的方式都掐断了，手机关了，房间电话的听筒被搁在一旁好几个小时，这让她每次打来电话时听到的都是忙音。如此一来，她更加焦急了。

其实应当突然向他发问，直入话题，但他每次总巧舌如簧，无论她如何想留住他，问清他俩关系何去何从，他总能游刃有余地加以逃避。

① 选自作品集《愿望深处》。

她换上衣服，难道她要去他家吗？疯了，她这是在放弃自尊。或者说她是宁愿失去自己和家人的面子，也不愿让他难堪！他值得她这样做吗？在这痛苦有加、情绪波动的时候，她很难做出抉择。她清楚地知道自己的内心已经对他备感愤怒了。憎恶的阴影几乎要掩盖住她内心一直以来对他的思慕。但他却一点也不这样，一点也不。

她梳好头发，选择了一个他喜欢的发型。尽管读大学时她就知道这个发型，但在记忆中，自己从未对它产生过好感。那时，她勤奋、刻苦，而他则荒于学业，常常像个不速之客一样守在她身边。那时起，她就决心要剪自己喜欢的发型。

她记得，当时他刚进大学，而她则要毕业了。他从一所大学转到另一所大学，从一个专业换到另外一个专业。在求学的路上，他遇到的麻烦比她少，但学的专业却不如她，比她梦想的更是不如。

她为什么要对他的缺点视而不见？他的缺点实在是太多了。为什么要她承受这份痛苦？难道在这个城市里就没有其他男人了吗？她嘲笑自己。

今天，她怒火中烧，她知道一场汹涌而来的革命即将爆发，她不想再压抑自己的内心，她要以爱的名义为自己的尊严复仇，要在自己残存的人格被他彻底抹杀之前复仇。

她发动了车，在街上漫无目的地行驶着。她想该对他说些什么呢，到了那里，她要滔滔不绝地讲给他听，她再也不会给他丝毫机会玩弄自己的感情，也绝不会再让他上演他所擅长的洗脑术。

当想起他曾厚颜无耻地讲述自己的爱情历险时，她几乎不敢相信自己，在车内大叫道："他怎么敢这样？"顿时，她有点看不起自己，因为他敢这样，是她包庇的！他选择她而不是别人，难道这足以成为宽恕他与其他女人有染的理由吗？她很纯洁，他深知不可能用欲望玷污她的堡垒，难道这就给了他为满足欲望而与其他女人交往的权利吗？

她使劲地咬着自己的嘴唇。她记得他曾经如何胡话连篇，而她却不置评论，他说："我是个男人，我也有需要，这与我爱你无关……"

她泪如泉涌，为自己哭泣。那个肤浅猥琐的家伙，暴露了自己的心理疾病，却还要说自己很坦诚。他根本不顾她的感受，而她却要以爱的名义承受这一切。

这是什么爱情，他除了索取，根本不懂爱的含义，而且只是索取，没有任何付出。

她漫无目的地在街上转着，也许是为了多思考一些问题，为了反刍那些深藏在内心的记忆，她要作出一个因无知而忽略至今的迟来的决定。在这之前，她看起来和其他女人没什么两样，都被那句流传甚广的话不幸言中了："女人啊，要做就做男人的影子，千万不要做篱笆的影子。即便这个男人像个篱笆，也要依附着他。"

"事实上，他好像不会吃醋，他只对外表感兴趣，只对风言风语感兴趣。当有其他男人勾引我时，当有路人用粗鄙的话调侃我时，他甚至会说他很开心。他的男人气概被抛到哪里去了呢，他的嫉妒心去哪里了呢？这还能算是男人？”

她开着车一直在转悠，难道是在找他吗？他就在那家咖啡馆里。有一天，他曾对她说起过，当逃避问题和烦恼时，他就会把自己关在那家静谧的咖啡馆，花上几个小时的时间想想问题，最后拿出办法来。今天，她这么迫切地要和他见面，一定也是出现了问题和烦恼，她也必须拿出办法来。

她找准方向，加大了油门。

就像她所预计的，他确实在那里。她把车泊在他那辆车的旁边，下车前在车里冷静了一会儿，她要积聚力量，决心拼一下。她唯一的办法就是列数他众多的缺点和他对她的诬蔑。

她下了车。为自己，她必须争分夺秒，事情办得越快，就能越早享受到久违的快乐。

她打开咖啡馆的门，步履沉重地走进去，目光扫过寥寥几张面孔，想一下子找到他。

她想起他曾多次洋洋得意地说：

“到咖啡馆，只要扫上一眼，马上就能知道哪些人在，然后呢，就坐在一直坐的那个位置上。我知道有人正用媚眼盯着我，打量着我，我也知道有人正赞美我匀称的身材和衣着的品位，我无须多看，就可确信坐在我对面的那个美貌女子已经看我看到发呆，她好像知道我身上的品牌值多少钱，她多么希望我能瞄上她一眼，我相信那时周围的小青年们已开始嫉妒我了，因为我抢走了所有的目光。我知道有几个人凑近我，佯装问时间，其实都是装天真，他们是想看我手上戴的手表，我对此一点都不生气，绝对不生气。”

她闭上双眼，深吸了一口气，晃了晃头，似乎要吐出所有以记忆为名萦绕在脑海里的这些胡言乱语，她要自信地、平静地走过去。他正坐在一个角落里，漫不经心地打量着手中的杯子。

“这杯子好像能帮他做出决定一样！”她不无讽刺地说道。

她走上前，站在他对面。他抬起头，对她突然的来访故作镇静，像往常一样，他首先开了口，以保持一种控制的态势：

“我想了好久，你坐下来听听。”

“你给我听着，”她打断他的话，“我不是来听你说的，更没兴趣去弄清你在想什么。我来这里是想当面告诉你我的决定，我不想和你争论什么，也不想听你评论什么。以前甘愿和你这样的人在一起，承受你的肤浅，我实在是对不住自己。”

“别人都在看着你呢，快坐下来，冷静一点。”

“这里有谁在我不管！你看看周围，他们只不过是你的翻版，一样有问题。对以前的事我后悔也没用，但如果继续和你在一起，我会很后悔。我来这里是要告诉你我的决定，我不想再和你一起了。我要以爱的名义，自豪地把你赶出我的生命，我不需要你再回来了。你不要认为你可以一直逃避，你就算逃避了其他人，又如何逃避你自己。我说了我的想法，如果不把憋在心里的怨恨当面讲出来，我会永远后悔的！”

他愣着不知如何接过话茬。她甩下他，离开了。这次是她认识他以来第一次决定不想再听他说什么，她及时地为这个滑稽故事画上了句号。

秋叶嬉戏[①]

优素福·扎耶卜·哈利法

太阳慵懒地打了个哈欠，感到自身光芒渐弱，于是放弃与黑暗女神的较量。黑暗女神的乌云婢女已先行一步，在天空中撒尽了乌云的神秘。

太阳又重重地打了下哈欠，开始卷拢金色的光芒，准备离开去休息。她看见一只小鸟叼着面包屑，飞速地盘旋着，它要在天黑前返回自己的窝。当看到筑着窝的那棵树时，它放缓速度，那窝是多么的简陋，仅占着枝丫小小的一角。

这是一棵伟岸的冬青树，他已年过半百，面对时间的考验，他拼命生长，巍然屹立，令人惊羡。

① 选自作品集《第三只眼》。

一切都沐浴在静静的暮色之中。只见一男子缓步走来，躺在冬青树下。他背靠树干，闭上双眼，凉飕飕的秋风柔柔地挑逗着他的感官，让他顿觉清醒许多。尽管披着暖和的齐膝皮衣，他也不禁打了个冷战。

太阳点燃浪漫的烛光，注视着这一幕。也许这平常得不会引起任何人注意，事实上也是这样：从他身边经过的行人没有心思去打量他，顶多也就是不自觉地瞟上一眼。黑暗女神的婢女开始聚集在一起，她们要合力驱走太阳。黑暗女神马上就要来了，如果还看到太阳待在原地的话，将会勃然大怒，遍布令人浑然入睡的黑云，让太阳更加困倦，而不得不加速离开。

太阳对此很烦恼，试图拨开乌云。于是太阳便悄悄与她们交上了锋。自然之母不得不向年迈的天涯法官求助，来化解年轻气傲的太阳瞬间挑起的事端。

天涯法官慢慢地走来了，紫色的披肩在身后的空中留下一道痕迹。他镇定自若，在双方之间调停着。他要说服太阳放弃轻浮的举动，正是她奇怪的冲动，让自然之母无法像往常那样行事。太阳脸上浮现出失望的神情，很明显，她的抵抗失败了，如果她负隅顽抗到底，自然之母必将惩罚她。恐惧让她最终不得不屈服。

她恋恋不舍地看了下躺在树下的男子，他的双眸中闪现着迷人的光彩，连孩童一样嬉戏的凉风也没能让他闭上双眼，反而给他增加坚毅的力量。男子岿然不动，对空中翩翩起舞的妩媚秋叶视而不见。

太阳无法解释自己为何叛逆，为何迷恋那个男子。他不是她看到的第一个，也不是最后一个男子，但是有一样东西在她心中升起。难道是因为她一直以来很孤独，数个世纪以来他给她的这种感觉从未存在？于是，她期待互相的对视，让喜悦和幸福之流在她——一个女子的躯体里奔腾，但是，这行吗？事实上，他也在注视着她，观察着她，眼神从没有离开过她。

突然，天涯出现在她面前，用披肩遮住了她的视线。太阳怒吼起来，冲向前，不惜任何代价要看男子最后一眼。她要扯去这该死的披肩，目光一触及他，便忘却了周围的一切，甚至没有感觉到一股鲜血正从手腕上流淌下来，沾染在那紫色的披肩上。天涯用力招架着她，让她无法前行。

男子垂下头，看着地面。太阳发出撕心的呼喊，期望他能抬头注视她。她希望自己的呼唤能被他听见。她不奢求什么，只想再看他最后一眼。但她的力量已衰弱，大量的失血染红了半个天际。她看见黑暗女神从远方走来，无数的仆役——那些闪烁的星星——伴在她的左右，他们不但要为自己的主子，还要为那被称为月亮情人的骑士恪尽职守。

一片树叶飘落下来，刚好坠入男子的怀里。尽管叶边还有一圈先前的绿色，但已趋于橙黄。他手捧叶子，抬起头，望着最后一缕阳光，看到她开始寂静下来，男子也露出了笑容。

这边，太阳放弃了挣扎，静静地低着头，带着盈盈笑意悄悄地返回了。男子站起身，把树叶塞入口袋，迈着坚定的脚步离开那颗冬青树，消失在视线之中。

小鸟默默地看着他离去，展开双翼，把自己的孩子拥入怀中，让他享受着温暖和舒适。冬青树也像往常那样，数十年如一日地，告别太阳公主，迎来黑暗女神。

变　化①

乌胡德·巴德尔·萨利姆

他回到家，用力关上那扇彩雕铁门。他浑浑噩噩地感到似乎走了一段弯路。他扯着沙哑的嗓子，对妻子大声喊道："来杯热咖啡。苦一点的，知道吗？就要苦的……活到现在，第一次想来杯苦的。"这苦咖啡，就像他过的每一天，黑暗、苦涩、乏味。

一成不变的工作让你无法领会洒脱奔放的含义。没有快乐，何来良好的感觉？工作上的友谊，生活中的友情，每天清晨的问候，醇厚的回忆，都带着蜂蜜的味道，但一切与这个人无关，他除了从一个集权者那里接受指令外，其余的时间除了工作，还是工作、工作。

他走进自己的房间，颤抖的身体掩饰不了内心的愤懑。他似

① 选自作品集《从结束的地方开始》。

酒醉汉东倒西歪，嘴里念念叨叨：“该死的艾布·贾齐，你这个冷漠、顽固的老板，真想揍你一顿，让你这个有权人知道该如何对待下属。”

他慢腾腾地、艰难地从地上立起来，坐在那把临窗的椅子上，金色的阳光从丝质窗帘的褶皱中竞相透射进来，他慢慢地调匀呼吸，试图从一天的疲惫中恢复过来。他抬头望望天花板，又打量了一下四壁。他最后凝视着那几幅画，沉浸在无声之中，脑海里回想着这一天是过得如何艰难。

放在办公桌一角的电话骤然响起，打断了他和拉希德的谈话。他拿起电话，回答得干脆利落：“喂……是的……好，好，我马上来。” 他挂上电话，一丝焦虑在脸上浮现出来。拉希德好奇地询问道：“怎么啦？”

“秘书发神经，说艾布·贾齐让我现在就去一下。我去瞧瞧怎么回事，待会儿我们再聊。”

他走出办公室，踏上办公室外面的那条长廊，长廊的墙上挂着昔日科威特的照片。走廊尽头的右边是电梯，左边就是老板办公室。他请求女秘书让他进去。不一会儿他便来到老板面前。

艾布·贾齐的头发和胡须都白了，他是个很讲规矩的人，对人苛刻，难以伺候，以守时著称，他一心想让自己的公司保持在业界的领先地位。由于他正埋头工作，根本没注意到他的到来。

“艾布·贾齐，不好意思，你让我来你这儿？”

“是的，就是关于你提请休假的事，我想告诉你，休假没被批准，我们这家公司离不开每一个人，现在申请多了起来，一个接着一个，我们自己要首先做好。”

“但这与我有何相干？我走了，又不会影响生产。即便有什么影响，拉希德可以代我处理的。”

“我说不同意就不同意，这是公司的意见，所有的人都必须遵守。我不会改变主意的，就这样。”

“但是，艾布·贾齐……”

“就这样了，你走吧，去做你的事。”

“我不走，除非你同意，否则……”

“你威胁我？放肆！”

“你是谁？你也不就是公司经理吗？”

“出去，快出去！”

“我不，除非你同意。”

“我不会同意的，从今天起，你被解聘了。终止聘用的手续明天就会办好。你滚吧，给我滚出去！”

几分钟的沉默却显得特别漫长。他血脉偾张，本已疲乏的身体因为愤怒而亢奋异常。他开始用力摔那些挂在墙上的照片，尽管它承载着多少美好的记忆，但他要摔掉一切，抹掉过去的痕迹，驱散所有的记忆。

不一会儿，房间里四处都是碎玻璃。他长叹一口气，当着妻子面泼掉咖啡，打开房门出去了。

妻子一片一片地拾起这些碎玻璃，她出去找人把这些记忆的碎片修补起来，哪怕能挽回一点点美好的回忆也行。

她回到家，把房间好好地整理了一遍，又把所有东西放回原处。她知道他爱整洁，喜欢有条不紊，他很敏感，易激动，稍不遂意就会发脾气。她把画挂起来，让这些记忆的载体安全地回到原处，然后坐下来等丈夫回来。

已是后半夜了，门开了，他走了进来，似乎想挤出一丝僵硬的笑来掩饰心中的痛苦，这痛苦来自他对幸福的渴求。他身处逆境，面临接踵而至的各种厄运，但他还是最终决定进屋到自己的房间去。他看着身边的一切，不出声。突然，他皱起双眉，显得有点烦躁，随即劈头盖脸地斥骂起妻子来。原来，有一幅画被挂歪了！

没有眼睛的世界①

海逸法·桑乌希

一位讲述者的回忆

诞　生

我坐下来写点什么。

呼唤声此起彼伏。

眼前的人物我看得一清二楚。

远的则难以辨清他们的面目。

我异常干渴。只要和他们中的一个在一起，就会感到异样的慰藉。

---

① 选自作品集《海上旅程》。

我知道我在做什么，是的，我知道的。

我在……

我在编织一个崭新的故事，还没有给它起名。

也许是因为还没写完。

也许是因为尚未开始。

一些想法散落在我的脑海里，一个接着一个。

窒　息

我再次尝试捡起它，但它滑落了。我无法抓住它，我做不到。

我感到紧张。

几乎窒息。

最后……

在我脑海中的某一处诞生了一颗亮星。

它的到来埋葬了欲在房屋里肆虐的黑暗。

但是它……

在我看起来像一颗迷惘的星星，找不到方向；抑或是一颗不会说话的星星。

我不能表达它的想法。

孩子的叫嚷让我很烦。

他的哭声掩盖了很多东西。

他可以不叫嚷吗？

我发现我在说：

"安静，我需要安静，我无法书写，无法写下去。"

故事的线索乱成一团。

或许流产。

一杯茶

我试图拯救可以被拯救的。

我的心很忧伤。一个想法闪现后，又飞走了。

飞到一片难以盘旋的天空。

我叫喊着，以消除一丝紧张：

"艾米娜，一杯不加糖的红茶，请快一点。"

我还未明白我内心深处的意境。

一个涌动着活力、充满色彩和声音的城市，一个节奏很快的城市。

光亮……黑暗……黑暗中的光亮。

妻子艾米娜的声音把我从我自己的世界里唤醒了。

"亲爱的，茶来了。"

她笑着和我告别，然后关上书房的门，离开了。我清楚她笑的含意。

我能找回丢失的思路吗？

我能重新厘清故事的线索吗？

我在寻找那已隐匿的脸庞。

我在探索曾用来飞翔的翅膀。

死亡的子弹

我不想吊唁它。

不想，它还没有死亡。

没有死亡。

是吗？

我要在椅子上打个盹。我把头朝后仰起，闭上双眼。

但愿我能看见她的幻影，然后再次捕捉住她。

是我在捕捉她，还是她在捕捉我？

不知道。

唉！我现在想起来了。

那是嫉妒。

苏莱曼的嫉妒。他是我工作上的同事。他从远处淋湿了我的画，用死亡的子弹淋湿了它。

他一直在问我：

“你如何变成一位名作家？我能像你那样成为名作家吗？”

我说：

“写作是天资，如同孪生兄弟一般是天生的，你不可能生育出这东西的。”

他嘲笑着回答：

“你以为你是哲人？你想让我幻想你是天才？而我们都是傻瓜蛋？你能创造奇迹？”

我凝思了一会儿。

我想象着我消失在黑暗的太空中。

再也看不到色彩，也听不到声音。

我记忆中的画在哪里呢？

甘　霖

我在小憩。

我见证了一个现实和虚幻之间的奇特瞬间。

甘霖要降了，要降了。

我发现自己身处一片久旱的沙漠之中。

但是，我决心在那里营造一座城市。

我会播种，然后用泪水去浇灌。

我会让它听到我忧伤时和幸福时唱的曲调。

我会用水湿润沙丘。

我会向安拉祈祷，让星辰照耀那片黑暗的沙漠，让甘霖普降。

我看到了翅膀，看到了月亮。

我听到了声音，看见了色彩。

他就是从遥远的太空骑着骏马凯旋的英雄。

我听见他的声音响起来了。

我看到绿色的田野。

沙漠在哪里呢？

雨露充沛，降落在我的城市里。

我睁开双眼。

我在写。

我在写。

我放下笔。

题目渐渐清晰起来：

“没有眼睛的世界”。

我再次听到孩子的叫喊。

这回，我笑了：

“艾米娜，艾米娜，来，把可怜的哈立德带过来。”

水　晶①

哈立德·哈尔比

主啊！今年天气比往年都要冷，再过几个月也许还会冰冻呢，我该如何得到温暖，如何享受温馨的时光呢？生命中的伴侣不在我身边，离开了我，再也听不到他那沙哑却充满慈爱的声音，那种音调让我感到自己是个与众不同的女人，他爽朗的笑声曾伴我飞向世界的最远处，就好像我和他在比翼齐飞，闪烁的星辰相伴左右，留下串串独特的回忆。可现在只剩下黑暗的屋子和一颗企盼幸福时光的阴郁心灵伴我身旁。

我的爱人，你知道吗？我正手捧你的相框，深深地注视着你，热泪滑落下来，却没有我们以前夜聊时的激动，咸咸的泪水沾湿我的嘴唇，它的咸味比海水更甚。我一直注视着你的表情，你的

① 选自作品集《我绑架了自己》。

音容笑貌一刻也没有离开过我，也绝不会离开我，哪怕是在梦里。

看！这就是一颗颗滴落在那充满伤悲的相框上的泪珠：它足以让我窒息，但我对此又能做什么呢；它足以让心儿流血，让我无声地哭泣，只有天国能听到我的哭声。

我闭上双眼，任思绪回到过去那些缤纷的日子。我和你相遇在那个明媚的下午，你凝望着我，我也凝望着你。你的目光让呼吸凝滞，弦乐在此刻响起，唱着玫瑰色的爱情，在美妙殿堂的四周弥漫。我记得你那大胆而又奇特的要求，你无比儒雅地说：

“我要对你坦言，我很欣赏你，以至于我难以用言语描述你，我只想你能接受我做你的丈夫，与你同欢乐，共患难，我真心希望你美丽的生命中不会出现任何悲惨或令人沮丧的时刻。”

“对不起，先生，我们以前还没交往过，你就想和我结婚了？”

“这并不重要，随着日子一天天过去，你会更深地了解我，我将永远是一个忠于你的男人，你会发现我将陪伴你度过每一个温馨的夜晚，我会吻你的额头，带你步入另一个遥远的世界。”

那时，我感受到你是一个浪漫的男人，我不知道怎么一下子就爱上了你，尽管以前没有交往过，但我还是同意了你，好像我需要闻到一个男人的气息，一个可以把我从孤独和枯燥的学问中拯救出来的男人。从此，因为有了你，满园的玫瑰盛开在我那从未炽热过的心地里。

是的，我唯一的爱人，我没有拒绝你，因为你是第一个静静地、温柔地摇动我心中那只摇篮的男人，而我就是呱呱坠地不久的新生儿。

很多念头在我脑海中激荡，有的很美妙，有的很奇特。婚后，你从来没有伤害过我，哪怕是用一句话。我知道你是多么爱我。我感受到你的存在，感受到你的力量。你与其他的男人都不一样，从那些姐妹的讲述中，或是从每天报纸上报道的夫妻双方冷漠以待、感情破裂、互相背叛等冰冷的法制故事中就可以知道这一点。

你的真诚和十足的男人味让我嗅到你身上那股奇特的味道，直至现在这段困难的时期，我依然能体会到这种味道的存在。

事实上，我已撕碎了写着劳累二字的纸片，在我生命的词典里已没有可以伤害我的东西，我已成功地将悲伤之树连根拔起。

最美丽的感觉就是在我的生日或是在我们的结婚纪念日，你总用各种充满浪漫情趣的想法给我带来惊喜。你拿着一束五颜六色的玫瑰出现在我面前的那幕景象永远不会被忘却。我可以用十分的理智，并以满溢着情感的心灵向你坦承：我不想逃离你的双臂，我想粘着你，把我的手埋在你的胸口，就像现在一样，粘着这张让我忆起不远过去的照片。

唉！

作为一个尝过幸福滋味的女人，我平生第一次感受到彻骨的寒流传遍我羸弱的身体，向心脏蔓延，四肢在颤抖，我需要你在我的周围点燃你那醇厚的爱的火种，我真的需要更多炽热的爱和燃烧的激情，我怀念与你在一起的浪漫时刻。我生命旅途上的知音，我求你让我听到最甜蜜的话语，我需要在你洋溢着魅力的怀抱里深吸一口气，你是唯一一个能读懂我的人。

主啊！那首我们曾经一起听过的歌甚至也在嬉戏着我心头的水仙花，让它再度绽放，听：

“我想念你，但他教我不要去想念，教我如何从内心剪断对你的爱慕。”

是的。

我想念你，渴望把头依偎在你的枕边。我一直哭到天明，虽然身体冰冷，但期许依旧。

树 叶[1]

叶哈雅·塔里卜·阿里

早上五点半。

他走出来，咽了口口水，想摆脱耳朵里的鼓胀感。他满箱子里找口香糖，因为他曾在机舱里的一份报纸上读到咀嚼口香糖有消除耳胀的效果。他轻轻地走到经济舱乘客的前面，眼睛一刻不停地盯着那个小孩和他的母亲。他竟然无法从他们身上收回自己的目光，为此他很生气。但他更因为这芝麻大的事生气而愈发生自己的气。

空姐脸上露出淡定的微笑，用一样的话向他告别。这些话他已听了好多年。他在通道的地毯上拖着行李箱，突然他想把它举起来，因为轮子在橡胶地毯上的摩擦声让他觉得很烦心。

① 发表于科威特《宣言》杂志，第824期，2006年3月。

没有人注意他，他却打量着所有人的面孔，并想从每一张脸上解读出他们的生活故事。这位金发男子在石油公司工作，显然，他不是第一次来科威特。那位褐色头发的女子也许在为美军工作，你看，她走路的样子根本不像女人，而更像男人。这位也许是商人，正冲着免税商店的工作人员笑着，还一边调侃他们，一看就是经常来这里的。这时，他的脸上终于浮现出一点笑容，欲掩盖奇特的回忆。他又一次看到那位母亲和孩子，母亲用力拽着他，他呢，正求母亲帮他买那只玩具。

广播里传来最后一次登机呼叫，尽管他与下面的航班和乘客无任何关系，但还是浑身一阵哆嗦。他一想到有人要误机就感到不安和叹惜。他拖着疲惫的步伐，缓缓地但很警觉地走向护照检查人员。前面那段很长、很亮的大理石地板让他很烦，他觉得自己随时会滑倒在地上，连一旁的清洁工都会嘲笑他。

“安拉赐你平安，请！”

早上六点半。

他坐在星巴克，呷着最爱喝的咖啡，注视着从到港大厅走出来的人。他看到一大家子人带着玫瑰花和各式礼物迎接从美国回来的儿子，不屑地笑了起来。

他看了下表，掐灭了手中的万宝路烟，起身朝大门走去，晕晕乎乎地看着新建起来的机场大厅。突然，他看到一位老人，年龄很大，沉默着不说话，显得很孤独，似乎在等人。最后，老人把目光转向他，而他则假装看着老人身后的那则广告。他左顾右盼地想要打辆橙色出租车，但不一会儿他就发现，这里的出租车已变成白绿相间的颜色。

“你好，去哪？”

早上七点半。

眼前的景物越来越熟悉，他的心咚咚咚地猛烈跳着。母亲的样子浮现在脑海里，她看到他回来肯定会先哭一阵，然后再笑起来；他似乎看到姐姐奔过来拥抱他；他看到父亲站在后面，微笑着，强忍住内心汹涌的情感，因为在别人眼里，他是位不苟言笑的人。另外，他还明白，他要等到晌礼时才能见到大哥，因为他到那时才会起床。

“哪条街？”

他开始寻找街头的那颗滨枣树，他家就在树旁。他的心似乎要从衬衫里蹦出来。突然，他四肢一阵冰凉，不停地颤抖起来，好像又听到机场广播里传来的登机呼叫声。他下意识地看了下身后。

“眨眼的工夫？”他沉默下来，双唇掠过一阵奇特的感觉而在打战。他像小孩一样回来了。他记起小时候站在商店外隔着厚厚的玻璃盯着玩具看的情景，当时是多么梦想得到它啊。他想伸出手掏衣袋，但关节似乎僵硬住了。他嘴里嘟哝着：“正是眨眼的工夫啊？”

“5 个第纳尔。”

他一边眺望着停在街尽头房子前面的汽车，一边从行李箱里取下行李。他看了看时间，又看了看消失在林荫道上的出租车。

他丢下行李，心脏怦怦地跳动，似乎震颤了整个身体。他记起以前从玩具梦中醒来后，便开始寻找自己的母亲，目光掠过商店里一张张女人们的脸孔。他走到街的尽头，眼睛一边在众多的车牌中寻找熟悉的号码，一边瞥着自己的行李。他气喘吁吁地走到一位老者面前。老者坐在一幢房子前花园里的椅子上沉默不语，显得很孤独。他感到四肢一阵冰凉，用充满稚气的声音问市场里的一位老妇人："你看到我妈妈没有？"

"在街的那头，那里有棵滨枣树……"他用手指指那里，充满期待，他想老者的回答会给他一个惊喜，会让他再次感到希望。他尽力不看老者那双透着凉意的眼睛。他突然想起他在梦想拥有玩具的那一刻是多么的幸福，但当转过身要母亲买的时候，四肢却麻木了，他大哭起来，步履蹒跚地在拥挤的商店里东张西望。他用一种害怕丢失的声音嘶哑地喊道："我的妈妈呢？我的妈妈呢？"

老者从塑料椅子上站起身，背着手慢慢走过来，凑近他，看着他指的方向。

那位他在市场里向她打听的老妇其实就是他的母亲。那时，当他问她的时候，她笑了起来，而后又亲了亲他那冰冷的额头，顿时一股慈爱的暖流回到他的身体里，接着她又用深褐色的、孱弱的手指着商店的一只角落，那里是楼梯。

那颗滨枣树靠近停机坪。

一片树叶飘落下来，重重地落在地面上。

每当有一架飞机降落的时候，滨枣树的叶子就会活生生地坠落下来。每当有一片叶子坠落的时候，太阳就变得阴冷起来。在一个没有树荫的国度里，太阳变得阴冷起来。

……

但愿滨枣树的故事就此结束了。

家常便饭[①]

艾弗拉哈·法哈德·欣岱勒

每棵树都在自己的根部深埋着一个故事。

我眺望着那棵滨枣树，决心要把它遍体鳞伤的故事讲出来。

我边走边回忆起当时的情景：他嘴里咕哝着“滨枣树不能拔啊”，手却在地面上掏出了一个坑，然后把树种放进去就离开了，脸上浮现出灿烂的笑容。这是对灵魂的告慰，“滨枣树不能拔啊”。这句话却一直挂在他的嘴边。

他跨过门槛离开了家，我们画在门楣上的方格子和粉笔画就是陨落时刻的见证。

直至今天，斗转星移，滨枣树已茁壮长大，伸出的枝丫怜爱地拥抱着院子。这时，我不能相信他竟是这位慈祥老妇的唯一

① 发表于科威特《宣言》杂志第924期，2006年4月。

依赖。

我瞟了她一眼，她一身黑，脸色忧郁，一根根银白的发丝从披肩下钻出来。

她的屋子是孩子们的乐园，是当初我和小伙伴们常去的地方，也是现在这些孩子们想去的地方。

他们像候鸟一样定期去她家，兴高采烈地鱼贯而入，嘴里淌着口水。而她总是很慷慨，他们从她那里得到各种各样的糖果后，笑容宛若秋千一样荡漾在他们脸上。她的手掌仿佛就是为他们稚嫩的小手准备的。

她捧着让孩子们感到开心的蝴蝶，把他们送到院子门口，双手摊开，放飞那些蝴蝶。然后，她要凝视那棵树良久，向上天祈祷几句后才返回到屋子里。

我不知道她是否还在继续着我曾称之为为他招魂的仪式。

捣碎几粒酸枣，闻着它的味道，良久才罢。我想起他对她的好。她回忆起他的时候，也会笑上一阵子，然后含着泪花吻一下我的膝盖。

思念让她学会了每天读点什么东西。她不读的时候，我便去看望她。

就像昨天！

那些孩子候鸟般地去敲她的门，但门没有开。

我几乎可以肯定，那些孩子们从那颗滨枣树摘下了许多果实，然后匆匆离去了。

而我的邻居则吼着追赶他们。

多年以来，孩子们的欢笑声让这位邻居浑身不自在。

他难道没有意识到我们是在为孩子们铺就一条道！在这条道路上，他们会看到沙漠，看到滨枣树，看到那道门槛，看到那些粉笔画，看到我们可爱的奶奶是多么的安心。我们绝不能让他用硬生生的说教挡住这条路。

我们有自己的路，在这条路上我们赤着双脚行走，哪怕脚后跟已经开裂，我们有自己的世界。

那些想用鞋子来禁锢住我们不让我们启程的人，难道不知道当我们光着脚丫的时候，我们是属于大地的，属于主的吗？

难道他不知道这颗滨枣树是为他们生根发芽的吗？

他骂她的时候完全是一副疯子样。

他怕孩子们从他车旁经过会刮擦到他的车，他怕酸枣掉在车上会损坏他的车，这不是疯了嘛！每次她听到他粗暴地喊着“我要警告你们，这是最后一次警告”的时候，她马上会厉声反驳他。

那天，她正在帮他补衣服，为他祈福。我没有听到她哭泣，这种痛苦虽然是无声的，但却极其巨大。

“他们会弄坏我的车子的，你难道不知道吗？”

我听到她央求他：“他们的快乐就是我的食粮，他们每天在这里玩是家常便饭，你行行好吧！”

“走着瞧！你会付出昂贵代价的。”

他撂下话就走了，留下她的心宛如刀割。她跪在滨枣树旁，面朝蓝天。多年以来，这事就尘封起来了。自此，我远远地离开了，依靠自己的双手生活后，我再也没有和他面对面过。

有一次，他撒下的捕鸟网罩住了我的双脚，这张丑陋的网让我动弹不得，酸枣从我手心滑落，为此，她很恼火。从那时起，我再也没出过家门。

昨天已经过去，今天，一声哀怨的恸哭声划破长空。

他能赶走她吗？

时间沉睡在这片土地上，泥土的芬芳、采摘的滨枣、低声的吟唱，所有这一切都匍匐在我的身体里，让我震撼。

可怜啊，这一幕幕景象不会原谅我们，要将我们埋葬在冷漠、背叛的时空里，以至于让活埋也成为合理的事情了。

我急迫地从椅子上站起来，大声地喊一声也许会让愤怒的人好受一点。我透过窗户，看见了她。我那把破烂的刀，对于忠诚的深扎地下的根也没有任何用处了。

她带着满脸愤怒，拼着命想把压在邻居汽车上的滨枣树抬起来！没有任何仪式，我又闻到了酸枣的味道，听到一个头发花白的人低吟着“滨枣树不可拔啊”。

晌午时分的舞蹈[①]

法哈德·陶菲格·欣岱勒

还没等一杯牛奶喝完，他的眼睛骤然凸出来，继而一阵猛烈的咳嗽仿佛要让他吐出喝进去的牛奶。

妻子注意到了这一切，感到很恐惧，她也还没喝完杯子里的牛奶。

“亲爱的，怎么了？哪儿不舒服吗？告诉我。”

他没说什么，只是用手指指报纸。他咳得太厉害，说不上话来。

“我们亲戚是不是出事了？你父亲？你母亲？你兄弟？我父亲？我母亲？我兄弟？”

他克制住不让自己咳嗽，说：“没什么事。”说完又咳了起来。

① 发表于科威特《观点报》，2007 年 3 月 27 日。

她走到他面前给他扇风，好让他稍微舒服一点。

“你在报纸上看到什么了让你咳得这么厉害？”

他长长地吸了口气，指着报纸说：

“是升职的消息。”

妻子用充满关爱但又不无责备的语气说道：

“唉，亲爱的，你吓了我一跳，我还以为你或者我们哪位亲戚出什么事了。”

她坐下来，端起牛奶杯，问道：

“亲爱的，是谁升职了？”

“是好朋友塔里格被提拔的消息。”

她吃惊地问道：

“就是在美国学习的那个塔里格吗？”

“不知道是什么原因，几周前他还没等完成学业就回来上班了。”

他再次看着旁边的报纸。

“实际上，他应该可以提拔了，他比其他人更优秀，那些没能力的人占着位置，还被提拔，而老实人常常遭冷遇。”他一下子不说话了，好像想起一件搁在心里多年的往事。

妻子让他不要太生气，关切地说：“唉，亲爱的，都是过去的事了，别再想它了，你已尽力了，当时你在岗位上的时候工作太卖力，太老实。”

丈夫曾在塔里格现在工作的公司里上班，由于某个原因，工作二十年后就退休了，实在是有些早。

他注视着妻子，说道：

“亲爱的，那事已结束了，我不会去想的，刚才只是勾起了对幸福时刻的回忆。”

她为丈夫的遭遇感到心痛，但还是掩饰住了自己的情绪，说道：

“亲爱的，公司为你举办了最好的欢送仪式，这是在肯定你为公司创建所付出的辛劳。”

“只是一场简陋的仪式而已，他们借此表达心中的高兴，因为我走了，他们留下了，没人和他们竞争了，没人能威胁到他们和继任者的生存了。”他看着妻子，心里很痛。

“是的，的确是有点简陋。”

他把报纸扔在桌旁的椅子上，说：

“你知道吗，我应该首先祝贺他被提拔为公司总经理，明天我就去他家道贺。”他沉默了一会，想了想，说：“我现在就去他上班的地方，去他的新办公室，我要成为第一个祝贺他的人，还要成为第一个警告他的人。”

她觉得纳闷，问道：“你警告他什么？”

他看着报纸，说道：

“警告他注意他们，注意那些手舞足蹈的人。”

她平和地说道：“亲爱的，祝贺是应该的，提醒也就是说两句忠告。你现在可以去祝贺，但忠告就放在以后吧。”

他故作平静，其实，内心颇不平静：

“是的，现在不是给他忠告的时候。”

他去了自己的书房，一个可以静心阅读、与书籍对话的地方，但是那则消息的阴影一直附在他身上：

“在祝贺他之前，我要先警告他……是的，我要警告他当心那些人，他们是两面三刀的人，是彻彻底底的骗子，是手舞足蹈的小人，等这么长时间了，他们的末日该到了。”

他拿起电话，凭着记忆拨通了塔里格的号码。电话响了，但没人接。

“也许他一早就去了新的办公室。”

第二天早上，小花园内的花坛里投射下一个巨大的影子。这个花坛是他退休后完成的唯一一项工程。他发动了汽车，脑子里闪现出很多想法，他想着第一次该怎么去见他那位当上经理的朋友：

“我该怎么开口呢？先祝贺他还是先警告他？不，我应该先送上丁香花表示祝贺，然后给他一个忠告。”他想了想，觉得这样不好，“我应当先警告他，再祝贺他。作为朋友，应该这样。”他又想了想，还是觉得不妥，“我应该先和他坐下来，祝贺他，告诉他提拔成经理是当之无愧的，他完全够格，然后，我再忠告他，就这样定了。”

他到了公司，走了进去。

他想起了什么，不禁大笑起来，自言自语道：

“我倒想见见上任领导，那个愚蠢的白痴。”

他走到前台，一个员工迎了上来，说道：

“你好，萨利赫老师，你退休这么多年了，哪阵风把你给吹来了？”

他十分开心地说：“有件好事啊。”

他在那里押上身份证，拿着贵宾卡朝电梯走去，这时，一位迎客的职员问道：

“萨利赫老师，要我们为你做些什么？”

“我想拜访一下塔里格，就是总经理先生。”

“总经理先生今天有个长会，明天也许还要继续开，你最好先和秘书预约一下。”

“我今天想见他，表示一下祝贺。”

职员从萨利赫的语气中看出他很迫切：

“既然是这样，那就请稍等，我和秘书通个话，看行不行。”

萨利赫心里想：

“没关系的，我今天可以等一等。”

“萨利赫老师，秘书处让你去一下。”迎客的职员喊道。

他去了，说出想见塔里格的想法，但秘书告诉他今天不行了，要过一个礼拜再说，他顿时怒了，再也无法平静：

“你告诉经理，就说我是萨利赫，他的朋友，他马上会知道的。”

在一番恳求之后，秘书说她会给他结果的。

他回到底楼原先等待的地方，坐了下来，跷起了二郎腿，脑子里想着各种事情。各种杂志的不同封面，路经面前各等人所投下的高低不一的身影在脑子里掺和在一起。等了好长一段时间，他有点不耐烦了，便起身朝迎客的职员走去，职员表情渐渐地发生了变化：

“萨利赫老师，有事吗？”

“兄弟，我等不及了，我想，你能不能和秘书处通个话，问问情况。”

职员很不情愿地拿起电话，和秘书悄悄说了一通。

电话打了很长时间，职员的眼睛眯了起来，他把电话放好，想说什么已经很清楚了：

“萨利赫老师，请，秘书在等你。”

最后，他感到有点满意，悄悄说道：

“兄弟，谢谢你帮忙。”

他走向电梯，突然，职员叫住他：

“对不起，萨利赫老师，这部电梯是专供总经理和贵宾用的，你只能走楼梯。”

“没关系，关键是我要能见上他，一切都会有所改变的。”

“是啊，是这样的。”

他拾级而上，走过一层又一层，就像他的年龄，走过一道弯又一道弯。到一半的时候，他开始琢磨起来：

“以前，我每天要爬多少级楼梯啊？”

他上了最后一层，这是他有生以来第二次走进这一层。第一次是做公司职员的时候。当时，就是在这个地方，前任总经理的秘书把他被免职和被要求退休的事告诉了他，而总经理连面也没露。

他走进秘书处，又一次感到很开心，他试图掩饰这种开心。

“不好意思。”

“有什么事？”

“我能见见塔里格吗？”他有点结巴，“塔里格先生，就是总经理塔里格先生。”

“您是谁？”

“他的朋友，萨利赫·萨利姆。”

秘书冷冷地说道：“他们不是对你说了，塔里格今天在开会，但你可以在隔壁等等，也许在会议间隙你会见到他，需要为你点些什么吗？”

“谢谢，什么也不需要。”

他走进隔壁房间，在那里等着，自言自语道：

“塔里格这样做也没错，他甚至连接待那些祝贺他的人的时间都没有，一上任就在开会。好样的，他才是真正的好领导，先做后说。”

他朝天望去，说道：

“愿安拉助他成功。”

他靠在椅背上，再次跷起腿，双手交叉在胸前：

“如果我跟他讲想回来工作，他会同意吗？没问题的，他需要一个知心的人，需要一个忠于他的人，是的，除了我，还有谁呢？”

光线正慢慢从房间里撤退，萨利赫看看表，埋怨时间过得太慢：

“他会给我一个怎样的职位呢？”他觉得无所谓，“任何位子都可以，重要的是我在他身边，是的，我们要首先把那些手舞足蹈的人从公司清理出去。”

他盯着手表看，分针走过了整整一圈，会议还在进行。

“肯定是秘书没告诉他我在这里，如果说了，他一定会亲自出来迎接我的，这没关系，再过一会儿，我就可以和他单独聊上很长的时间，没人打扰我们。”

他注视着外面的院子，心里想：

“这院子需要改建一下，应该把它建成一个绿意盎然的美丽花园。我会跟他讲这事，或者等他重新任命我以后再和他说，这样我就可以亲自负责改建了。”

他又看了看表：

“他会对那些手舞足蹈的人有什么动作呢？他一定会与我商量这事的。”

他再次看了下表，离12点就差两分钟了。会开得真慢，萨利赫等得厌烦了，他的脚却像钉在地面上一样，甚至都没怎么动过。

在等待的时候，他没看到有谁出来过。

突然，秘书用娇气的嗓音喊道：

“萨利赫老师……萨利赫老师……”

他一下子从椅子上跳起来，“来了。”

“塔里格经理忙着开大会，我想你能不能换个时间来拜访他？”

他觉得奇怪：“我现在不能见他吗？你告诉过他我在这里吗？”

秘书冷冷地说：

“对不起，因为一直在开会，我就没和他讲。你能留个电话吗？我会打电话和你约时间的。”

他觉得更加不可思议：“为什么要我的电话号码？他有的。”

“和你联系的是我，我会安排时间让你们见面的。”

他询问道：“能给我你们办公室的号码吗？”

秘书冷冰冰地说：

“对不起，办公室等着换新号码。”

“那这样，我直接打他电话。”

“对不起，他已经换了号，他的号是很私密的。”

他嗓子里咯咯地响，“我知道了，我会等你联系我的。”

他拖着步子离开了办公室，走向楼梯口，突然电梯门打开了，出来一帮手舞足蹈的人，他一个也不认识！

他诧异地盯着他们，他们理也不理他，径直朝总经理的办公室走去，总经理正在等着他们。

在公司门口，他瞥见自己的影子变得很短，但是他在影子里看到一种不安分的跃动，摇曳多姿，随即平静了下来。

他上了车，回到家里，把杯子里的牛奶喝完了。

癫　狂[①]

阿卜杜·阿齐兹·哈沙希

邻居乌姆·侯赛因是个有洁癖的女人，爱干净得近乎癫狂。

自从我来到人世，我便见邻居乌姆·侯赛因超乎寻常地爱干净。她每隔一刻钟就要用肥皂洗一次手，用从合作社里领到的形形色色的清洁设备打扫屋子里的每一寸地方。我小的时候，母亲带我去她家玩的时候，总会先给我洗个热水澡，消消毒，不让一个细菌附在我身上，否则是不会带我出门的。我们生活的这个街区到处都是无人问津的垃圾，乌姆·侯赛因作为上岗的卫生督查员，母亲在拜访她之前，怎么可能不这样做呢？

乌姆·侯赛因并不富裕，也不是很优雅，但她就是这么爱干净，以致到了日夜癫狂的地步。一次，她的小孩侯赛因尿在身上，

① 发表于2007年5月31日。

她一下子忙开了，为他换衣服。她先把他放在床上，然后一边哼着摇篮曲，一边用蘸了婴儿消毒液的湿巾擦他那幼小的身体。突然，小孩子又开始尿了，似乎第一次没尿干净，但这一次，不幸的是，侯赛因尿在了她身上。

在随后的一个多礼拜里，乌姆·侯赛因往返于医院与家里，她要确认肯定没有被侯赛因的皮疹感染上。

街区里的人就此说开了，编各式各样的故事，说她如何洁癖。更为甚者，他们开始疏远她，不和她交往，在街区或药房、合作社里遇到也不打招呼。甚至连我那位一贯尊重她爱干净这个习惯的母亲也开始受不了了，因为在主麻日里，很多女人坐在一起聊天的时候，她会不停地插话，一会儿问你上次是怎么洗衣服的，一会儿问她上次是怎么清洗厨房地面的，过一会儿又问我母亲怎么从卫生站请人喷农药，用以消灭潜伏在我们周围的那些蟑螂。

乌姆·侯赛因开始被大家抛弃了。但大家越是疏远她，她就越是爱清洁，以至于她丈夫，艾布·侯赛因也不常见到在家里。据说啊，他和另外一个女人结婚了，新任妻子最苦恼的就是搞卫生，她把垃圾全都扔在地上，衣服可以几个礼拜不洗，只要丈夫在家，从不用肥皂洗手。有人问她问什么，她会说："艾布·侯赛因就喜欢我这样。"

一天晚上，我辗转反侧，难以入睡，各种催眠的方法都用过了，仍然不能合眼入睡。夜色笼罩下的街区像往常一样平静。这时，我听到一扇门嘎地开了，随后被重重地合上，不一会儿，就听到汽车发动机点火的声音。我趴在窗户上，看到乌姆·侯赛因的车子驶离了街区。我很纳闷。乌姆·侯赛因通常在晚上10点睡觉，离晨礼不久的时候出门，甚是奇怪。

第二天，我把这告诉了母亲。虽然她厌恶听到任何与乌姆·侯赛因相关的事，但还是勉强同意与她取得联系，了解一下她孩子是不是出意外了，或者她自己遇到了什么麻烦，特别是她丈夫艾布·侯赛因说公务繁忙，出差去了，而实际上，他常常在另外一个妻子的怀抱里。我母亲守在电话机旁，不断地拨电话，但没有人接，她有点烦躁，把电话机朝我一扔，说道："没人接。"

过了几天，乌姆·侯赛因的家里看起来不对劲。我们和她联系了多次，均无果。在街区里，再也看不到她的孩子们的踪迹，也听不到他们的声音。她的房子看上去也已没人住了。街区的女人们纷纷议论着乌姆·侯赛因的消失之谜，每个人都在讲自己的猜疑，她们一致认为乌姆·侯赛因出事了，但出什么事了呢？

两天后，这个平静的街区成了住在隔壁街区的人来参观的目的地，很多认识乌姆·侯赛因和不认识乌姆·侯赛因的人都来了，乌姆·侯赛因的家俨然成了一个舞台。警车、刑事取证车、救护车、消防车、新闻采访车、电视台拍摄车都开来了，所有的人都拭目以待，看乌姆·侯赛因是如何被抓起来的。我问邻居家的孩子发生了什么，他说：

"可怜啊，乌姆·侯赛因，她发现丈夫艾布·侯赛因背着她和另外一个女人结婚，便杀了他，报应啊。她把他肢解了，仍在附近的垃圾桶里。"

不一会儿，乌姆·侯赛因被一群警察和刑事取证人员从房子里带了出来。她头发凌乱，身上龌龊，双手沾满了血迹。她这个样子我们还是第一次看见。

在她登上警车之前，一位警长对手下说：

“把她送到拘留所，用肥皂帮她好好洗一下。看上去她杀死丈夫后一个礼拜都没洗澡了。”

爷　爷[1]

海蒂勒·哈萨韦

时间如同大海……

被掌控着……

离开人世前，他曾说："时间就是大海，法则——灵魂的骨架——是大海里的行船，时间是形式和意义融化在一起的玻璃。"我对他说："你的大海是我的恐惧，它几乎让我瘫倒，我如同被压在磐石之下，只有一阵阵风从旁边吹过。"

他向右走了数步，渐行渐远。我问他："你决心去哪里？是不是……什么国度……甚至……"

他颔首离开了人世。

这就是留在我躯体里和头脑里的关于屠杀的痕迹，它流淌下

① 本文为首次发表。

来，把我的白色衬衣染成黑色。我问母亲：“我们来到人世，为何就是为了离开人世?!”

屠杀。

我是先有感觉再有理智还是先有理智再有感觉?

但是他离开了。

时间如同银灰色的铁棒，我抓在手里，随心所欲地左右翻转着。

医院。

以前，这里的墙壁是白色的。现在还是白色的?!

他站了起来。我感到头晕，摔倒在地。

我每次试着站起来，却都又摔倒。

他是多么的无耻、恼人！他的声音又高又尖，如同在玻璃上刮擦，让我每次站起来又摔倒。

我是说……是说每次站起来，都又摔倒在地吗?

他笑，因为他知道那是多么能激怒我。他指着绿色的窗户。我往左边吐了一口痰。

他是穿着白衣的天使还是奸诈的魔鬼?

黑暗。

声音从黑暗中传来，我越是关上门，越是听得清楚。

他问我：“你叫什么?”

我很恼怒，回道：“这关你何事?”

但他又问了，问得很急，令人作呕：“你叫什么?”

我唯一能做的就是关上门，好听不到任何声音。但我没有这样做，我藏了起来。我掀开爷爷那黑色的袍子，钻了进去，我躲在那一片平静、纯洁的黑色之中。

我的母亲。

有天晚上，她来我这里。我打开门，让她进来后就关了起来。我听到有人高声大笑，我很怕。

母亲哭了。

我跪下来，祈求她笑一下。我对她说："妈妈，别再伤心了，所有的一切只是他的踪迹，已随风飘去。"

她一惊，就像想要揭开谜底那般焦灼地问我："谁？"

我瞥着她身旁，说："是爷爷！"

她哭得更厉害。我也很悲伤，因为她始终没有笑。

时间如同生锈的银棒，只要我想，就可以随意翻转。

结局。

我梦见爷爷对我说："孩子啊，把我放在你左边的眼睛里，透过我们看世界。"

然后，他伸出手扶住我，帮我站起来，我才没有再摔倒。

我面带微笑，站在他那绿色的窗边。我微笑着对医生说："时间就是大海，大海就是时间。"

我就是月亮。

事件。

如同母亲和邻居所说的："她爷爷的死只会让她提不起劲。"

我笑了起来。

骰　子①

雅思敏·阿卜杜拉

就像掷骰子一样，朋友将一串镶钻的链子扔在他办公桌上，说道："不要忘了今天的面试，晚上6点整，我和你说过的。穿得雅一点，这样你可获得他们的赞赏。"

"我的这些证书和经历难道不够吗？"

"够是够的，但是……"

"放心吧，我会照你说的去做的。"

他笑了起来，向外面张望了一下。

骰子还在他的办公桌上。

他一把把骰子抓在手里，站了起来。

他站在那里，打量着那件挂在衣架上的崭新西服。长久以

① 发表于科威特《观点报》，2007年8月25日。

来，他过着知足、淡定的生活，没有穿奢侈品牌的想法，也不愿打扮得光彩照人。淡定的心态使得蓝色衬衫、蓝色西裤成了他眼中的最爱。

然而，他们厌烦天空的颜色。

他从衣架上取下衬衫、西裤、马夹，每一件都看看是什么牌子。

“这样就会很优雅了。”

朋友送他的镶钻链子很配这衬衫。

“这样就更雅了。”

他穿上鳄鱼牌皮鞋，在镜子前打量着这一身优雅的装扮。

他拿起装着证书和简历的文件夹出发了。

“这样就会很优雅了。”

他沿着走道来到面试的房间，等着被叫进去。

他将得到晋升。是的，他完全够格。他心里这样想着。他回忆起多年刻苦学习和工作的生涯。

门开了。

“先生，请进。”

“谢谢！”

他把包放在桌子上，坐在剩下的那张空椅子上，内心有点忐忑不安。

他望着他们的面孔，他们的眼睛也在观察着他的一举一动。

“他们也穿鳄鱼牌皮鞋吗？”

对脑海中浮现出来的这个念头，他情不自禁地笑了笑。那些坐在周围的人也都笑了笑。

他自信地回答他们的问题。

他从包里取出文件夹。

他站了起来，脱下外套，挂在椅背上。

他微笑着注视着他们。

“这儿有点热！”

他打开文件夹，把各类证书都递给他们。他们将决定他的前途。

如果能解下领结的话，也许能交谈得更加自由。

他把领结解下来搭在外套上。

“这些镶钻的链子也很难受，影响血液循环！”

他把链子从手腕上取下来，放在桌上。

他解开衬衫的第一粒纽扣。

现在新鲜空气可以直入他的胸膛。

他对着那些记录着自己成绩和承担过项目的文件指指点点。看上去，他的肩膀高耸着。

面试结束了。

他收起那些文件，从椅背上拿起衬衫和领结。他注视着他们的脸。他们的目光中写着赏识和信任。

“先生，祝你好运。”

他回到家，把外套挂在衣架上，然后又把领结搭在上面。

他脱下那双鳄鱼牌皮鞋，放在衣架下面。

他大笑起来，用脚蹬着地面，双手攥紧拳头高高举起。

“帕夏，一切都好。”